第二卷

中国·广州

图书在版编目(CIP)数据

沙海. 2 / 南派三叔著. — 广州：广东旅游出版社,2022.3(2025.4重印)
ISBN 978-7-5570-1966-2

Ⅰ.①沙… Ⅱ.①南… Ⅲ.①长篇小说－中国－当代 Ⅳ.①I247.5

中国版本图书馆CIP数据核字(2022)第027506号

沙海. 2

SHA HAI. 2

出版人：刘志松

责任编辑：梅哲坤

责任校对：李瑞苑

责任技编：冼志良

广东旅游出版社出版发行

地址：广州市荔湾区沙面北街71号首、二层

邮编：510130

电话：020-87347732(总编室) 020-87348887(销售热线)

投稿邮箱：2026542779@qq.com

印刷：天津睿和印艺科技有限公司

(地址：天津市武清区大碱厂镇国泰道8号)

开本：710毫米×1000毫米 1/16

字数：210千字

印张：17

版次：2022年3月第1版

印次：2025年4月第9次印刷

定价：50.00元

【版权所有 侵权必究】

本书如有错页倒装等质量问题,请直接与印刷厂联系换书。

印厂联系电话：022-29432903

目录
CONTENTS

引 子		001
第一章	石函	005
第二章	千年图纸	010
第三章	神秘的工程	015
第四章	封存的档案	020
第五章	『人头』纸箱	025
第六章	黑毛蛇	029
第七章	少女尸	034
第八章	探险队的尸体	038
第九章	物流公司	043
第十章	仓库话语声	048
第十一章	大战黑毛蛇	052
第十二章	最后一个包裹	057
第十三章	树下的钥匙	062

第十四章	神秘视频	065
第十五章	黎簇的推测	070
第十六章	吴邪的阴谋	074
第十七章	未知沙漠	078
第十八章	尴尬的重逢	081
第十九章	吴邪的录音	085
第二十章	巴丹吉林的蒙古族人	089
第二十一章	让人消失的海子	093
第二十二章	火烧风	097
第二十三章	死亡之海	104
第二十四章	古潼京的传说	109
第二十五章	仙女虾子	113
第二十六章	鬼河暗礁	117
第二十七章	又见古潼京	122

第二十八章 寻找梁湾 127

第二十九章 翻腾的沙丘 132

第三十章 等待 137

第三十一章 幽灵图案 142

第三十二章 再见吴邪 146

第三十三章 入口 150

第三十四章 牢室 157

第三十五章 沙底建筑群 163

第三十六章 人脸白蛇 168

第三十七章 墓室藤蔓 172

第三十八章 被困 175

第三十九章 费洛蒙系统 178

第四十章 分界线 181

第四十一章 黑暗狂奔 186

3

第四十二章 莽撞的代价	190
第四十三章 梁湾的文身	196
第四十四章 获救	205
第四十五章 黑衣人	209
第四十六章 血清	214
第四十七章 神秘电话	218
第四十八章 命运	222
第四十九章 真正的计划	227
第五十章 闪回一	233
第五十一章 闪回二	240
第五十二章 闪回三	247
第五十三章 闪回四	249
第五十四章 这一天	256
后记	259

引子

　　1980年冬天，北京双柳树胡同。

　　空气干燥寒冷，霍中枢骑着自行车回到自家的院子里，他的手冻得通红。

　　胡同里停了一辆内蒙古牌照的红旗车，把路都差不多堵死了。霍中枢很诧异，这个胡同很少能看到四个轮子的车，难道是有什么领导来胡同里办事？

　　才满13岁的霍中枢，拿到了北京大学的录取通知书。他回学校整理好了行李，再过两个月，他就会去北大报到。

　　可能是一路跳级很少和同龄人接触的缘故，霍中枢有点内向沉静，但是此刻他的心里还是很激动的，可以最快速度成才，完成报效祖国的夙愿，那是多少人梦寐以求的事。

　　他从车的前篮里拿出班主任为他准备的全套材料，里面是他的未来，他适合什么专业、专业的前景和未来的规划等，非常详细的资料全部都在里面。可见，老师对这个出类拔萃的学生，付出了多少关心。

当然，他早已经确定了自己的理想，他要成为一名为祖国贡献全部力量的建筑师，设计出足以媲美雅各布森所设计的房子。

他回到屋子里，想立即给父母看还散发着油墨香味的通知书，却看到屋子里坐满了人。

这些人皮肤黝黑，一看就不是北京人，而他的父亲正在沙发上抽烟，脸上阴晴不定。

所有人的视线都集中在霍中枢身上，这让他有些愕然，直觉告诉他现在报告这个好消息有点不合时宜。

他鞠了个躬，然后进了自己的房间。

他听到他的父亲正在和那些人争论。那些人果然不是北京人，都带着西北边的口音。尽管他听不太清楚他们在说什么，但是感觉到争论的内容和自己有关。

"这个孩子不适合，你们听我说，他不适合在封闭环境下工作。"

"我们调查过了，你的孩子内向沉默，抗压能力很强，这样的工作很适合他。而他的学科成绩也证明他未来应该是一个工程型的人才。"

"可是他才13岁。"

"他会首先接受中国最专业的培训。事实上，工程的时间未必有那么长，也许30年就能完成。那时候他还不到50岁。只要你答应，你在单位亏空的事情，我们就可以帮你填补。"

"不行，我不能拿我孩子的前程来换我自己。"

"那你一个月后就会东窗事发，到时候你的儿子不仅没有钱去读大学，连政审都通不过。"

霍中枢默默地看着报告，很留心地听着这些对话。他并不吃惊对方威胁的内容，事实上他知道父亲亏空公款的事情。也知道，自己也许会面对这一天，但是他一直假装这一切都无关紧要。

外面陷入了沉默,慢慢地,传来了他父亲的哭泣声。

"我们并不是只有他一个人选,而你只有我们这一个机会。不如,你让我们和你的孩子谈一谈。"

他没听到父亲出声阻止,也没有听到拒绝的回答。

霍中枢听到脚步声朝自己的房间过来,转身正坐在椅子上。门被打开了,出乎他意料的是,走进来的不是那些像是内蒙古人的中年男人,而是一个漂亮白皙的女人,大概二十四五岁。她进来后就坐到霍中枢的床上,看了看这个简陋但是有安全感的房间,问道:"你都听见了?"

霍中枢点了点头。女人俯下身子,看着他的眼睛:"你是个聪明的孩子,你来为你的父亲作决定吧。"

"你们要我去做什么?"霍中枢胆怯地问。

"你要帮我们去盖一个中国最伟大的建筑,甚至可以说,世界上最伟大的建筑。"

"你们是要我去设计吗?"

"不,这个建筑1900年前就设计好了,我们需要你去把它建造出来。"

霍中枢不明白这是什么意思,他现在只关心自己的未来:"为什么要我去呢?我还没高中毕业,我还没有掌握设计师的知识。"

女人摸了摸他的头,笑道:"这件工作不像你想象中那么容易,可能要我们所有人努力很多很多年。"

"多少年?"

"嗯,很多很多年,也许到我这个年纪,都看不到工程最后的竣工。"女人说道,"但这是值得的,因为这可能是世界上最伟大的工程。"她笑了笑,轻声说道,"这不是你的理想吗?"

霍中枢看着这个女人的眼睛,从里面看到了一种温柔之下的冰凉,他第一次意识到,拒绝已经不是自己可以考虑的选项了。

"你保证可以救我爸爸?"

女人点了点头，霍中枢把自己正在看的，填报志愿的文件递给了这个女人。

三天后，霍中枢上了黑色的红旗车，缓缓地开上北京城外的公路。那条路上，有更多的红旗车和他们会合，每一辆车上，都坐着一个和他年纪相仿的孩子。

这些车开往了内蒙古的巴丹吉林沙漠，之后的30年里，这些孩子的名字都再也没有出现过。

第一章 · 石函

30年后,浙江。

长安镇的小路上,解雨臣一个人默默地走着。

如他所料,那个孩子并没有从楼房里追下来。那个年纪,还不知道主动的意义,在遇到这样复杂的事情时,往往是选择思考、犹豫。

这是人最容易犯的错误。其实在这种时候,他更应该追上来,把问题问清楚、就地解决,这才是最方便也最能够扰乱这计划的设计者的途径。

当然,如果那小鬼真的这样做,自己也有办法对付他。

解雨臣一边走,一边从衣服里掏出手帕,抹掉脸上的妆容。然后,一张精致的俏脸从那浓妆后面显露出来。她的腰肢并没有僵硬,身形也没有变高大,扭腰行走的动作不改灵动轻快,反而显得身体更加柔软。

最后，她捏了捏喉咙，从喉咙中拔出一根银针，丢在一边的垃圾桶里。她咳嗽了几声，发现已经恢复梁湾的声音。

变声的技巧是古代戏曲从业者一代一代完善的，男声变女声，女声变男声，都有相应的戏曲曲种，用针灸麻痹肌肉变声，则属于外八行的技巧，是行骗的手段。

梁湾的这根针上粘着麻药，麻痹肌肉进入咽喉并不疼，但是刺入的时候，她还是恐惧得要死。

梁湾一路走着，来到了八九百米外的旅馆，进了房间后，就把高跟鞋蹬了，双脚都放松了下来。她去了化妆台那边，仔细看了看自己脸上是否已涂抹干净，然后找出了自己的小包，用里面的卸妆水把脸部的妆给卸了个干净。等做完这些，她回头，看到了放在茶几上的那只"石匣"。

她之前和黎簇分开后，就被人带进这间房间。那会儿，这只"石匣"并未被放在茶几上，应该是她离开之后有人放进来的。她并未感觉突兀，她知道这东西的来历。

"石匣"是完全用青石打磨而成的，非常精美，能看到"石匣"的四周刻了罗汉形象的浮雕以及许多连环扣的纹样，纹路底下还有金丝或者镏金镶边的金属——因为氧化已经发黑发红。

石匣有蓝罐曲奇大小，不是规则的对称形状，而是一边窄、一边宽。匣面没有任何的花浮雕，只是有着同蟒蛇皮一样的天然石头纹路。

梁湾知道，这东西叫作石函，是寺庙里用来存放重要器物的容器。

这个石函，是三峡工程蓄水前期搬迁一个古庙工程中，从庙中的佛肚里挖掘出来的。因为这个工程不属于重点文物保护体系，使不法商贩有机可乘，在运输途中石函被偷了出来。

而这个石函里装的东西，可以说是一系列事件的起因。

梁湾摸了摸石函，点了一根烟，仔细回忆关于这个石函的信息。

拥有这个石函的人，现在还没有名字，但是打开这个石函的人，名字叫黄严，是一个三十多岁的中年男人，据说是一个靠盗墓为生的混子。

黄严之前和这件事情并没有直接联系，他是一个非常本分的伙计，做这一行有十几年了，在跟吴家之前，一直没有人看好他。当时有一队人人丁凋零，需要人做事，他被破格提拔，这才显现出自己的能力来。他最大的特长，是他对于古代的机关锁有很深的研究。而他被牵扯进来，正是因为这个石函上的锁。

这个石函的机关锁十分奇怪，所有的机关全部都在盒内，但是打磨石函的部件非常精细，可能只有几丝米，几乎可以说是毫无缝隙。石函扣上之后，如果不破坏，从外面是不可能打开的。

也就是说，这个石函关上之后，存放物品的人没有打算再将其打开。

发现石函的那尊佛像修于汉代，通体泥塑，石函应该是烧制佛像的时候就烧进去的，年代非常久远。买到石函的人不敢晃动或者敲击它，怕里面的东西会灰飞烟灭，他们知道黄严对机关锁很有研究，于是请他想办法打开石函。

黄严大概是在拿到石函的三天之后想到了办法，他使用两百根铂金丝，一根一根地扣到里面的锁扣上，准备同时牵拉来撬动锁芯。

这个过程持续了很长很长时间。在整个过程之中，认识黄严的人，竟然都感觉到，黄严慢慢地变了，完全成了另外一个人。

他变得废寝忘食，变得狂热。他身边的人都意识到，这种狂热不在于打开这个石函的成就感，也不在于这个石函内文物本身的价值。有人形容，黄严对于打开这个石函的强烈欲望就如同石函里关押着他最爱的女人，他必须要打开石函放她出来一样。

他变得无比阴郁、怪僻，对于除石函以外的其他东西都不感兴趣。他的手指在操作过程中被严重割伤过一次，那段时间他无法操作，但他仍旧每天待在工作室里，呆滞地盯着石函，往往一盯就是二十几个小时。

用有些人的话说，这个人，似乎和石函里的东西有了某种交流。这个石函里存在一些邪祟，控制了黄严的神志。

然而，在这段时间的后半段，临近结束的时候，情况又发生了变化。黄严变得害怕这个石函，他的精神状况已经非常不对劲，经常自言自语，说些别人听不懂的话。

起初，因为这些传言，所有人对这个石函的好奇心都上升到了顶点，但是黄严一直打不开这个石函，这种好奇心也就慢慢地消磨干净了。到了后期，也就没有人再关注这个事情和黄严这个人了。

大约是在黄严拿到石函三个月后的某一天，应该是在入夏之后，忽然在行内流传一个消息：那个奇怪的石函，终于被打开了。

但是，却没有流传出石函里面装了什么东西，不管是石函的拥有者，还是有可能知道内情的人，没有一个人透露出哪怕一丁点传言。不管是多么有能耐的人去问，也没有任何结果。

他们只打听到了一件事情，就是黄严在打开石函之前，有一些非常奇怪的举动，他给自己的父母打了电话，交代了自己的后事，然后把自己的存款都作了整理，处理了大部分的纠纷和债务。

这些举动都是非常隐秘地进行的，似乎他感觉到打开这个石函之后，会发生什么可怕的事情。

他把自己的后事安排妥当，才和石函的主人联系，说自己即将打开这个石函。

那是所有人能打听到的最后一条消息，在这之后，关于黄严、石函和里面的东西，一下子都变成了讳莫如深的话题。

第一章　石函

009

第二章 • 千年图纸

这里要特别说明的是,这个黄严,梁湾见到的时候,已经是一具尸体。

黄严在临死前的三个月,甚至更久的一年多的时间里,深居简出,几乎不和任何人交流。所以,在他死后,之前叙述的过程中,所有问题的答案,已经不可能有人知道。

但是,他却不是在打开石函之后立即死亡的,从他打开石函,到他死去,中间有一年多的时间。

梁湾是在医院的停尸房见到尸体的,当时给黄严验尸的是她同学,她自己开始介入这件事情,就是因为她同学和她说的一句话——

"这个死人你可能会感兴趣。"

她一开始觉得莫名其妙,她同学把验尸报告放到了她的桌子上,露出一个很意味深长的表情。

因为是死党，她同学知道她无论如何也得打开看看。她翻开了报告。

她看到了尸体手腕的特写照片，上面用刀刻了一行字：时间在这件事情上不起作用。

她通体发凉。

最开始对她说这句话的，就是在她实习的时候，曾负责照顾过的那个奇怪病人，这个病人在梦中的呓语中就有这么一句。

这个病人出院之后就完全消失在了她的生活中，一直到现在，关于这个病人的事情才似乎有了一丝线索。

她对这个人，有着一种非常奇怪的感觉，这和她内心一个困扰了她整个青春期的疑惑息息相关，她感觉，只有找到这个病人，自己才能解脱。

为此她做了一系列的事情，包括花心思去做黎簇的医生，卷入这个事情当中来。她现在了解的这些信息，都可以说是"黄严的东家"告诉她的。黄严的东家包括很多人，但是她知道他们都是一个体系的，可以被称为一伙人。

如今，既然这个石函出现在自己的房间里，就说明和她讲之前那些东西的人，很快也会出现。

她浑身难受，应该趁这个时间先把自己处理一下。她脱去衣服，身材慢慢地显现出来。

梁湾在镜子里看着自己的身体，因为过于紧张，刚才她的身体几乎僵硬了，现在好多地方还是酸痛的。摆出任何pose，她都不自然了。

她心中想着：黎簇果然没有经历过女人，自己的身体这么柔软，他竟然会相信自己是一个男人易容的。

她走进浴室，痛痛快快地洗了一个热水澡，等坐回床上，她深吸了一口气，立刻从一边的包里拿出了一支防狼喷雾，捏在了自己的手心。转过身的时候，那个男人果然已经站在了她的房间里，他穿着T恤和休闲西装，正在看窗外的万家灯火。

没听到他进来的动静,这男人的状态,像是幽灵。

男人轻声问了一句:"他没有发现破绽吗?"

梁湾摇头:"暂时没有,不过未来就不一定了。"

对方沉默了一会儿,说道:"你不用思考未来。"

梁湾看着对方脸部的轮廓,心里疑惑:长成这样的人怎么会去当贼呢,随便干什么都不会饿死。她看到了桌子上的东西,就问道:"这个石函是怎么回事?"

"你需要了解更多的情报,才能发挥出作用,我有必要交代需要的信息。"对方走到了茶几边上,伸手去开那个石函。

"等等!你确定你这么做不会出事吗?"梁湾道,"不是说和这个石函接触太久,会神经错乱吗?"

"里面放的东西,已经被取走了,现在放的是一些复制品和资料。"对方笑笑,似乎有些恶作剧得逞的得意。

梁湾是北京姑娘,这种态度让她有些不爽,不过她成年了,倒是可以压抑自己的情绪。

石函被轻而易举地打开,里面有一些文件。石函的壁非常厚,她有些疑惑,为什么这个人要把这个石函带来用上,这么重的东西装一些文件,很不经济。

"你知道这个石函的存在,一定对石函里装的东西很感兴趣,我可以告诉你:这个石函里,装着一面碧玺屏风,上面雕刻着一张古代的建筑平面图,应该是东汉时期民曹绘制的。"

"平面图?"梁湾有些意外。她以为会是黄金或者舍利子之类的。

"汉代的建筑设计图。"对方从石函中拿出一张纸,在茶几上摊开。

这是一张彩色复印件,能看到碧玺的绿色严重影响了阅读,且已经碎成了好几片,是经过修复黏合的,上面的图案确实是一张平面图,描绘了一个巨大的建筑群。它有着完整的建筑体系,楼台、塔殿、长廊、亭阁……什么都有,看起来就好像《清明上河图》的一部分，规模几乎等于一个小型的城镇。

这张设计图还有一个非常明显的特征，就是这个建筑群中有着大量的城墙一样的建筑，它们都围绕着中心的一个奇怪区域。这个区域，大概是一座山，或者是一块巨大的石头。城墙一圈一圈地环绕，似乎是这个奇怪区域四周的防御工事。

没有任何文字和线索可以判断这张图画的是哪里。

"就是这个东西，把黄严搞疯了？"梁湾觉得不可思议，除非这张图里有自己不知道的蹊跷东西，否则，就可以肯定黄严精神上的变化，和石函里的东西没有关系。

对方拿出了另外一张图纸，同样是一张彩色图纸，能看出也是非常古老的文件了，但是应该是印刷的。看铅印字，应该是20世纪50年代后的工程图纸，同样复杂，但是比例尺和所有的线段上，都是精细的数字标识，梁湾看到了图纸的手写批注。

古潼京8工程部1977年审批

他把两张图纸放在一起，梁湾不是笨人，看这个举动就知道对方是什么意思，她立即对比两张图纸的细节。她发现，这两张图纸虽然风格不同，但是，它们画的是同一个建筑群。线条、区域、结构，完全一样。

而且，她能看到1977年的这张建筑图纸，图样并不完整，而从汉代的石函中取出的这张古图，细节上要比1977年的建筑图纸充分很多。她甚至在两张图纸几乎相同的位置，看到了相同的图形表达形式。

现代的建筑图纸上，是不可能使用古代的图形标记的，这样的情况只有一个结论——

1977年的图纸，是按照汉代的这张图纸临摹绘制的。

也就是说，在20世纪70年代，内蒙古有一个工程公司，竟然用1900多年前的古代设计图，在沙漠中修建一个奇怪的现代工程。

梁湾惊骇，看向对方，想问为什么会发生这种事情。

对方显然预料到了她的举动，只是摇头："我无法回答你这个问题，而且，告诉你多少东西，由我决定，你大可不必提问，听我说完就可以了。"

梁湾不理会对方的威胁，直接问道："你们是干这一行的，对这样的图很清楚，难道这两张设计图，都和某个古墓有关？"如果是和财宝有关，那对于她来说，这件事情就没么有趣了，她的目标是那个之前见过的病人，其他的一切和她无关。

男人沉默了一下，没有回答，梁湾有点激动地点起一根烟，又问了一遍，男人才拍了拍那个石函，自顾自说道："这是汉代很珍贵的文物，你带去首都博物馆，可以换取很多资源，它非常贵，请妥善使用。重要的是，好好地看剩下的这些文件，我希望你能帮到我们。"说着，男人抖了抖西装起身，摘掉她嘴巴上的烟，掐掉，伸出手来和她握了握，转身往门口走去。

动作非常迅速，行云流水，有点戏台上的那种感觉。梁湾愣了愣，叫道："别那么快走啊，我还有好多问题。"

对方在门口停了下来，看了看自己的手机，说道："我说了你不可以提问题，既然你不把我的话当回事，那我没有必要浪费时间。"她算是听到了第一声关于询问的回答，门就被关上了。

第三章 • 神秘的工程

梁湾见过各种各样的男人，就是没见过这种功利性动物，一点感情交流都不想有。

梁湾因为从小漂亮，在和男人的交流中基本没吃过什么亏，一般来说，对话的方式都是按照她想要的来的，她从来没有觉得这种方式有什么问题。这算是她第一次遇到个人立场这么矫情的男人。

但是她深刻地明白，这个男人一定不是对所有人都这样，只不过自己不是他需要善待的那一类人而已。

她把掐了的烟捏起来，不知道对方的这个举动是因为体贴，觉得吸烟有害女孩的身体健康呢，还是说他讨厌烟的味道。

不过，既然自己不在需要善待的那一类中，那这个情她也不用领。

她从自己的化妆包里拿出几个头箍扎起头发，转头去看桌子上面的文件夹。翻开之后，梁湾看到的是大量的设计图纸。

和之前那张复印的不同，这是一种专业的绘图纸，本来应该紧密而坚韧，但现在已经发黄发腻，看上去非常酥软，而且已经受潮得十分厉害，应该是保存的时间非常长。

竟然是原版。梁湾有些吃惊，仔细看了看，有些图纸似乎本来就已经处于损毁状态，只是被塑封膜封在里面。

她数了数，一共有二十七张之多，最后一张图纸的后面有半张A4纸大小的便签。

她还发现所有的图纸上，都有一种奇怪的类似于尿污的痕迹，但是这些痕迹的边缘很清晰，她闻了闻，觉得可能是血迹。血迹呈喷洒状态，看上去十分吓人，但是又没有呈现发黑的斑点，显然有人在事发后擦拭过，但是没有擦拭干净。

这已经很能说明问题了，这些资料一定是某个人从某个地方抢救出来的，这么多血，应该发生过故事。

她小心翼翼地拿起最后一张便签，看见上面写着：你下一步需要做的是把这些图纸上面的所有信息记在你的脑子里。记得越清楚，对你的行事越有利。记完之后，你留下这些东西自行离开，这些东西绝对不能离开这个房间。

梁湾觉得莫名其妙：把东西放这儿不能拿走，是因为这些是原件很正规吗？那何必给我原件呢？老娘还嫌这些东西脏呢。

她看到图纸上面的编号是033，古潼京站1号。她想起黎簇跟她说的事情，看图纸上的日期，和之前那张复印件上的日期有些差距，这些应该是20世纪80年代的。但是，它们显然属于一个系列，应该是在不同年份、不同工程阶段的一系列图纸。

按照1900年前的古代设计图纸建造的现代工程，到底是用来干什么的？

她坐了下来，开始翻阅这些图纸。只用半个小时，她就全看完了，她的第一反应是愤怒，这些图纸，不要说让她背下来，就算让她重新描一份都需要很长时间；第二个反应是疑惑，因为她在这些图纸里，看到了奇怪的现象。

所有图纸上的绘图员，都有年龄备注。

这些人年纪十分小，都只有十几岁。

也就是说，这些人都是孩子。至少他们在绘图的时候，都是孩子。

为什么？

建筑方面的人才当时已经很多，很多老专家更有经验，为什么要起用一批孩子去做这个工作？

看来真的有必要去查查这些图纸的来历和背后的工程资料了。

二十世纪七八十年代，这些资料应该都会汇总，这个工程很大，在总部应该有审批资料。只是这是海量数据的线下手动查询，要找到并不是那么容易的。

她做了不少笔记，把那些只有十几岁的绘图员的名字和年龄，全部抄了下来，同时她用手机拍照作为备份，包括没有任何内容的背面她都没有放过。她知道自己不可能背下来，但是对方没有说不可以使用拍摄设备。

全部操作妥当之后，又等了片刻，她也不知道自己在等待什么。随后，她收拾了一下，也没有了困意，就离开了房间。

这样看来，"这些东西不能拿出这个房间"这个警告有些奇怪。

这个房间是否有监视系统梁湾不知道，但是从逻辑上分析，如果这些东西十分珍贵，不能给她随身带走，对方完全可以使用复印件。

但是这些都是原件，又有这个奇怪的警告，那么这个警告本身很可能和这些东西无关，而是和她自己有关。

最有可能的是，对方在看她是否听话，就和之前的"不准提问"一样。

她当然没有那么听话，但是现在倒也没有必要让对方对她失去信心。

此时天已经亮了，她在路边一家野路子的咖啡馆喝了杯咖啡，找了个文印店把手机里的图片打印好，塑封上，然后打了个的士。她心里很

第三章 神秘的工程

017

明白自己应该去做什么,也知道突破口在哪里。

小看女人将是你们这些自以为是的男人这一次最大的失误。梁湾心里说,你们以为那个世界是你们控制的世界,是应该有个女人来改变改变规则了。

她看了看自己的手表。

那是一块电子表,正在倒计时,这是她特地去买的,可以倒计时9999天。这是她能买到的倒计时最长时间的手表了。

上面的数字的第一部分是54。

还有54天。

这块表代表着那天晚上,那个男人做噩梦时的梦呓中,那句关键的话语中重复最多次的信息。

从那一天到现在,她从不信到相信,浪费了太多时间。从她开始相信这件事情,到千方百计成为黎簇的主治医生、第一次和吴邪正面交锋,都没有她想象中那么顺利。

以至于,时间只剩下了54天。

"直接去机场。"梁湾对司机说道,她放弃了一夜没睡要去休息的想法。她希望为这件事情多争取几个小时。

司机点了点头,按下了计价表,梁湾闭上眼睛,敷上蒸汽面膜迅速进入了睡眠。

梁湾从杭州出发,回到北京的时候,正是午饭的时间。

她的疲倦已经到了极点,但是她还是在车里一边打着电话,一边强打精神。她迅速地约了一个人,这个机会很难得,如果她不能准时到达的话,估计这件事情还会拖上十天半个月。

手机被她紧紧地握着,手里的汗几乎把屏幕都浸湿了。

出租车拐了几个弯,终于开到了她的目的地——档案馆分馆。

她下了车,就看到了她约的人已经焦急地等在外面。

这是她的初恋男友,是个书呆子。他当时在大学里学的是图书管理系，毕业后找了档案馆的工作。因为各种各样的问题，他们俩最后分手了。但是梁湾对这个男人的印象非常好，因为这个男人看上去老实、可靠，而且这个男人似乎可以为她做出很多不计后果的事情。但是对梁湾来说，还是无法和这样的人生活在一起。这次来找他帮忙，她也有点于心不忍，因为她知道这个忙背后他所承担的风险是什么。

下了车之后，两个人见面还是有些尴尬。梁湾想表现出一点矜持，朝他笑了笑，说了声"好久不见"。

对方却紧张地看了看四周，问她道："你要这些东西干什么？"

梁湾说道："我也是受人所托，挺重要的一件事情，谢谢你能帮我，回头我请你吃饭。"

她的初恋男友看了看她，把手里的号码和钥匙递给她，说道："吃饭就不用了。记住，晚上八点之前你一定要出来，我只能保你到八点。号码和东西全部在里面，东西是不能带出来的。你进去之后，手机也会被收走，你只能靠自己。"

梁湾点头，问他道："如果他们发现你拿了这个钥匙，你会有什么惩罚？"

这年轻人笑了笑，说道："无论是什么后果我都会承担的，快去吧——如果对你那么重要。"

梁湾听了心里一阵感动，想上前去拥抱一下这个昔日的恋人，但他却警惕地往后退了一步。梁湾有些尴尬，对方说道："我已经有女朋友了，你快去吧。"

梁湾点了点头，心中有一丝难言的感觉。等她踏上楼梯转头看的时候，她的初恋男友已经消失了。当梁湾走进档案馆的时候，所有的尴尬情绪都已经消失了。她心中的紧张开始占据她所有的情绪，脑中只想着当年的那个晚上，在那个病房，那个奇怪的病人跟她说的那句话。

第四章 • 封存的档案

梁湾明目张胆地寻找着档案馆的房间号，因为她知道这里的监控已经被她初恋男友关了，所以她可以一路勇往直前地走着，一直走到走廊最深处的门口。这并不是走廊的尽头，但她被一把巨大的铁锁拦住了。

梁湾用钥匙打开了铁门，走了进去。就看到走廊两边各有两扇房门，她看了看手里的钥匙，这四扇房门的钥匙全部在钥匙串上面，就是说她要看的东西全部在这四扇门里，需要她自己去找。她只有七个小时，她必须在这七个小时里找出对自己有用的东西。她翻开自己的笔记本，找到第一个人名。

那是之前她看到的那些图纸上的一个名字——一个小孩子的名字，填在绘图员那一栏。

这个孩子姓霍，叫霍中枢。

她开始在书架上翻找，这一排书架上全是姓霍的人名，书架的题头能看到很小的标签,写着"北方1978年首批少年班"。

梁湾的调查思路很简单,这批绘图的孩子只有十几岁,在那个年代,十几岁可以使用专业技能的,只有当时的科大少年班成员。

这批小孩子,从1978年第一届开始,1979年和1980年的两届,都有可能是那张图纸上的人,但是当时少年班人数有限,只有调出档案,才能查到。

梁湾的思路是正确的,她在1980年科大的档案中,看到了霍中枢的档案。

13岁上的大学。

随即梁湾在霍中枢的档案中,看到了最后的失踪注释。

13岁那年没有来学校报到,人口失踪。

梁湾看了看霍中枢的班级,然后顺着这个时间去找。果然如她所料,霍中枢上大学的那一年,在全国各地,有很多考上少年班的孩子都没有去学校报到。这些人,在档案里,全部都是失踪不见。

梁湾知道他们去了哪里,他们就是从那一年开始,去学习绘制她看到的那些图纸。

不过,建筑绘图是工科类的专业技能,少年班一般的专业不会集中在工科。这些孩子的天赋很多是在数学等理科范畴。

只有在数学和音乐领域才有真正的天才。

她看了看这些孩子报考的专业,不由得咬了咬下唇——基本上都是特种工程类专业,属于建筑系。

如果不是通过她的初恋男友,在外延是绝对查不到这个系的资料的。

为什么要这些孩子?

梁湾找了一个用来够书架上沿的台阶，坐了下来，努力整理自己的思考方向。

她不用去推理分析，这个她出去之后有的是时间，她知道所有问题的答案都在她四周的书架上，但她必须找到方向。

她又看了看他们的专业，这个专业的名字太笼统了，她决定往这个方面入手。于是她开始在档案中翻动，希望能找到这些孩子的成绩单，在高中的时候，就会有老师为他们准备特别的课程。有了成绩单，就能知道这些孩子为什么被选中，和其他少年班的孩子有什么不同。

可惜没有，她找不到一份和这些孩子平日学习课程有关的资料。

唯一的线索，是她在一个人的档案袋里，发现了一个处分的记录。

这个处分的记录，写着原因是损害课本，这本课本的书名叫《青铜冶炼》。

在高中的时候，学青铜冶炼。

当时已经穷到这份儿上了，连铁都用不起，却要用青铜这种三层楼都盖不起来的合金？

还是说，这只是什么选修课，用来完善知识结构，或者用来让这些天才少年消磨多余的智慧？

如果是冶金专业，倒是有可能有这种课程，当然，后来梁湾去调查之后，发现自己太乐观了，青铜冶炼只是一种知识，很难复杂到形成一本专门的课本的程度。

这个孩子把这本书烧毁，并试图烧掉自己的课桌，被处分扣了道德分，原因写的是对班上一个女同学拒绝他求爱的报复。这种桥段倒是哪个年代都有。

她把"青铜冶炼"几个字默默地记了下来，她希望这不是内部教材，她可以在出版资料体系里找到这本书。

梁湾当时对她所查到的东西完全没有概念，不清楚到底指向什么，后面的五个小时，她没有找到这本课本的出版资料，也没有再找到任何方向。

两个小时的丰收和五个小时的一无所获，她带着无尽的疑惑离开了档案馆。

她的初恋男友没有出来送她,她脑子里带着疑问。她并不知道这些信息的关键,一直到她之后和黎簇聊起来,这些线索才逐渐被拼凑起来,显现出了这个工程背后巨大的可能性。

梁湾回到家之后,睡了十几个小时。她知道接下来她会比较被动,所有的资料、推论,都在她的脑子里。但是现在充其量,她只能用这些东西去编个故事。

手表的倒计时在不停地跳动,她焦急地等待那个男人的指令,然而一连四五天,都没有任何电话。

她也没有闲着,一直在查阅各种资料,却一无所获,倒是对于青铜冶炼本身,有了不少认识。

她发现青铜是红铜冶炼发展而来的,中国古代其实有三种不同的青铜。

1. 锡青铜。成分主要是铜、锡。
2. 铅青铜。成分主要是铜、铅。
3. 铜、锡、铅三元青铜。成分主要是铜、锡、铅。

各地矿石成分的不同导致青铜器的不同,青铜的特性也有差异。

冶炼青铜可能源自对于孔雀石的冶炼,古代的炼丹方士对于孔雀石的药性有详细的记载,当时在使用孔雀石入药的时候,冶炼出了铜水。她还在各种资料中,看到了昆吾的资料:在《山海经》里,昆吾是一座铜山,上面是青铜冶炼的发源地。周穆王在西行的时候,身上也带着一把叫作昆吾的神剑。昆吾山上还有一种奇怪的狐狸类的生物,有九个脑袋和九条尾巴。

总之,资料中有好看和好玩的,但是无一对现在的建筑特别是沙漠中的建筑有帮助。只有一种叫作铝青铜的铜铝合金,在能源装置里有着抗腐蚀的功效,但是它只是叫青铜,和真正的青铜关系不大。

她还想过,青铜有一种好处是廉价。如果当地有青铜矿场,而这个工程又需要大量金属的话，冶炼青铜算是一种比较方便的收集建筑材料的方式。

但是在巴丹吉林这样的沙漠里，开采青铜矿的难度甚至比盖房子还大。而且考虑到这个建筑可能要修建六七十年之久，那材料的问题就不那么重要了。

到了第五天的上午，她有些按捺不住了，给那个男人拨去了电话，但是电话一直没有人接听。

她想到了黎簇，不知道这个小鬼怎么样了。那个男人说他很重要，她给黎簇也拨了电话，同样没有人接。

男人真是不可靠，就算是小鬼也一样。她心想。不过黎簇在医院登记的时候，留下过地址。解雨臣没有说不能主动找黎簇。

梁湾不是一个被动的人，她上门去堵黎簇，结果还是扑空。

她焦虑起来，觉得自己被人忘记了，就像《黎明之前》里的刘新杰一样。她不停地拨打两个人的电话，都没有结果。

——直到她收到了那个男人一条短信，上面只写了六个字：后天去内蒙古。然后是已经为她订好的车票的信息。

她并不觉得意外，甚至没有打回去询问，因为她知道她一定得不到任何反馈。

如果说手里还有一个方向，那就是黎簇和她提过的那片沙漠，她手中的图纸和沙漠有关。在20世纪80年代，这么大的工程进入内蒙古，不可能毫无踪迹可寻，而且巴丹吉林沙漠中有神秘的"51区"。

她总觉得这些都不是巧合。她也没有那么多可以为她牺牲的前男友，不过到了那边，她相信自己总能想到办法。

第五章 "人头"纸箱

这是一间老旧的仓库,有几百平方米,水泥地面,整个框架都是用的钢,能看到型钢和钢板等制成的钢梁、钢柱、钢桁架等构件,铆钉打得很结实,角落里还有一些剩余的钢材。它的内壁贴着白膜,以前应该是堆放建材的地方,所以没有货架和铲车使用的木盘,地上还有很多的垃圾和杂物,水泥粉、碎混凝土块、破损的蛇皮袋、烟头……都是以前的货物和货主留下来的。实际上这就是郊区随处可见的白墙蓝边的那种普通仓库。夜晚仓库里的日光灯只打亮了一半,惨淡的白光让人觉得压抑。

偌大一个仓库,如今只有中间的一块区域胡乱地堆着东西,让人有一种行为艺术的感觉。

黎簇他们在那些东西旁边,将装着"棺材"的纸箱一个一个拆开,拆开的步骤非常不经济,但他们还是坚持这样做。

纸箱拆完之后，他们没有继续拆里面的泡沫塑料，而是把包着泡沫塑料的"棺材"一字排开，一个一个整齐地摆放在地上。

因为"棺材"非常重，外面的瓦楞纸箱子也十分厚实，做完这些之后，所有人都筋疲力尽趴在那儿喘。黎簇边喘边向苏万打了个眼色，意思是该把那些塑料泡沫去掉，打开"棺材"看看其中的东西了。

本来他们应该拆一个外包装就看一个"棺材"的，但是所有人都选择了不经济的步骤。这是一种逃避，可惜，既然是逃避就一定有最后要面对的时候。

黎簇打完眼色，没有人有动作。苏万还把头撇向了门口的一边，感觉想朝那个方向夺路而逃。"你们能别那么没出息吗？"他没好气道。

苏万苦笑："手手脚脚的我是不怕，但是装人头的那箱我可受不了。要不，你负责装着人头的那箱，其他的都由我们来。"

可怜苏万和杨好什么都不知道就被卷了进来，自己是应该多承担点。黎簇叹了口气，转念一想，但是咱不是哥们儿吗，哥们儿在这个时候不就得舍己为人吗？

这边的灯光还算亮，多少使得黎簇的心里舒服了一点。他回头看了看仓库的门，走过去把门给锁了，对他们道："行吧，我来！但是你们靠近点给我打打气总行吧。"

苏万和杨好点头，黎簇毕竟是从沙漠回来的，他走到了那些塑料"棺材"边上，慢慢地摸着，摸到了打开塑料"棺材"的拉扣，一拉，"棺材"盖子自动翻开，他看了一眼，这是一箱子"躯干"。

他忍住喉咙里的呕吐感，屏住呼吸，阻止自己吸入箱子里散发出的奇怪的味道，然后下一箱，再一箱，拉开，再拉开。

二十多个"棺材"全部被他打开了，里面的冰块很多已经融化了，冒着丝丝的白气。因为黎簇的速度太快了，苏万都来不及看清，只见白花花的一片，也不知道里面到底放着什么，但看起来像是人的肢体。

不管如何，这样的场景，对于他们来说还是太刺激了。苏万和杨好的脸色都变得无比苍白。

一直到倒数第三个"棺材"的时候，黎簇的速度才放慢了。因为那个"棺材"打开之后，能看见一团一团的黑色。黎簇在这个地方顿了一下，往后退了一步，怔怔地看着"棺材"里的那些东西，那是十几颗"人头"。

"苏万，你的菜来了。"黎簇说道。

没有人理他，黎簇回头看，发现苏万和杨好离他又远了几步。

黎簇暗骂了一声，简单地拨弄了一下那些东西，说道："我得把这些先弄出来，冰融化了，皮肤会泡烂，就不好辨认了，你们别光看着，帮我整理一张桌子出来。"

说完，他闭上眼睛深深地吸了口气，捏紧自己的拳头，上前一步，蹲下来，把手伸进那些冰水中，把一颗"人头"提了上来。

冰水刺骨的冷，但他感觉不到，他的手在发抖。他把那颗头颅端起来，头发全部贴着他的手，不停地往下滴水。

黎簇睁开眼睛，瞬间觉得天旋地转，手一抖"人头"掉回"棺材"。他跑到一边蹲在地上开始呕吐起来，吐得眼前都黑了他才缓过来，他抬眼看到苏万和杨好根本没整理桌子，都已经跑出仓库，不见踪迹了。

黎簇吐完了觉得舒服了一点，他咬牙逼自己爬回去，努力呼吸，想把里面的"人头"一颗一颗地捧出来，先放到地上。

忽然，他看到在那些"棺材"中的冰水里，忽然泛起了一阵涟漪。涟漪动静非常大，整个"棺材"被搅动了一下，似乎冰水下面有什么活物。

黎簇抖了一下，一开始以为是自己的脚碰到了"棺材"，但是随即整个"棺材"又抖动了一下，里面的冰水都溅了出来。

黎簇心说："该不是对方寄的根本不是尸体，而是其他什么东西！"

他站起来，慢慢靠近"棺材"，他看不清楚水下的动静，但是他知道里面一定有东西。

"来帮忙!"黎簇大喊,"这儿还有个活的!!"

"你骗谁呢!"苏万在仓库外面大骂。

黎簇暴怒:"骗你是狗!"

话音未落,"哗啦"一声水声,从纠缠的头发中间,一条手臂粗的东西猛地破水而出,差点扑到了他的脸上。

好在黎簇反应够快,猛地一滚,闪了过去,那东西"哐当"一下钻进了后面的纸板堆里。

黎簇立即后退,绊到地上刚才拆下来的纸板,摔进了装满"人头"的"棺材"里。

第六章 • 黑毛蛇

挣扎着爬起来,黎簇踉踉跄跄地想跑远一点,结果手忙脚乱,也不知道踩到了什么东西,刚爬起来又滑了一下,摔回了原来的地方。

低头一看,自己的脚被头发缠住了,黎簇彻底崩溃了,用力踹掉头发。

这一切总共只有几秒的时间,黎簇还没爬起来,那边的纸箱又动了一下,那条手臂粗的东西猛地从纸箱堆里弹了出来,这下正中黎簇的脖子。

黎簇条件反射地用手一抓,只抓到油腻腻的一条,用力一扯把它甩在地上。

没想到那东西像弹簧一样,瞬间又弹了起来,一下扑到他的胸口。他的胸口一痛,被那东西撞得非常重,显然这玩意儿有点力气。同时有东西溅进了他的嘴巴里,应该是那东西身上的黏液。

黎簇彻底抓狂了，大骂一声一下把那东西扯下来，摔在地上，没等那东西弹起来，他一脚死死地踩上去。

那东西立刻盘住了他的脚，黎簇从一边的"棺材"里，掏出一颗"人头"就向那东西砸去。直到把那东西砸出棕色的汁液，完全耷拉下来，黎簇才缓下来。

他把脚从那东西的身上抽回来，看到那竟然是一条手臂粗的黑蛇。说起来也没有手臂粗，只是因为这条黑蛇身上长满了头发一样的黑毛，感觉像是一条巨大的黑色毛毛虫。

黑毛蛇已经被砸成两段了，还在扭动，但是逐渐变弱了。

他从一边的纸板堆里拿出一根比较长的硬纸板，把它拨弄了一下。蛇动得厉害了一点，不过很快就没有任何反应了。

黎簇这才松了口气，听到身后的硬板纸又有了动静。他一惊，以为还有一条黑毛蛇，举起硬纸板作防御状。回头一看，却看到苏万和杨好正看着他，显然他们听到动静走了过来。

黎簇看着他们，他们也看着黎簇，可黎簇发现苏万的眼睛盯着的不是自己的脸，而是自己的手，顺着眼神看去，发现自己手上还拿着已经烂掉的"人头"，一个哆嗦丢回了"棺材"里。

"这……这是啃的？你T病毒发作了？"苏万顿了半天，结巴道，见黎簇眼睛发红地看着他，立即道，"随便问问，你不说也没事，好僵尸不吃哥们儿。"

黎簇用下巴指了指地上的东西，这俩人才注意到那条蛇。

"那是什么？"杨好接过黎簇手里的硬纸板，上去拨弄了一下，露出了莫名其妙的表情，说道，"这好像是条蛇。"

"这就是条蛇！"苏万道，"问题是这些毛是怎么回事，什么蛇长得这么狂野？"

黎簇把刚才发生的事情说了一遍："蛇在'棺材'里面应该是低活动状态，后来冰块融化了，它就醒了，现在不知道是它自己爬进去的，还是被人装进去的。"如果是被人装进去的，那寄那么多蛇给他是要害

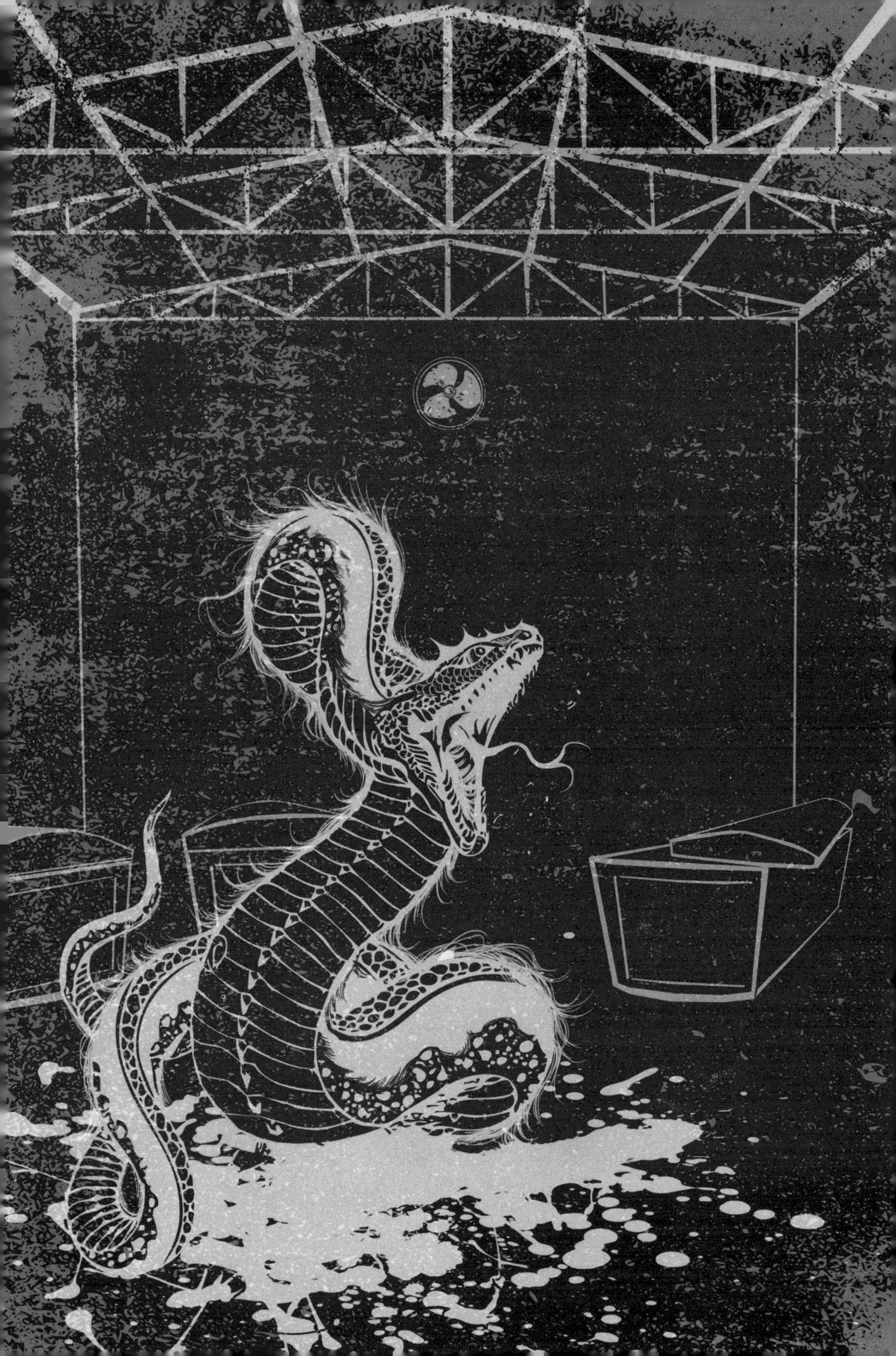

他吗？但是想弄死他没有必要那么麻烦啊。

他们沉默地互相看了看后，黎簇跺脚说道："还是得继续把'人头'弄出来，弄出来才能知道到底是怎么回事。"

黎簇重新来到"棺材"边上，但是这一次，他不敢再直接用手伸进"棺材"里把人头端出来。就算靠近的时候，他的手都在发抖。

这和干尸真的不一样，干尸是一件物件，很轻，而且很多时候你会产生一种错觉，感觉它是虚假的，跟你不是同一个东西。但这些尸体还非常饱满，水分都还没有流失掉，看着就像还会和你说话一样。而且举起的时候因为吸满了水，有很强的拖拽感，觉得随时会脱手滚到自己身上。

他开始推动箱子，箱子和"人头"一起扣出来，"人头"大部分都是侧面和背面，被头发遮掩着，他特别害怕"人头"提起来的那一瞬间，头发飘开，脸突然出现的样子。

很快第一只"棺材"被翻了个遍。

黎簇用仓库里面的一根棍子挑动着，把其中的一张脸翻了过来。他发现那竟然是颗女人的"头"。

他没有想到的是这人十分年轻，年轻到竟然和他们差不多年纪。黎簇本来以为他会看到中年人甚至老人，因为在他的世界观里面，经历这些事情的人肯定是上了年纪的。

他把这颗"人头"上面的头发拨开，看到浮肿但是依稀可辨的人脸的时候，他腿都软了。他回头说："苏万，你过来一下。"

"黎簇，我作业还没做呢，我先回去了。"苏万远远道，黎簇回头一看，他已经叫了一辆出租车在门口。

黎簇大吼，"你要敢走，老子就把所有的事情全捅出来，你分尸、私藏军火、看成人漫画！"

"那是你，老子是背黑锅的！你有良心没良心！！"苏万大叫道。

"你给我过来，否则老子在你家门梁上吊死！"黎簇大怒。

两边寂静了，苏万后面那辆出租车默默地开走了，站在一边的杨好看了看两个人。苏万的脸憋得通红,他憋了好久才道:"得,爱咋咋的。"说着他就朝黎簇走了过来。

苏万捏着鼻子走到黎簇边上,黎簇指着那张脸问他:"你看这个人,我们是不是见过?"

这是一个非常年轻的女孩,年纪应该和黎簇差不多,容貌算不上多标致,但在还不会化妆的年纪,这样子已经算是一个小美女了。

第七章 · 少女尸

这么一个如花似玉青春年华的女孩，现在被肢解成碎块，尸体碎在他面前的箱子里。

苏万过来看了一眼，一下子软得坐在地上，颤声对黎簇道："这……这是沈琼啊。"

黎簇混人脉没有苏万这么厉害，他只觉得这女孩很面熟，听苏万一说才记起来这女孩是谁。

"沈琼不是跟她父亲去其他城市了吗？为什么会变成这样子？"这女孩应该是跟他们同学校的，刚入学的时候在做早操的操场上黎簇见过她一两次，但后来听说，她跟着父亲移民了。现在看来，他们去的地方并不是大家想象中的地方。

沈琼的父母当初和黎簇父母在一个单位工作过，所以小的时候他们应该有过接触，冥冥中很多细小的联系虽然模糊，但永远不会断，所以他看着这个女孩子瞬间就有了印象。

黎簇皱起眉头，看到她的尸体在自己面前，他感觉非常不舒服，无所适从。缓缓地，黎簇的情绪从震惊、恐惧、冷静转为愤怒。

和永远都在思考，永远不会被愤怒冲昏头脑的吴邪相比，黎簇的性格要凶悍得多。他一脚狠狠地踹在"棺材"上面，心中的怒火越来越猛烈。他觉得这些人非常变态，是什么样的人才能把他认识的人肢解，并给他寄过来。

对一个高中生来说，之前经历的一切，已经让他的压力到了极限。他之所以可以坚持下去，是因为在经历这一切后，他回到家里洗个澡，就会觉得不是真实的。但是如今，这件事情似乎牵扯到自己身边的人和事了，压力瞬间让他有点失控。

他吸了口气，开始把这些"人头"依次摆放在仓库的地上，然后又翻动其他的"棺材"，把里面的尸块搬出来。他忽然不再忌讳任何东西，不再害怕那些还殷红的血水染红自己的衣服，更加不再害怕冰冷的温度，只有这样，他才能把它们全部拼起来。

苏万和杨好一直没有过来帮忙，他们显然没有黎簇那样的感觉。

很快，黎簇在地上拼出了十三具尸体。当他把沈琼的尸体拼完整的时候，他脱掉自己的衣服给沈琼的尸体盖上，跪在沈琼面前，开始号啕大哭。他不是悲伤，是崩溃了。

他突然有一丝恍惚，发现真是电视剧和小说看得太多了，形成了奇怪的病态。自己之前那种觉得不同于常人的爽快感，觉得自己被加速成长的宿命感，让他可以很自豪，觉得终于有理由摆脱现在的生活甚至可以藐视其他人。事实上，他发现这种宿命感普通人根本无法承受。

黎簇哭完之后，冷静了下来，叹了口气，开始盘算接下来应该怎么办。

在其他情况下，尸体没名没姓，他可以根据自己的方式处理，但现在这些尸体有身份，他是否应该报警？他是否应该通知沈琼的其他亲戚？自己总不能一直藏着这些尸体。

不，不行，报警该怎么解释呢？还有自己之前在沙漠中的经历，有太多的事情不能说，至少现在这个阶段不能报警。

他冷静地想了想，想起之前那个叫解雨臣的人和他说的很多事情，解雨臣说对方把这些东西寄给他，必然有什么目的，这个目的一定隐藏在所有的物品里面，他一定要仔细去琢磨。

黎簇检查了尸体，按了按尸体的腹部以及其他部位，想找出尸体内是否藏了什么东西。他心中一直默念肚子里千万不要有什么东西，他实在没勇气去把尸体剖开。

尸体的肚子里并没有东西。但是黎簇发现了这些尸体玄妙的地方，这十三具尸体，身上都有一个巴掌大小的伤疤，是用非常小的利刃划出来的。

伤疤已经结痂了，每个伤疤似乎都不一样。因为自己的背后被划得像迷宫图一样，所以黎簇隐约觉得这些伤疤和自己背后的伤疤有一定的关系。

他拿手机把它们一张一张拍下来，打算回去找个电脑看看能否拼接成一张大图，看出什么端倪。

还有几具男孩子的尸体，和沈琼的年纪差不多，也是在最好的年华陨落的生命。他把尸体整理了一下，然后发现苏万和杨好坐在一边，已经完全陷入了呆滞状态。

黎簇也不想苛求他们了，浑身流着冰水走到他们面前："不想待在这里也可以，我们需要制冰机，你知道哪儿能买到制冰机？"

愣了一会儿，杨好说道："我知道一个卖制冷设备的工厂。"

黎簇就说："那你马上去给我买三四台回来，马上就要天黑了，晚了就买不到了。你要快点，即便买不到也一定要回来。"

杨好说道："我考虑一下行不行？"

黎簇摇头，说道："大佬，我也不想的。别这么没义气，行不行？"

杨好只好苦笑了一声，像兔子一样跑了。苏万特别羡慕地看着杨好，对黎簇说道："我能帮你买什么？"

黎簇说道："尸体我自己已经全部搞定了，我已经全部拆完了，现在你把剩下的箱子全部给我拆开，可以吧？我好累，我要休息一会儿。"

苏万看了看这些箱子，对于"棺材"的恐惧已经延伸到了其他箱子上，他说道："这样，你先去把自己洗一洗，换件衣服，我给你好好按一按。然后你再继续工作。"

黎簇对苏万竖起中指，然后转身。他实在太累了，实在走不动了，仓库的角落里有一张以前仓库管理员留下的躺椅，他躺到躺椅上面，闭上了眼睛。

第八章

探险队的尸体

他一点都不害怕这些尸体了,如果这些尸体能够活过来的话,他就可以找他们问清楚已经发生的这一切。他甚至希望他们能够活过来,特别是沈琼。他闭上眼睛,脑袋里浮现的都是沈琼支离破碎的尸体,那么姣好的身段,清纯、柔软、阳光,无处不透着暖暖的青春气息的女孩,现在就这样支离破碎地躺在地上。

他闭上眼睛,迷迷糊糊间,有关沈琼的记忆似乎在他的脑海里慢慢地清晰起来。

他并没刻意留意过这个女孩子,这个女孩子也并没有注意到他。

如今,他听过的话、看到的画面都在脑海中浮现出来,似乎自己就要爱上这个姑娘了,他觉得自己非常非常变态。他不知道自己是一种什么情绪。因为惋惜吗?如果他能够对这个姑娘的生命造成影响的话,为什么他没有去做,而是一次一次地擦肩而过?如果他们谈恋爱呢？如果他们成为好朋友呢？也许他现在就可以改变她的命运。

但现在说什么都晚了，黎簇不愿意看到这样的生命就这么轻易地死去。他不愿意看到生命的脆弱和无常。这是所有人都可以理解的，他心中的情绪、困惑无法发泄，变成了非常奇怪的情感。

黎簇从躺椅上醒过来的时候，苏万已经跑了，杨好也没有回来。他看了看时间，他们应该早就回来了，就算上个厕所，洗个澡，换件衣服，甚至打圈麻将，时间也足够了。

他拨打了苏万的电话，发现对方电话已经关机了。

黎簇知道苏万的性格，骂了一句。又拨打杨好的电话，对方电话干脆不在服务区了。

他沮丧地把电话丢到一边，此时他其实更加不了解的是自己。一般人遇到这样的情况，就应该是苏万这样的表现，自己还在坚持什么呢？难道自己真的如吴邪所说的，有这种天赋吗？他才不要这种天赋。

他站起来晃动酸痛的手臂，这些尸体放在这里很快会腐烂发臭。他必须想到办法处理这些东西。但是时间已经很晚了，没有地方可以找到制冰设备。他只好出去，一路过去找有冰柜的小卖部，然后以高于市场价三倍的价格，把这些冰柜以及里面的东西一起买了。

差不多搞到凌晨四五点钟的时候，他已经收集了六七台旧冰柜。找三轮车把它们运回到仓库，他小心翼翼地把那些尸体放了进去。这些事情完成之后，黎簇的心终于安了一半。

之后，他开始拆那些剩余的快递箱子，其他的箱子十六七个，这些箱子里面全部都是和之前一样的干尸。他自己做了一张表，除了霍中枢之外，有名字的还有李亚、白小萧、陈夏、孙淑香、刘雅贤。其他的几个都没有名字，只有编号。

黎簇这次有了经验，他把干尸身后的开关启动，让这些干尸自己坐了起来，然后去看这些"棺材"底下的暗格里面是否有东西。但暗格中装的全部都是文件，大部分是手写的数据表，他暂时没有心思去看。

　　黎簇仔细地理了理，这些物品可分为三类，第一类是探险装备；第二类是干尸；第三类是新鲜的尸体。按照他的想象，这些可以拼成一个故事。

　　这里所有的人、所有的东西，都是一次探险事故的元素。从干尸干枯的程度来说，这些木乃伊的年头已久，应该是在探险目的地发现的物品。

　　探险装备是探险之后被寄回来的，应该是探险队完成任务后剩余的物资。

　　而这些新鲜的尸体应该是探险队本身。也就是说探险装备和探险时发现的东西，全部被寄了过来。有人打包了一个探险队寄给他，包括探险队挖掘出的文物，他们剩余的所有装备，以及探险队员本身都全部切碎打包了。

　　虽然变态，但是也挺牛的。

　　如今必须要了解探险队所有的一切，为什么会被打包回来？他们在探险的过程中发生了什么事情——是被人杀害了然后觉得太麻烦所以快递回来吗？沙漠里能叫快递吗？

　　不可能是那么没逻辑的。

　　这感觉上是一种示威，就好像武侠片里，某个高手去杀一个魔头，却反被魔头杀了。魔头把高手破碎的尸体绑在马上，让老马识途回来。大家以为高手凯旋，结果马看到自己的马厩开始奔跑，尸体受不了颠簸四分五裂，从马上散落下来。大家看到这种情形都痛苦得崩溃了。

　　老港台片的情节，挺贴切的，但显然不太可能在现实中发生。而且为什么要寄给他呢？探险队又不是他派出去的。黎簇很难去思考这些变故的合理性。他又想起了解雨臣的话：一切的事情，对方如果这么做，一定有其合理性及不得已性。那么所有的信息应该都在这些寄回来的东西中。

　　黎簇告诉自己不要急，慢慢来，如果信息在就一定能找到。

　　黎簇没有待在仓库里面，他一路走回家。他心中最在意的反而是沈琼的事情，沈琼的父母和她自己都已经被杀害了。沈琼的父母和他的父母颇有渊源，他记得最近他老爹的表现很奇怪，难道这件事和他老爹有关系？

　　他被牵扯进这事件当中，真的是偶然吗？他想起了在沙漠中看到的一些奇怪的容器，这些容器，他很小的时候就见到过。所有的蛛丝马迹似乎都在预示着一种必然：自己并不是偶然被选中的。这种选中一定不是所谓的天选，而是人选。

　　如果他是被人选中的话，黄严在他的背上刻上了东西，肯定是事先就知道了他的身份。

　　黎簇回到家之后，发现家里依旧没有人，老爹还是没有回来。但是之前在抽屉里的那张纸，已经被放在了桌子上。黎簇打开了抽屉，发现里面所有的图纸已经被拿走了，只剩下一些红色的百元大钞。

　　这种日子他以前经常过，老爹经常要应酬，没办法照顾他，只能让他自生自灭。

　　他忽然觉得家里有些不安全——自己想问题的思路越来越奇怪了，他已经被最近连番发生的事情搞得有些神经质了。

　　他去老爹的书房，不停地翻动着老爹的书信及联络本，希望能找到沈琼父母的信息。

　　他已经记不清老爹和沈琼父亲的职务之间的关系，只记得他们是在一个体系里工作的，或者说他们至少认识。他希望能从这间书房里找到一些关于沈琼父母的信息，这样才能够知道沈琼一家在这个事件中所扮演的角色。

　　不久，他掏出了一份老旧的通讯录，通讯录后面附有老爹某一次同学聚会的名单及所有的联系方式。黎簇仔细看了看，终于在里面找到了沈琼父亲的名字。

他看到了沈琼父亲的工作单位，愣了一下，沈琼的父亲是做物流的，难怪他会和老爹有业务联系，老爹的工厂在中期的时候对物流的要求非常高。

黎簇摸了把脸，看了看沈琼父亲的物流公司的名字，意识到这个物流公司他也非常熟悉，就是给他送"快递"的那家公司。

啊哈！黎簇心说，原来这件事情是这样运作的。

第九章 · 物流公司

这家物流公司是从老爹工厂里的某个部门延伸出去，然后被沈琼父亲给承包下来的。这个工厂里后来的很多业务，也一直都在同这家物流公司合作。这里面肯定有猫腻，但这个猫腻现在已经不重要了。

在这种情况下，如果老爹的工厂有任何比较隐秘的项目，也应该会依靠他们比较信任的物流公司。为了回报这种信任，沈琼父亲的物流公司在很多敏感的事情上面睁一只眼闭一只眼。这就是这些东西都能毫无困难地运送到他这里的原因。

沈琼的父母都是在这些冰"棺材"中被发现的，而且尸体已经被肢解了，也就是说他们运了自己老板的尸体。不知道有没有打折。

黎簇想知道这些东西到底是从哪个方向寄过来的。既然是沈琼父亲的公司，那么也许能够通过老爹的关系，到那公司里面查一查。不过他老爹现在的情况也非常怪异，让他有点心神不宁。

黎簇在通讯录里面找到了老爹以前的老部下，这个人姓荣，现在在厂里面担任技术科科长。这是厂里面为数不多的赚钱的科室，应该还有些实权。

黎簇赶紧拨通了电话，说明了想法。荣科长很爽快地就答应了。黎簇心想，这说明他们和沈琼父亲公司的合作还是非常活跃的。

他在第二天早上八点左右到了厂里，荣科长派车送他去沈琼父亲的公司。那公司竟然还在照常运营，他进来之后就看到了昨天送货的那几个员工。公司其实不大，只是一个非常小的网点，这样的网点在市里有三十几个，但这个网点应该是最大的分流中心。所有到本市的物件应该是归纳到这里进行整理和分流的。

黎簇进入快递室之后，说明了来意。

对方看了看他说道："你认识我们老板？"

你老板现在就在我冰箱里躺着呢，黎簇心说。但他只点了点头："我来找他了解一些情况。"

话音刚落，其中一个伙计忽然放下手里的东西撒腿就跑。那速度快得，就和动画片里似的。

黎簇愣了一下，心说，拍电影呢这是？几乎是一秒钟后，其他几个伙计也反应了过来，四散奔逃。

黎簇瞬间反应过来，拔腿就追，习惯性地，他追向第一个逃跑的人。冲出快递室，外面是个仓库，第一个逃跑的伙计已经跑出了仓库到了胡同里。

黎簇深吸一口气，以冲入对方禁区的速度，狂追了过去。

黎簇是个高中生，按道理，体能和速度还不能和成年人相比。但是黎簇是一个足球爱好者，他的大部分时间都花在了球场上。而现在的成年人普遍运动量不够。所以黎簇的速度越来越快，那个伙计的速度却越来越慢。

一路追到胡同，迎面开来一辆铃木轿车。胡同基本上只能进一辆车，两车交会就非常痛苦了。那小伙子狂奔着，在车边还有一人空隙的时候侧身滚了过去，接着就回头看了一眼。

黎簇冲到车面前的时候，车已经开到了最狭窄的地方，他上去一挤，就撞到了车的左大灯上，被弹了回来，摔得七荤八素。

开车的是个中年人，开窗就骂："碰瓷哪你？能碰得好点吗？你这也太假了。你再撞一下让你赔车啊。"

黎簇爬起来，就看到一边的墙壁上，有一道大概突起一个巴掌的外沿，他跳上去用力一蹬。

这小铃木不大，他正好从车上头跃过，落地一个缓冲翻滚。心中那个赞，他心说太帅了，自己简直可以去当特技龙虎武师去了。

刚站起来，铃木正好往后一倒把他撞了个马趴。司机还骂："你找死你，碰完前面碰后面。"

黎簇知道自己理亏，摸着屁股爬起来，继续往前狂追，一路就追到了大街上。

路宽，中间有隔离带，过不了马路，那伙计还在前面跑呢，黎簇抄起路边一块板砖就冲了上去。

这一路各种人看到便躲，黎簇跑了十几步就赶上了他，对着他的后背就是一板砖。那伙计一下趴倒在地，黎簇上去又踹了一脚，那伙计爬起来扶着树，忽然哇地一口就吐了出来。

黎簇凑近一看，那伙计脸都青了，显然心肺功能已经到极限了。看黎簇看他，那伙计就摆手："不跑了不跑了，别碰我，我要吐。"

黎簇看他讲话都有污物从嘴角流下来，不由得退后了一步。刚一退，那伙计忽然暴起，又狂奔起来。

黎簇大怒，心说你别怪我，于是，一边追一边大喊："抓小偷啊。"

那伙计跑出去十几步一下就被路人撂倒了，几个胡同青年一听有小偷，全都围了过去。黎簇立即冲过去，把准备揍人的人拦下来，说："误会误会，是我哥是我哥，偷的是家里的钱。"这些人才罢手。

黎簇把伙计扶起来，就看到伙计在哭，伙计说："你太狠了。"

黎簇道："你跑什么？我就问你几个问题。"

"你不是便衣？"伙计问。

"我当然不是便衣，你见过这么面嫩的便衣吗？"黎簇道，心想自己有那么老吗，虽然自己个子不矮且体格不瘦弱，但是肯定能看出还是高中生。但他低头就知道怎么回事了，他穿了老爹的外套。家里没人洗衣服，他的衣服早不能穿了，这段时间他一直穿着老爹的外套。

伙计捂着腰站起来，又吐了两口，问道："问我们老板的，我们老板都让我们当心点，他很久没出现了，我以为他已经跑路了。老子可不想替他背黑锅。"

黎簇就跟他解释自己老爹和沈琼父母的关系，伙计仔细地看了看他，看样子伙计眼神也不太好，看清楚长相之后，伙计才认了出来："嘿，你不就是昨天收货的那小伙子吗？"

"是我是我。"黎簇道。对方坐到地上大喘气道："我就知道你肯定会找回来，运那种东西，我们也是第一次。本来打算把最近几票货送了，该月结的钱到手，我就跑路了。我和你说，这不关我的事，这些贴了标签的货物，我们内部是不过扫描的。也不存到系统里。是老板关照的，我只是做事情。"

黎簇问道："你放心，我不是来追究你责任的。昨天你们送给我的货物，没有对方的地址，我不知道是谁送来的，你能帮我查到吗？"

伙计说道："这个不行，一般老板自己能查，我们没这个权限。"

黎簇想了想应该怎么套话，但以自己现在这么一个高中生的身份，确实很难威胁他们，早知道刚才就不表明身份了。他想了想后说道："你不说我可继续叫抓小偷了啊，我要说你偷我老娘内裤，你命根都保不住。"

对方喘着粗气，瞄了他一眼，想站起来，发现实在动不了了，终于放弃，道："你的那批货物，全部都是从内蒙古寄过来的，单车运。"

黎簇问道："全部吗？"

对方回答道："全部。我们的体系很完整，因为很多货物是不能见光不能过安检的，所以我们所有的货物都是直接用汽车走省道运送过来。这几车应该是三天前从内蒙古出发，昨天才到的本地。我们仓库吞吐量有限，这种大宗的货物都是优先发放的，好腾出仓库空间。"

"内蒙古很大，具体是哪儿你知道吗？"黎簇问道。

对方摇头，想了想，说道："沙子，我们整货的时候，到处都是沙子，你可以查查这一点。这车肯定是从沙漠里开出来的。"

第十章 ● 仓库话语声

　　这一下，大部分的东西串上线了，这个探险队，应该也是去了巴丹吉林，虽然内蒙古沙漠不只这一个，但是事情总不会那么巧。

　　车子是从沙漠中开出来的，那么探险队是在沙漠中遇害的。十有八九，就是在古潼京那个地方。

　　沈琼和她父母都在探险队里，这说明这个队伍并不是很严肃的队伍，但是看那些枪械，感觉又不是旅游。沈琼的父母虽然干了一些非法的勾当，但也算是正经人家，唯一的解释，就是他们是被劫持的。

　　线头虽然很乱，但是总算全部都联系起来了，只是不知道目的。

　　黎簇回到仓库外，仓库外面有个沙县小吃，他在那儿吃了午饭，准备养足了精神再去仔细看所有的物品，只要能找到一条线索，这一切也许都能解释了。

　　吃到一半的时候，他看到杨好和苏万两人下了出租车，看着仓库，很为难的样子。

黎簇问道："你们舍得回来了？"

苏万和杨好回头看到了他，对视一眼，像是约好了似的，苏万道："对不起，哥们儿，昨天我们确实不够义气，我们也看不起自己。我们思考再三，决定过来跟你一起面对。你得理解我们，我们是第一次经历这种事情。现在，杨好已经决定了，咱们这个小团体里面，他再也不做老大了，由你来做老大，我们都听你的。杨好说了，虽然他有组织能力，也能打，但说到胆大，他肯定比不上你。"

黎簇说："事情不是我干的，我只是收到这些东西而已。"

苏万就说道："不管是不是你干的，你能把它们全部拼起来，还能拼得这么快、这么利落，这点已经让我们望尘莫及。所以，老大，鸭梨老大，我们以后都跟你混。"

黎簇踹了他一脚，道："你给我闭嘴，我现在不想和你开玩笑。来得正好，如果真的当我是老大的话，你们是不是都听我的？"

苏万和杨好点头，道："只要不碰尸体，我们都听你的。"

黎簇说道："好，尸体部分我来，你们帮我仔细看那些箱子和里面所有的小细节。看看是否还有隐藏的信息，或者还有我不知道的地方。"

两个人点头，又是道歉，又是哈腰，外人看可能很假，但是黎簇心里知道，他们几个人对于彼此来说都很重要。昨天的事情，要是别的哥们估计以后就不会来往了，但是这几个没有其他的选择。

吃完之后，几个人来到仓库的门前，都顿了一下，无论说得多好听，再次进入这个仓库总是有点心理障碍。

黎簇把钥匙插进锁孔，刚想开锁，忽然苏万一把抓住了他的手，皱起了眉头。

"怎么了，刚才说的又变卦了？"黎簇揶揄道。

苏万摇头，侧耳听了听，说道："里面有人说话，仓库里有人。"

黎簇愣了愣，租这个仓库的时候，他特地检查了周围的环境，这个仓库密封性非常好，就算打开空调都不会消耗太多的电，没有后门和可以爬入的窗户，唯一的入口就是这道铁门。

他们静了下来，黎簇把耳朵贴向门板，屏住了呼吸。他果然听到了轻微的声音，听节奏，真的是人在说话。

什么贼那么神通广大？是钻地道进去的，还是这个仓库有个暗门自己不知道？

他仔细地听了听，声音一直很模糊，听不懂里面的人说的是什么，但是感觉他们的对话节奏很奇怪，应该不是在对话，更像是两个人在自言自语。

不能报警，否则赃物曝光就牛大发了。也不能找人来帮忙，否则杨好找100个混混都不够看的。如今看来，只有吓唬一下，让他们自动跑路了。

三个人很有默契，对视一眼，苏万就叫道："哎呀，我说仓库不需要那么勤快地检查啦。你们三天两头来，还带那么多人，何必呢，我们先吃饭，吃完了再检查好不好啦？"

杨好摇摇头，低声说："过了，情绪要再饱满一点。"说完他踹了一脚铁门，"放屁，是不是里面藏了什么见不得人的东西？又不是第一次了，你说你，叫你看个仓库，你给我整么多幺蛾子干什么，要不是看在你爸的分上，我早让你回乡下去了。"

苏万立即道："我没整幺蛾子，你放心吧。"

杨好喊了一声："阿大！"

黎簇立即应道："在！"

杨好又大喊了一声："老饼呢？"

黎簇立即压低声音应声道："这里！"

"杨师傅呢？"

黎簇捏住鼻子："俺在咧！"一边说他一边摆手，意思人够了。

"打开门，看看他在搞什么鬼！"

三个人扯起铁链，哗啦哗啦搞了一阵，然后安静了下来，都贴上去听里面的动静。

大概有两三分钟的样子，果然一点声音都没有了。三个人互相看了看，黎簇示意，少安毋躁，继续等待。他们挠了会儿墙，再次去听，仍旧安静才打开铁门。

三个人再次进入仓库，冰柜的嗡嗡声让人不寒而栗，当然是特指他们三个，因为他们知道里面装的是什么。

他们四处看了看，不见任何人，想来那些人应该是跑了。三个人围着仓库转了一圈儿，没有发现任何的暗洞，黎簇就觉得奇怪了，贼是从哪儿进来的？

不过管不了那么多了，三个人来到冰柜面前，杨好说道："先来根烟，兄弟们就各安天命了。"

三个人点上烟，黎簇忽然想起了什么，在冰柜面前拜了拜，说道："各位兄弟姐妹，把你们放在里面不是我的本意，我也没有丝毫不敬，你们知道我也没有办法，谁让你们是打包过来的，如果你们能显灵告诉我怎么办也行，如果不能也不要吓唬我们，我们搞完了一定给你们风光大葬，北京房价那么高你们就别留恋了。"

"你哪儿学来这些的？"苏万问，走到冰柜边上，道，"要显灵早该显灵了啊，再不显灵就没机会了。"

"故人的故人。"黎簇回答。

三个人挽起袖子就准备上。就在这个时候，苏万又拉住了黎簇的手。

"又怎么了？"

"有、人、说、话！"苏万一字一顿地说道。

第十一章 • 大战黑毛蛇

三个人再次安静下来，忽然听到了一声清晰的话语声，从一边堆纸箱子的地方传了出来。语音很清晰，但是听不出说的是什么。

黎簇一慌，往那边看去，心说难道人躲在里面了，这下糟糕了，没想到这家伙竟然不逃走。但是转念一想，对方看到他们三个小鬼，还不出来，估计是小毛贼了。

好久没打架，黎簇一下来劲了，使了个眼色，三个人瞬间包抄了上去。对着纸箱子一顿狂踩，一边踩还一边大叫："出来！出来！出来！"

没有任何人出来，他们踩得满头是汗，整个纸箱都被踹扁了，一看就知道里面不可能有人。

"咦？"杨好纳闷，"鸭梨你是不是听错了？"

他刚说完，三个人就都听到了一声短促的说话声，来自另外一个方向。他们转头，看到是放空"棺材"的地方。

苏万看看脚下的纸箱，又看了堆"棺材"的地方，皱眉道："不好，移形换影。"黎簇和杨好两个人各打了他一巴掌。

"有两个人，刚才就有两个人说话。"黎簇道，三个人又围过去，黎簇又喊道，"出来吧，我们打一顿而已，不会拿你们怎么样的。"

年轻人暴戾的一面在此时表露无遗，黎簇说完之后，已经准备好冲进去把里面的人拽出来了。这一次，里面的人似乎对黎簇的话有了反应，一下说了一句话。

黎簇听不懂，这一定是一句话，但是不知道为什么，他就是听不懂话的内容。接着，"棺材"动了动，从"棺材"的缝隙中，探出了一条长满了黑毛的蛇，蛇头几乎有手机那么大。

三个人都愣了，看着蛇扬起脖子，身上的毛全部挓挲了开来，接着它昂起头叫了一声——类似人讲话的声音。

黎簇遍体生寒，立即就知道了自己为什么听不懂，他听到的根本不是人讲话的声音，而是蛇的叫声。

蛇还会叫真是第一回听说。

"抄家伙，抄家伙。"杨好拉着两个人往后退，这蛇也仰着脖子缓缓逼近他们，感觉只要他们一跑它就会冲过来。

一直退到冰柜的时候，谁也没有注意旁边。忽然，冰柜"哐当"一声，抖动了一下。

三个人吓了一跳，面面相觑，苏万就道："真显灵了。"

杨好扬手就给了苏万一小嘴巴："你给我闭上你的乌鸦嘴。"

苏万就指黎簇："他先说的！"

他的字音都没发全，"哐当"一声，整个冰柜忽然就自己翻倒了，冰柜的盖子打开，里面的东西全翻了出来。同时翻出来的还有一大坨黑色的手臂粗的东西，全是之前看到的蛇。

同时，他们听到蛇堆里，立即发出了密密麻麻的人说话的声音。

这些东西一落地就摔散了，全部滑到了三个人脚边，三个人条件反射立即后退，但是那些蛇一落地就立即朝他们扑了过来，攻击性非常强。

苏万连骂两声摔倒在地，被身边两个人提溜起来往后拖出去十几米，那些蛇行动略微迟缓，没有之前黎簇碰到的那条那么迅猛，可能是冰柜中温度低没有完全恢复的原因，但是它们还是以极快的速度朝他们爬来。地上那些湿濡濡的黑毛看上去就像头发活过来一样，异常恶心。

三个人往后狂奔一直退到墙壁处，回头一看，有几坨"头发"如影随形，几乎都蹿到脚边了。杨好飞起几脚，一边把弹起来的几条蛇踢上房梁，一边叫苏万："后面有铁铲，抄家伙上！！"

苏万点头，回头拿起靠在墙上的铲子抛给他。

杨好显然是想让苏万上，好让自己有喘息的机会，没想到苏万直接把铲子甩过来了，铲子直接拍在他脑袋上，把他拍翻进蛇堆里。杨好单手一撑重新站了起来，抖几下把蛇全甩在地上，用铲子连拍几下，把围过来的蛇拍死，然后怒目看向苏万。

"护驾！护驾！"苏万根本没时间和他对视，一边踢蛇，一边大叫，杨好抡起铲子就把苏万拍到墙上，然后上来帮他把蛇拍退。

黎簇还算冷静，毕竟面对过一次，已经扯过边上的躺椅当盾牌，挡在那些蛇前面，杨好救下了苏万之后，上来帮黎簇，几下把那些蛇都拍死了。

后面那些蛇倒也不怕死，前面一条条地被拍死也丝毫不逃，还是前仆后继地围了上来，随着冰冻效应的减弱，它们的速度越来越快。

"灭火器灭火器！"苏万在后面大叫，两个人回头一看，墙边十几米的地方，放着两个灭火器。三个人一起慢慢挪过去，苏万拿起灭火器倒过来就朝这些蛇喷去。

这一下果然有用，蛇群开始后退，苏万甩开膀子把蛇逼退，只要蛇的速度一慢，杨好立即上去一铲子砸死，蛇一有反扑，两个人立即退到黎簇身后，黎簇用"盾牌"挡住。

六七分钟之后，明面上能看到的蛇全被砸死了。

三个人慢慢放松了下来，围在一起，东看看西看看，苏万道："我们简直是斯巴达方阵啊，攻守平衡，坚不可摧。"

杨好还没忘记刚才那茬儿，抡起铲子就拍他，被黎簇拦住。他浑身还在冒着冷汗，看了看对面倒掉的冰柜，问他们："没人被咬吧？"

三个人检查了一下自己的身体，都摇头，苏万道："这些蛇好像不咬人，我身上爬上来过好几条，扯下去都没咬我。"

"我也是。"杨好说道。话还没说完，他忽然就看到苏万的脖子后面，猛地探出来一张长满鳞片的脸。

那是一张无比狰狞的脸，脸上长满了黑毛，猛地张开嘴一口咬住了苏万的脖子。杨好大叫"不好"，一铲子拍过去，把苏万和那张脸全拍倒在地。

黑毛蛇从苏万的脖子后面爬到他身上，猛地直起了上半身，整个脖子像眼镜蛇一样打开，里面竟然是一张奇怪的人脸。

就算是长满了鳞片，黎簇还是可以认出来，那是沈琼的脸。加上蛇身后的黑毛，活脱脱就是一条长着人头的蛇。

"妖孽！"杨好呸了一口，苏万已经不省人事，尿从裤裆里蔓延到裤子上。"怎么弄，我上去拍它，你把苏万拖回来？"

"你什么时候变得这么有勇气了？"黎簇惊讶道。

"我只怕新鲜的死人，活的东西老子见一个灭一个。"杨好大吼一声，上去就拍人头。

没想到这东西还挺灵活，往后一退躲了过去。杨好反手又是一下，正打在苏万裤裆上。

苏万整个人弓了起来，一口水吐了出来，那蛇顺势就盘到了铁铲上，顺着铲子就飞速爬了上来。

杨好大骂把铲子一丢，蛇瞬间爬到他手握的地方，弹起来竟然在空中滑翔并且转了一下弯，一下趴到了杨好的肩膀上。

说时迟那时快，黎簇见状拎起来灭火器就对着杨好狂喷，蛇被喷了下来。然后他用灭火器的底部对着蛇的脑袋就是两下。

那蛇显然比其他蛇要灵活很多，灭火器在水泥地面上砸得火星四溅，竟然一下也没砸到那蛇。那蛇躲了两下之后又猛地弹起。

黎簇就地一滚，滚到一半的时候腰部用力一下变了方向。果然那蛇腾空之后竟然张开颈部在空中变动方向，没想到黎簇也会中途变向，一下扑空落到地上。杨好骂了一声，以踢球时中场远射的力气，一脚踢在了蛇的脖子上。

整条蛇像炮弹一样被踢飞了出去，直撞到对面的冰柜上，滚落在地，抽搐了几下，竟然还能动。杨好果然是前锋的料，飞快地冲过去，一下踹翻了那台冰柜，把蛇压在了下面，然后跳上去狂踩。

无论是蛇还是龙，这么踩肯定都成肉酱了。

黎簇松了口气，上前一步，却看到那台被踹翻的冰柜的柜门被杨好压开了，一大团黑色的头发混着尸块从里面翻滚出来，全部都是那种蛇，缠绕在一起，与第一台冰柜一样的情形，散落了一地。

第十二章 • 最后一个包裹

"白痴吗？！"黎簇大骂着，抡起灭火器上去，天真地希望能把这些蛇赶回去，但是已经来不及了。杨好从冰柜上跳下来，踢飞了几条蛇，来到了黎簇的边上，懊恼地抽了自己一个嘴巴。"失误失误，怎么那么多？我们撤吧。"

"这儿全是居民楼，就这么撤了，得害多少人。"黎簇道，"不能撤，得全干掉。"

"咱们肯定死这儿。"杨好道，说完指着苏万，"咱们不死，苏万肯定也死在这儿。"

黎簇立即去看苏万，只见苏万口吐白沫爬起来，脖子的伤口很深，流出来的血都发黑。舌头已经麻了，说不清楚话，他只指着另一边的纸箱，道："枪、枪，拉而有枪。"

黎簇和苏万醉过五百多回，也就他能听出他说的是什么——枪、枪，那儿有枪。

黎簇和杨好对视一眼，立即冲向纸箱，从里面把折叠冲锋枪掏了出来。手忙脚乱，试了好久才子弹上膛，拉上枪栓。

在北京竟然能开上真枪，早几年黎簇都会觉得死而无憾了。

但黎簇从来没有想过，开真枪是那么困难，按下一次扳机的六次连发让他几乎脱手。他调整了力气，用力压住枪头向地上的蛇开始扫射。冲在最前面的几条蛇瞬间被打得开花。

黎簇平日里看过很多关于枪械的网络文章，知道枪的威力不仅仅是子弹的贯穿伤，还有所谓的空腔效应，也看过一些图片，但是实际开枪，看到子弹的空腔效应在蛇的身上开花，那是另外一番景象。他发现这些蛇中弹之后，几乎是整个炸开。如果子弹击中蛇的颈部，那么连蛇头都会整个儿碎掉。即使没有打中蛇，子弹落在蛇盘曲的身体边上，蛇也会立即丧失行动力。

没有任何悬念。尽管蛇的速度非常快，但是在两个人形成的密集火力网下，这些蛇被草芥一样地打成了碎末，一路扫到门口。

"会不会有人报警？"停火之后，黎簇的耳朵已经快听不清了，模糊地听到杨好问他。

黎簇摇头："不会，中国人没听过枪声，会以为是放鞭炮。"

"你确定？"

"不确定，不过这枪的口径很小，动静不会很大。这仓库是钢结构的，枪声传出去之后声音会变得很奇怪。你放心吧。"黎簇道，他小时候在老爹的厂里打过靶。厂房里，用的步枪，声音听起来像打铁一样。枪声这种东西，不是老炮根本分辨不出来。

他们收起枪，立即回去把苏万扶起来。黎簇以为苏万能立即站起来，吐槽两句应该问题不大，然而他看到苏万的脸已经变成黑色，人都没了意识。

黎簇知道坏了，摸了摸苏万的额头，心说不至于吧，拍了苏万两下，就发现他没呼吸了。

"死了死了！"杨好惊恐道。

黎簇俯身去听心跳，只听到非常轻微的搏动声，他的脑子瞬间一片空白，他压了压苏万的脉搏，立即开始给苏万做人工呼吸。做了几下，苏万毫无反应，黎簇就僵掉了。

杨好打了120之后，瘫软倒在地上，他们两个人都觉得天旋地转。

在120来之前，他们把场面收拾好。整个过程黎簇都是无意识的，杨好说苏万的伤需要把蛇带过去，他们只好找了个袋子，把死蛇装在了里面。

在救护车上，黎簇空灵的意识才回归，真正意识到自己将要面对什么。看着担架上苏万的脸逐渐变得苍白，他的心也逐渐冷了下来。电影里以前让他觉得刺激和沧桑的情节，在现实中褪去浪漫的伪装，竟然变得如此残忍。

他把脸埋在了自己的手心，听着心脏监控仪器和救护车鸣笛的声音。杨好在给苏万的父母打电话。而他开始耳鸣，然后缓缓地什么都听不到了。

黎簇没有纠结于是谁的错，他知道这种事情谁也不想发生，他和苏万一样无辜。他不会把自己的情感纠结在自责中，他不是这样的人，这可能是他为数不多的优点之一。

他想到的是自己的未来，自己接下来应该怎么做。之前他觉得这是自己的宿命，但是如今他胆怯了，发自内心地胆怯，他想不到宿命这种东西竟然会那么危险。

不仅对自己，还对自己身边的人——自己以后作任何决定，都要背负上这样的心理压力吗？

苏万被送进了加护病房，黎簇和杨好坐在门外。杨好打架打多了，经常有哥们儿被打进医院，他已经很习惯应付这些事情。他接待了苏万的父母，之后医院立即就下了病危通知书。黎簇远远看着病房里的苏万，拿起了手机，按下了110。

但他没有拨出去，手指在上面滑动了几下又缩了回来，他不是怕麻烦，他知道自己承担不了之后的事情，也知道没有人会怪他，但是他就是按不下去。

他按不下去的理由并不高尚，他知道自己是个普通人，从来没有哪一刻他像之前那么兴奋，因为他发现自己不普通了。他不用考很好的成绩，不用长得特别英俊，也可以在心里告诉自己，他有了藐视其他人的理由。

虽然他不知道这个理由是否对自己有好处，但是这个年纪的少年，需要这样的理由让自己觉得与众不同。

如果他按下了这个号码，那他很快又会变成一个没有任何理由逃课，普通得不能再普通的中学生。

正在他犹豫不决时，苏万的母亲从加护病房里出来到他面前，急促道："鸭梨，万万叫你进去。"

黎簇愣了一下，就被苏万的母亲抓起来拉进病房，他看到苏万已经醒了，脸色苍白，嘴唇发紫。他心中凛然，难道要交代后事了吗？这种场面是他无论如何都承担不了的。

"没事吧？"黎簇也不知道该说什么。他这样的成长经历，对于这样的场面没有经验。

"怎么可能没事？"苏万用低得几乎听不清楚的声音说道。

"你别担心，中了蛇毒没死的话，很快就能治好。"黎簇道，说完才意识到苏万的爸妈在身边。

苏万没有理会他的话，动了动头，不太能发出声音了。黎簇赶紧凑过去，苏万就道："不好意思，鸭梨，有个东西我藏起来了。"

黎簇看着他，明白了他的意思，看来，苏万并没有把所有的东西都交给他。但是他很惊讶，苏万不是那种会把别人的东西占为己有的人。

"什么东西？"黎簇看了看他父母，轻声问道。

"最后一个包裹。"苏万说道,"在我家那棵枇杷树下面,我埋起来了。"

"最后一个?"

"对,最后一个包裹,昨晚寄到的,这个包裹很关键,很对不起,我没敢第一时间告诉你,里面的东西——你一定要去看一眼。"苏万道。

"你为什么要藏起来?"

"你看了就知道了,我怕我不说就没机会了。"苏万推了他一下,轻声说道,"趁我爸妈都在医院,快去拿出来。"

第十三章 • 树下的钥匙

黎簇来到苏万家的门口,感觉自己好像在几个不同的时空穿梭。

这道普通的门他是多么熟悉,他已经无数次地出入过,现在好像也只是顺路经过,来找苏万玩耍。只是,苏万还在医院里,生死未卜。自己来这里的目的,也十分奇怪。

苏万没有办法把钥匙给他,他只能从旁边的墙爬进去。这事情他倒是干过很多次,以前和苏万去网吧打游戏经常半夜爬墙。

他爬了进去,熟练地拉亮了院子里的灯。

枇杷树就在苏万的房间下面,看到枇杷树黎簇就知道苏万为什么要选择这个地方埋,枇杷树下是沙地,他用手扒了几下,很快把下面的东西挖了出来。

那是一个茶叶罐,只有杯子大小,黎簇打开罐子,将里面的东西倒出来。那是一把钢制钥匙,钥匙上贴了个标签,上面写着一个地址。

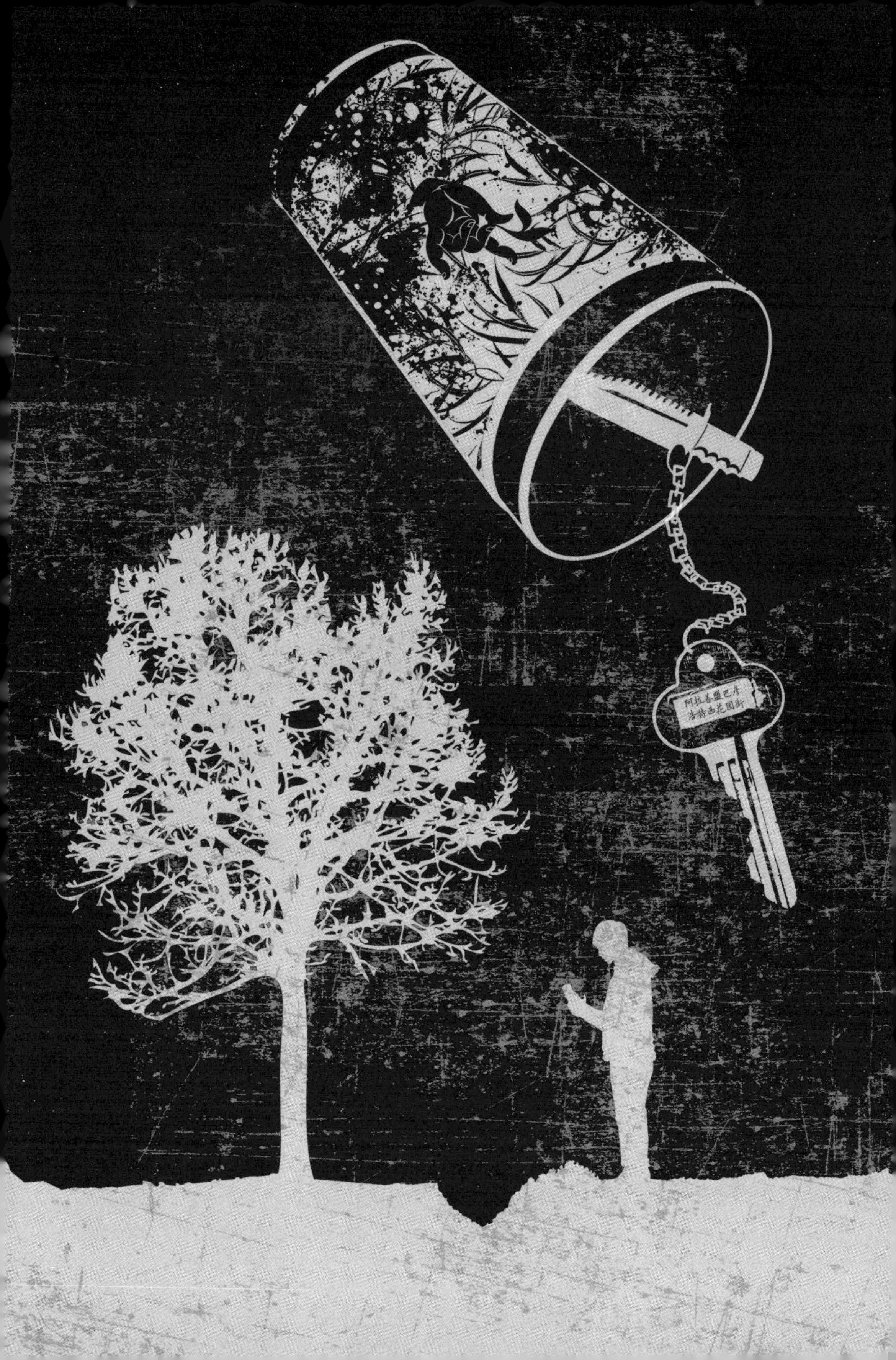
阿拉善盟巴彦
浩特西花园街

这是最后一个包裹，里面只有一把钥匙？他坐在地上，忽然意识到，这一招对方在梁湾身上也用过。看来对方非常习惯使用这种伎俩。

他仔细地看了看钥匙标签上的地址，这地址可比梁湾拿到的杭州的地址牛多了，这是一个内蒙古的地址：阿拉善盟巴彦浩特西花园街，一个酒店的房间。

黎簇摸了摸下巴，思索为什么苏万收到这把钥匙反而要藏起来，其他的奇怪东西反而不藏。

苏万是个思维方式很正常的人，他藏这把钥匙肯定是有理由的。

从钥匙本身看不出什么问题，难道苏万去过这个房间了？这小子有钱有身份证，倒是真有这个可能。从这儿飞过去，三天就够来回了。

黎簇再看那钥匙，看到钥匙上面挂着的钥匙挂坠有点奇怪，是个奇怪的匕首的样子。他摆弄了一下，发现钥匙挂坠竟然是一个SD卡的卡芯，就是单反相机用的那种去掉了保护套。

黎簇抬头看了看窗户。他等不及去网吧了，于是从一边的大树爬进苏万的房间，打开了他的电脑，把SD卡的卡芯插了进去。

里面存有一个视频，黎簇心里暗骂，点开了这个视频。

他看到了沙漠的景观，看到了还活着的沈琼和她的父母，沙漠中起着大风，他们都穿着斗篷，迎风站立着，对着一个东西指指点点。接着，镜头晃动，转到了另一个方向，他看到了一块巨大的岩石，耸立在沙漠中，非常突兀。

摄像机对着岩石的各个角度拍摄，因为风很大，拿着摄像机的人似乎走路不稳，时不时会摔倒，镜头晃动下，拍到了很多穿着斗篷的人。他看了看时间，这段视频有半个小时之久，接着，他在一个镜头中，看到了黄严的脸。

他只在照片上看到他的面孔，如今他活生生的，在风沙里大声地叫喊着。镜头越来越暗，显然遮天蔽日的风暴来临，将所有的光线盖住。

黎簇坐直了，看了看手表，意识到接下来的半个小时里，他应该可以了解到事情的真相。这应该就是在他们进入沙漠之前，黄严拍的资料视频。他所收到的探险队的尸体，应该就是这一支的了。

第十四章 · 神秘视频

虽然视频只有半个小时，但黎簇前前后后看这个视频的时间，超过20个小时。他不仅一次一次地观摩细节，很多时候还会对着某一个视频画面定格发呆。

整个视频大约可以分为两段，但都是零零散散的片段，没有具体情节，所以不可能按照一个故事的方式讲出来，只能按照大概的归纳性情节，配合地理位置来描述。

第一段视频，大约有18分钟，是时间特别长的一段视频，也是最清晰和枯燥的。

视频的最开始，就是刚才描述的东西，也是这个视频的主基调。大部分的内容，都是在沙漠中探索那一块巨大的岩石。同时视频记录了沙暴是如何来临的，天是怎么被遮蔽的，以及沙暴中人的状况。

黎簇对这段的感触太多了，首先他惊叹于沙暴的威力，他以前只在小说中看到这种描写。他在福州夏令营的时候，经历过台风，觉得大风不过如此。当他在视频中看到，就知道完全不是那么回事。他亲眼看到飞沙中一个人的斗篷被吹了起来，那人扯住整理，就这么停顿了一下，沙子瞬间埋到了那人的腰部。

视频刚开始的时候，天还是阴的，到了中段，几乎就是黑夜的状态。这一段只听到有人大喊，喊的什么一概听不清楚。

其次他发现这片沙漠和自己去的沙漠似乎不一样，这里的沙子是黄色的，而且他不记得自己看到过那么大的岩石，从所有的蛛丝马迹来看，这片应该就是古潼京，但却和自己看到的完全不同。

再说那块岩石。吴邪倒是给他看过一块岩石的照片，说那是某个地下建筑的一部分。风沙中，那块巨大的石头形状有一些诡异，有点像一个骨瘦如柴的人的膝盖，也许真的有可能是陵墓的某一部分。他看过西夏皇陵的图片，在沙漠中风化那么多年，那些皇陵看上去也像是天然形成的巨大石头。

这些人不停地围绕着岩石转圈，摄像机不停地拍摄特写，似乎在寻找上面的入口。

最后几分钟，风暴开始减弱，视频中拍到几个人开始攀爬岩石，因为光线还没有完全透进来，只看到手电光斑下壁虎一样的小人。

之后视频黑了几分钟，跳到了下一部分。

这一部分虽然只有12分钟，但却是视频中最重要的一环，因为这一段有对话。

视频是绿色的，开的是夜光拍摄模式，从光线体系和环境的压抑程度来看，他们应该已经进入那块岩石的内部。为什么能那么肯定，是因为视频中山洞的内壁，和岩石的表皮一模一样。

整段视频一共有7个人说话或出镜，说得最多的是黄严，视频中有很多他的特写，能明显地看出，他非常亢奋和紧张。

"反正所有的东西都归你们，我只要去看一眼就够了。"黄严对着镜头说道，"你录下了，录下来了吧，我说话算话，我这种人，说出来的话不会反悔的，你们都信我吧。"

没有人回答他，显然他不是这支探险队的领导者，只是关键人物而已，没有威信。

镜头转了一下，从这种状况来看，他们应该是在休息，很多人坐在狭窄的山体缝隙里。

黎簇注意到一个陌生人，不，不完全算陌生人，因为他在那些尸块中见到过这个人的脸。

这个人正在抽烟，他狠狠地抽了一口，说道："重要的不是你分不分东西，重要的是你说的东西到底有没有。已经14个小时了，如果再找不到，我就离开这个鬼地方，你自己一个人在这儿找吧。"

"那东西肯定就在这块石头里。"黄严发誓道，"绝对错不了，2000年了，只有我发现这个东西的线索，它肯定就在这里。"

镜头没有转动，仍旧拍着那个抽烟的人，他似乎很不耐烦，他的烟让身边的人不舒服，传来女人咳嗽的声音。

镜头转了过去，黎簇看到了活生生的沈琼，她正在剧烈地咳嗽，她的妈妈紧紧抱着她，缩在角落里，骂道："我女儿有哮喘，你能不能不要在这里抽烟。"

"抱歉！"那个人似乎还挺绅士，立即把烟掐了。

镜头对沈琼的脸进行了特写，显然她十分害怕，几乎把头缩进了妈妈的腋下，看来胁迫的推论是正确的。

"别害怕，小姑娘，只要你爸爸帮我们把货物分销到各地，不出什么岔子，我保证这是你最后一次经历这种事情了。"抽烟人的手出现在视频中，似乎要去摸小姑娘的头发，被她母亲拍了回来。

"别这样，我真不是坏人，这规矩又不是我定的，要怪，就怪你的男人，谁叫他的物流公司做我们的生意。"

镜头一转，拍到了沈琼的父亲，他是个干瘦的秃顶男人，此时缩在角落里，看了看女儿，又看了看镜头，怒吼道："不要拍了！我怎么知道你们会把我家里人也拖下水。"

"你也不想想,这么贵重的货物,只要有一单出问题,就是7位数的损失,你不在我这里押点宝贝东西,我放心交给你吗?你也别害怕,这就是个规矩,你看洗钱的、验货的,他们的孩子也跟来了。他们不见得那么害怕。还能帮上忙呢。"

"你确定他不会把我们的事情说出去?"黄严在一边问道。

"不是第一次了,他就是在家里人面前装纯情。"

全程镜头都没有变过,一直拍着沈琼,偶尔带到一边一个男孩身上。那个男孩应该已经习惯了,自顾自地在那儿打着电动。黎簇是行家,看那人的手部动作,就知道他在玩《怪物猎人》,还能估出他用的武器是重弩。

原本觉得自己算是高中生里挺牛的一个了,看来自己想多了,这些孩子因为父母的不正当生意,显然对于这种极端的环境已经习以为常了。

静默了大概两分钟,忽然镜头一转,转向另外一边。但是,那边一片漆黑什么都没有,之后黄严就说道:"什么声音?"

"这儿是你找到的,你不知道吗?"

"我说了,这地方有一定的危险性,我找你们合作,你们应该就知道我的目的。"对于对方轻视的态度,黄严的愤怒爆发了,"我给你们带来了钱,不指望你们感谢我,但是闭嘴行不行?"

话没说完,有一个人从黑暗中冲了回来,一下摔进了他们休息的洞穴里,大喊:"水!水!快给我洗手!"

摄像的人和镜头里的人一样也混乱了,画面晃得黎簇都要吐出来,他只能看到几个人拿水壶出来给那个人洗手,那个人的手都腐烂了。

"怎么回事?"黄严一边吩咐四周的人压住他,一边问。

"水,这里的水有问题!任何水都不要碰!"叫喊的人有西北口音。

接着,就一直听到黄严的声音,他在指挥其他人帮忙。

救助那个人的时间非常长，场面极其混乱，镜头晃动了一段时间之后，黄严对着摄像机大喊："过来帮忙！"

摄像机被放下，但是没有关电源，镜头一直对着洞穴通往外面的缝隙，黑漆漆一片。那个人的惨叫声和人们的叫喊声，持续到这一段结束。

最后一个画面，黎簇看到一个人冲过摄像机的镜头，往洞穴的缝隙跑去。那是一个中年人，速度很快，只在画面上停留了半秒，显然他在犹豫要不要带上摄像机，却最终决定不带了。

就是这半秒，让黎簇愣住了，并且花费了大量时间不停地看重播，那个中年人他认识。

那是他老爹。

第十五章 • 黎簇的推测

他观看这半秒视频的时间累积起来可能有5个小时，从苏万家出来之后，他又坐在网吧里对着这一帧发呆。

他曾经不止一次想说服自己，这不是他老爹，只是夜视光影下的错觉，但是他无法欺骗自己。那人在这半秒内转身的动作和背影，走路的状态，都跟他老爹完全一致。

他看出老爹的情况很不对，有一些紧张。他老爹从来没有在他面前紧张过。但是，从视频中的表情来看，他老爹处在极度紧张的状态。

按照黎簇对他老爹的理解，之前拍摄到的所有东西，一定不是令他老爹紧张的理由。一场沙暴，一条山体缝隙，他老爹是北京纯爷们，不可能因为这些紧张成这样。

看样子，视频第一段和第二段之间，应该还发生了什么事情。这么说来，在缝隙中的这些人，那种紧张的状态，也不是很正常，确实像是经历了某种可怕的事情之后的情绪代偿。

如此说来，他老爹也参与了。而且看沈琼还有其他几个孩子的状态，这批人把孩子牵扯进来，似乎是常态。

老爹啊老爹，难怪老妈要和你离婚，你也太不靠谱了。

黎簇解析了整个视频，用相关的软件把这前后两三秒的内容全部拆成帧数，发现其中有一个非常奇怪的点。

摄像机的镜头一定没有动过，他对比了几个时间点的背景轮廓，完全一致，但是摄像机的时间表达式，少了9分12秒。

这段视频是被剪辑过的，有9分12秒的内容，对方不愿意让黎簇看见。

黎簇缩在网吧的椅子上，抽了半包廉价烟。他觉得如果自己这个时候抽烟的状态一直进行下去，估计40岁就会得肺癌死掉。

他回忆关于老爹的所有细节，发现不仅老爹不了解他，其实自己也不了解老爹。

他老爹其实从他小时候起就神神秘秘的，当着工厂里一个不大不小的干部，却没有什么实权，很忙，到处跑，很少和家人吐露自己的工作情况，恐怕连自己老娘都不知道老爹具体是干什么的。

"杂，什么事情都干，只要没人干我就得顶上。"老爹是这么总结自己的工作的。

老爹是很久以前就参与了这样的事情，还是最近才参与的？

视频里沈琼应该是第一次参与这种活动，而沈琼的老爹应该不是第一次，但看状况也不是很熟练。所以，十有八九是沈琼的老爹接的活儿，撺掇他老爹一起干的。

交友不慎啊。

里面有物流、洗钱、鉴定的人在，老爹是干什么的呢？他真的不知道老爹的特长是什么。他决定再回家就把家里翻个底朝天，所有老爹不让他碰的地方，他都要好好去翻一遍。

沉默了很长时间，黎簇吐出一口长气，感觉自己的手都有点麻了。他明白为什么苏万把这个东西藏起来了，因为视频里出现了他老爹，他一定看过这段视频，被吓呆了，也许以为自己也有事瞒着他。

从苏万的角度看，视频里有沈琼和其他的小孩，说明孩子参与这件事情是惯例，而黎簇处理尸体并不崩溃，相对还比较镇定，他也许就认为黎簇都是在做戏。黎簇并不是第一次参与这种事情，其实他完全知情，只不过被卷入到棘手的事件里去了。

苏万多虑了，黎簇如果有经验、知道一切，就不会拉他们下水了。

黎簇总结了一下：他老爹参加了一支盗墓的队伍，这支队伍去了巴丹吉林沙漠中一个叫古潼京的地方，寻找一块奇特的岩石，岩石之下应该有一处巨大的不知名的古代皇陵。后来，这支队伍里的人大部分死了，只有黄严和他老爹活着回来了。不过黄严后来还是死了，而他老爹下落不明。黄严死前，还把一个奇怪的图案刻在了他的背上。

这就是全部了。

他父亲是这支探险队里，活着回来，并且现在看来应该还健在的唯一的人。

如此说来，他经历那些事情，倒也不算奇怪了。

黎簇离开网吧之后，做了两件事情。

第一件事情就是回家，他把自己家里翻了个底朝天。老爸的钱和卡在被褥下面。他翻出来的东西大多是《故事会》这样的杂志、工作文件、以前的老电话本，竟然没有一样有用的东西。

他父亲并不是一个太谨慎的人，这样的局面只能证明，父亲确实是才参与到这种事情当中没多久的。

第二件事情，他回到了仓库，带了一把折叠冲锋枪、一些子弹、一些探险用的装备、帐篷、压缩饼干，并整理了身上剩余的现金。凌晨的时候，他偷偷回到了苏万家里，驾轻就熟地把苏万老爸的车开了出去。

他要去内蒙古的那个房间，但是从现在所有的迹象来看，结果很可能会非常可怕，参与这件事情的人，死得就剩他老爹了。他现在显然也在无数人觊觎的范围内，不带枪去可能直接就埋骨他乡了。

路他很熟悉，他也算半个老司机了。他直接开车上了高速，凭借着记忆和路牌，往内蒙古开去。

刚开出北京五环的出口时，他突然意识到行不通。去内蒙古路途太远，自己没有驾照，甚至没成年，只要被查到一次就前功尽弃，不仅车会没收，还私藏枪支，那可是犯罪。黎簇只好垂头丧气又绕回了苏万家。

还有什么办法可以去内蒙古呢？飞机、火车、大巴都要过安检，自己带那么大的包，很难混过去的。

他无奈地思考着。初始的冲劲也慢慢地消退，他甚至产生过步行前往的疯狂念头，但是最后理智让他放弃了。他带着这些东西在网吧的沙发上睡着了，第二天漫无目的地在地坛公园待了一整天，然后回家了。

一晃一周过去了，什么事情都没有发生。他实在想不出任何办法可以带着那些装备去内蒙古，他意识到自己可能不得不放弃武器，然后循规蹈矩地坐火车或者大巴。就在这个当口，杨好打来电话，说苏万好了，今天竟然出院了。

第十六章 · 吴邪的阴谋

苏万住院之后，一直没有十分详细的消息。他去看过两次，都没有见到人，但是能肯定人是救回来了。黎簇还想送面锦旗去医院，估计苏万起码得住院三个月，也就没有那么着急。没想到苏万一周之后竟然就出院了。

他不知道苏万有没有把事情的经过和父母说，所以不敢去苏万家，怕对方父母抽他，于是就把苏万约了出来。他要问问钥匙的事。

这小子恢复得相当不错，除了走路还有点不利索，其他方面都恢复如初了。三个人聚在星巴克里，黎簇知趣地没有问苏万为什么要把最后一个包裹藏起来，只是把最近的事情做了一个总结，同时提议拆伙。

他还是得继续查下去，但是这件事情现在看来十分危险，他们两个还是不必参与了。如果他挂了，他们逢年过节烧点校花、iPhone给他就可以了。

苏万和杨好都没有提出异议，但是也没有劝他不要去，这个年纪的人，特别是苏万，应该觉得黎簇不可能置身事外了。

黎簇告诉他们，从目前的情况来看，这几件事情都有联系。黄严和自己的老爹从沙漠回来之后，老爹还在他身边出现过，虽然心事重重，没什么沟通，但是显然老爹没有意识到有危险。

老爹既然参与了这件事情，黄严在自己背后刻东西，应该不是偶然，难道他是在传递什么信息给老爹吗？如果他找不到老爹，但是又必须把信息传达到，在老爹儿子的背上刻东西显然是相当高效的做法。

另外，所有的东西都是从沙漠沈琼老爹的公司车队发出，寄给黎簇的。在路上有三天时间，之后老爹又不见了。

这些东西寄过来，应该都是针对老爹的，自己只是一个承载和威胁老爹的工具而已。

不过老爹现在不见了，不知道是跑路了还是出事了，这让他十分着急，老爹不是一个没有担当的人，要跑路应该带着他一起跑才对。这样想来老爹应该是出事了。

不过，到目前为止，这件事情背后腥风血雨，对方似乎一直都对他网开一面。他还可以在星巴克里淡定地喝咖啡就是证明，也不知道这是为什么。

更多信息，一定在那把钥匙指明的房间里，只要到阿拉善盟谜题就能解开。

说起来，他感觉有人一直在引导自己去找出这件事情的真相，遇到的每一件事情似乎都指向一个新的信息点。

苏万听他说完后就问道："你看过一本小说，叫作《失落的秘符》吗？"

黎簇摇头，他不爱看小说，看几页就会困。

苏万说："里面的主人公也是被迫面对各种各样的谜题，坏人把各种各样的谜题给他，让他解开，是因为坏人相信他有解开谜题的能力，坏人还绑架了他的朋友来胁迫他。也许，整件事情背后的X先生——不管是那个吴邪还是另有其他神秘人物，都认为你有能力解开谜题，所以也用这种方式来胁迫和哄骗你帮他。"

黎簇郁闷道："他是从哪儿觉得我有能力解开谜题的？"

"你和吴邪出去的那段时间，有没有表露异于常人的天赋或者说超能力什么的？"

"超你个头，老子的智商你又不是不知道。"黎簇回忆了一下和吴邪去沙漠的整个过程，忽然一个激灵，"不对。"

"怎么不对？"

"那个吴老板，在沙漠中有一次做了一个非常奇怪的举动，他忽然脱光了跳进海子里，然后让我也脱光跳下去，和他一起游泳。"

苏万和杨好用一种异样的眼光看着黎簇，杨好道："鸭梨，你不至于吧。"

"少废话，正经聊天！"黎簇大怒，"在整个过程中，这是他唯一一次这么做，而且状态很奇怪。我记得他当时说过一句话，他说我是整支队伍中他最信任的人，让我注意队伍中的居心不良者——他不是唯一的一个。其他的话基本没有意义。"

"记得那么清楚，是真爱啊鸭梨。"苏万奸笑道，黎簇甩手把桌子上的外带咖啡拍到他脸上。

"他当时把我引到水里是有目的的，他并不是要和我说这些话，难道是想让其他人以为他和我说了什么？"黎簇拍了拍自己的脸。

"他让其他人认为他把什么秘密都告诉了你。现在他自己挂了，世界上知道这个秘密的人只有你一个了。"苏万道，"这个推理是不是太牵强了，你有任何证据吗？"

"如果不这样思考，就无法解释他的行为。"

他似乎陷入了一个庞大的阴谋之中，但是阴谋似乎对他网开一面，他有着相当高的自由度，这会不会是因为，吴邪给了他一个"护身符"？

难道吴邪就是通过某种方式，让周围的人不敢轻易动他？

比如，所有人都认为吴邪把一个秘密告诉了他，而他正在进行这个秘密中的一些步骤，而且毫无防备。那对那些人来说，最好的方式就是在他的周围好好监视，等待他把所有的谜题解开后，再出来抢夺成果。

所以，在他解密的时候，是没有人会来打扰的，甚至各方人马都会来保护他。

现在他就要去阿拉善盟，他知道自己去的目的，但是别人不知道，在别人看来，这是他又发现了什么线索。

忽然，他对吴邪这个人萌生了更多的好感。

黎簇想想就心里不舒服，如果是这样，那自己身边一定有很多监视的眼睛。他拍了拍杨好和苏万："如果是这样我倒不用害怕危险，直接坐火车去就可以了。我已经耽误太多时间了，我得马上开始行动。"

苏万一把按住黎簇的肩膀，说道："等一等，你准备什么时候动身？"

黎簇说最早也得后天，苏万看了杨好一眼，两个人站了起来："那走吧，我们也回去收拾东西。"

"为什么？"黎簇惊讶地看着两人。

"哥们儿，这么刺激的事情哪能让你一个人经历。何况，要说不安全，我们也已经不安全了，你要是死在沙漠里了，他们肯定怀疑我们两个多少也知道点，那我们到时候更惨，不如一起去爽快点，死也死一块儿。"杨好道，"咱们几个都是胡同串子，看着你一个人去冒险，老子以后怎么面对这片江湖？"

第十七章

未知沙漠

黎簇有点感动,但是事后想想,这两个小子也许并不理解他们面对的到底是什么。

如果是他,在这种情况下,他也无法正确地判断形势。

说实话,他自己也有点害怕一个人去阿拉善盟。估计到了那个酒店,下一站一定是那片沙漠,毕竟他独自一人旅行的经验少得可怜,这两个人毛遂自荐让他松了口气。

几个人回去之后,立即开始分头准备,黎簇告诉他们,这不是旅游,得做好随时进入沙漠的准备。他隐隐有一种感觉,如果幕后设计和控制这一切的是吴邪的话,那么吴邪的目的,应该是把所有人的注意力引向那个叫古潼京的地方。虽然目的不明,但是他应该协助,否则后果将太不可控。

苏万让黎簇给他们建议,他觉得黎簇进过沙漠,知道到沙漠里需要什么东西。正好他们马上要放假，假期也挺长的，他觉得如果真要进沙漠，一来一回，应该能赶上下学期开学，所以前期的准备工作是否完备很重要。

黎簇仔细想了想和吴邪进出沙漠的经过，觉得他们的装备里有些东西是没有必要的，但是装备是吴邪准备的，也没有应用到太多，现在让他回忆出所有的东西，他也觉得有些困难。

杨好说："要不我们去问个导游吧，导游肯定知道。"

苏万崩溃了，对他们说，这次去是入龙潭赴虎穴，不是旅游，最起码也应该是荒野生存的戏码。导游怎么可能知道这方面的业务？

最后他们把钱分成了三份，杨好负责交通工具，苏万负责所有的小型装备及食物。黎簇自己负责查资料及各种路线图，还要负责GPS这种东西。他嘱咐另外两人，务必记得沙漠里非常非常干燥，昼夜温差大，东西的质量非常重要，如果买便宜货他们很可能全部死在里面。苏万还提议可以先演习一下，去沙漠四周逛个几圈，玩个几趟，被黎簇又扇了几个小嘴巴。

长话短说，显然苏万的工作比较方便，他只要去淘宝上随便找几个皇冠的商家，就能把所需要的东西全部搞定了。商家会帮他整理所有的东西。而且仓库里还有很多剩余装备，他们作了分拣。主要是冷焰火、防水防撞的狼眼手电、荧光棒这些不同时间不同事件需要使用的照明工具。此外还有帐篷、蜡烛、匕首、卷尺、打火机、白灰和大量的消毒药片。

黎簇买了最贵的一种专业GPS，他要求是那种带有卫星图显示的GPS，因为在沙漠里没有路线，没有任何办法靠一大块白色没有任何标识物的体系判断自己的位置。当然，GPS上都有经纬度，会显示坐标，但是他希望能够看到卫星拍摄下来的整个沙漠的地形特征，这样也便于他回忆起吴邪带他进入沙漠的过程。

第三天三个人会合的时候，基本都已经搞定。杨好买了三张火车票，说他们可以通过关系从火车站站内直接上车，但枪还是不能带。

到阿拉善盟下车之后他们再想办法弄辆汽车，那个时候弄辆汽车应该比较方便，找个司机就行了。实在不行他到时候可以去租车，押金多点就行了，民间的租车公司不是很严格。

　　几个人背上背包，就直接赶往火车站，前往内蒙古。在检票的地方，黎簇忽然吃了一惊——他看到梁湾也在排队的队伍里，两个人对视了一眼，都很尴尬。

第十八章 • 尴尬的重逢

在车站遇到自己躲了一段时间的女孩子，本身就是一件很尴尬的事情，更尴尬的是，两个人还是在同一个软卧车厢里。

黎簇不相信有那么巧，显然是这个姑娘用了什么手段，一直在监视他们，搞不好她也是幕后黑手派来的。如果不是他们的计划不容改变，他肯定在下一站就下车跑路。

他们的计划是从北京出发到呼和浩特，再到银川，他们要去的那个酒店在阿拉善盟左旗，没有火车直达，但是离银川很近。到达银川之后找辆车，两个小时就能到了。

在火车上待19个小时，对于黎簇来说简直是灾难。其他两人显然不知道黎簇和这个女的发生的故事，还乐呵呵的。毕竟一个漂亮的姐姐和抠脚大汉，还是前者让人愉悦。

"缘分啊。"沉默了片刻，杨好替黎簇说出了这个吐槽，"您这么漂亮的姐姐，竟然会认识鸭梨同学，从而认识了我，这个简直就是缘分。"

梁湾有点挑衅地看着黎簇，想看黎簇怎么应对，黎簇转头只是尴尬地笑。

"要不要互相介绍一下？"杨好道，"姐姐对我们还不熟悉吧？"

"不用了。"梁湾道，"不如我们来说说我们各自去内蒙古干吗吧！"

杨好看了看黎簇，苏万就道："我们去旅游啊。"没说完就被黎簇用肘部撞了一下。

"她知道我们去干吗，不用瞒她。"

"那就是去沙漠喽！"梁湾撑起自己的脸颊，看着三个人，"真巧。"

苏万和杨好就不知道怎么办了，显然摸不清楚对方的底细，苏万轻声道："难道她就是X先生？我还以为这是部悬疑片，结果是艳情片。"

黎簇摇头，问道："你干吗去？这件事情不是和你没关系吗？你在浙江最后到哪儿去了？"

"我自己有兴趣你可管不了，而且你也有很多秘密没和我说，我自然也不会把什么事情都告诉你。"梁湾看着他，"不过，我们的目的地是一样的。"

不是巧合，黎簇心说，必须甩掉这个女人。反正自己还得先去看看手里这把钥匙对应的房间，就在左旗动手，现在先不跟她计较。

梁湾笑了笑，见黎簇没接话，就上了自己的上铺，开始听MP3。

黎簇向另外两个人做了个封口的动作，告诉他们从现在开始，什么都不讨论。

他对梁湾仍旧有好感，但是处在高压之下，他成长了不少，这种女人总归不是什么善茬，能防就防。他也躺在了床上，他是下铺，看着对面的上铺，开始琢磨对策。结果一路什么都没有想出来，一直到银川下车，四个人还是在一起。

梁湾带了一个很大的旅行箱，她个子小，提着这个箱子看上去很好笑。三个男人在她身边，被蒙古大汉们用鄙视的眼光扫了几圈之后，只好轮流去帮她提。

出了车站，杨好带着黎簇的钱就去谈出租，黎簇故意让杨好叫了两辆，车到了，梁湾看着黎簇，说道："你就不怕我这如花似玉的姐姐在路上被出租车司机给劫色了？"

"这儿的人不好你这一口，你这体形属于难产死亡率80%以上的。"黎簇说道，"盆骨还没我鼻孔大。"

梁湾上手就揪了他耳朵："少来这一套，你不带上我，我就把你对我做的流氓事全说出来。"

梁湾刚说完，苏万和杨好手里的行李就落地了，他们目瞪口呆地看着两个人。苏万道："鸭梨，你那个没了？"

"我什么没了！"黎簇满脸通红，司机就在那边哈哈狂笑，四周似乎也开始有人看热闹，他看情况不对，心说反正就是去盟里，就住那个酒店，她总不可能和自己一个房间。等她睡了他们马上跑路就可以了，他只好点头让她上车。

两辆车勉强装得下行李，苏万和杨好一辆，黎簇和梁湾一辆。银川的老城区和20世纪80年代大部分城市很像，他们感觉穿越了时空。路上各种清真标志，时刻提醒人们这里的民族风情。出了市区就是全程戈壁。苏万和杨好没进过沙漠，以为沙漠就是这个样子，经常停下来拍照，对黎簇说好美。

两个小时后，他们来到了左旗，到达了那个酒店，名字叫作腾格里国际酒店，苏万下来之后就惊呆了，说："这不是白宫吗？"

酒店的外观和白宫很像，要不是兜里有钱他们还真不敢进去。不过住宿价格却不贵，黎簇进去之后，和梁湾各订了一间房，但是他发现，自己之前收到的钥匙，和酒店的钥匙是两回事。

自己收到的不是客房的钥匙，倒可能是酒店某个工作间或者储藏室的钥匙。这可要了老命了，这种巨型酒店的房间估计连设计师都找不全。

梁湾和他们不在同一层，她要去往楼层的电梯先到，门一开她就钩住黎簇的手，说道："一起吧。"黎簇立即脸通红地挣扎开，杨好就上前一步："放开他，我来！"梁湾理都不理，只是好玩地看了黎簇一眼，转身走了。

三个人回到自己的房间，黎簇顶不住两个人轮番的揶揄，就拿出钥匙道："少废话了，这女魔头跟着我们，我们寸步难行，她回房肯定得先洗澡，再换睡衣卸妆补水敷面膜。这是我们最好的机会，手机联系，我们分头去找所有可能被这把钥匙打开的房间。就算今晚通宵我们都要找到这个房间。"

第十九章 • 吴邪的录音

他们事先考虑不周到,其实应该配三把钥匙,这样就不用来回走两趟了。三个人像小偷一样在酒店里乱窜,找到用钥匙开门的房间共60多间,大部分是各个楼层的设备房,有36间;剩下24间,车库有11间,行政楼层有13间。

去行政楼层是黎簇最不愿意的,这几乎等于行窃了,而且理论上这钥匙开的门应该是在比较隐蔽的地方,于是他们首先去试开车库的那11间。好在他们的推测很准确,试到第三间的时候,门就开了。

这是一个私人车库的后门,卷帘门在前段,进出的门在后段。车库很大,能停四辆大巴。

打开灯之后,三个人都愣了愣。车库的中央放着一辆巨大的四驱沙漠越野车,看着很像悍马,但不是悍马。整车涂成了黄色,样子极其野蛮,杨好对这种东西有研究,仔细看了看就脸色苍白地回头道:"这是枭龙的民用版。"

枭龙原本是国产的军用越野车,最近才民用的,据说是世界上唯一可以和乌尼莫克PK的车型,现在应该只有几款样车。

"这车能在沙漠里开吗?"苏万问道。

"废话,这是反坦克部队装备的,坦克能开的地方,这辆车都能开。轮胎可以自动充气放气适应不同的地形。"

苏万从一边的墙壁上拿下挂着的车钥匙:"看来这车是给我们准备的。"

车并不是新车了,能看到很多的沙子和刮痕,应该也是上一批探险队剩下的物资,如果这车能寄的话,估计也会寄来北京给他。实在寄不出来,所以对方把车库钥匙寄给他了。

"嘿。"杨好按开车子的后备厢,就叫他们来看。车子的后备厢里,放着四把折叠冲锋枪,每把配了4个弹夹。另外还有七八桶柴油。

黎簇拿了起来,闻了闻上面的味道,意识到,这些枪就是他之前准备,但是没敢带上火车的那几把。有人进了他们仓库,取了这些枪,然后送过来给他们了。

果然他们全程都在别人的监视之下。

四套,难道知道他们是四个人,连梁湾都算上了?

"对方那哥们儿想让我们进沙漠的企图心太明显了。"黎簇把枪丢回去,转身看了看整个车库,光有这些还不至于让他正正经经地进沙漠,一路过来心思都那么细腻,这里一定有一个理由可以说服他。

走了一圈,在一边的工作台上,他看到了一台录音机。

现在已经很少看到这个东西了,录音机上贴了一张他家的全家福,黎簇骂了一声,心说不用时时刻刻提醒我你要对我家人不利吧。他按了播放键,里面传来了吴邪的声音:"不好意思,把你卷进来,但是这是保护你的最好办法。这件事情上最初犯错误的是我。"吴邪的声音很安静,一点都没有做作之感。

所有人都停止了手上的事情,围了过去。

"你能走到这一步很不容易，我之前告诉你的东西，看来你已经融会贯通了。"吴邪继续道，"给你个好评。"

苏万和杨好立即看向黎簇："什么东西？"

黎簇心说这货这时候还在装呢，摆手让他们继续听下去。

吴邪继续道："这一切确实都是我安排的，你所经历的这一切都让你刻骨铭心吧，放心，每一个细节都是有意义的，在接下来的日子里，你会慢慢发现你这几个月里经历的一切，都会对你有帮助。"顿了顿，他继续道，"你不用苛责你的父亲，他也是无辜的，你们两个人被卷入这件事情，是一个事故，当然对于我们这种人来说，事故等于是命运的另外一种说法。"

黎簇的眉头紧皱，吴邪继续说话："你现在一定很担心你父亲的安危，我可以把你保护好，自然也不会亏待你的父亲，但是你需要按照现在的节奏一直走下去。我的要求很简单，路线图就在驾驶座上，所有的线索我都告诉你了，你听到这份录音，说明我很可能已经死了，但是你要记住，我死了并不影响我设下的整个计划，你如果想再见到你的父亲，就跟着我的线索，到古潼京去看看吧。"

接下来，录音机放出了吴奇隆的歌曲《一路顺风》。

那一天知道你要走
我们一句话也没有说
当午夜的钟声敲痛离别的心门
却打不开我深深的沉默

那一天送你送到最后
我们一句话也没有留
当拥挤的月台挤痛送别的人们
却挤不掉我深深的离愁

黎簇三个人面面相觑，黎簇心说，这是什么意思啊？这人不说别的，心态真好，这种时候还有心思搞个彩蛋给他们。

他们耐心地把歌曲听完，以为后面还有信息，结果后面是吴奇隆的另一首歌，黎簇快进了好几次，最后把录音带全部快进完，发现后面没有内容了。

他沉默了一下，把录音机抄起来就砸到了墙上。

"怎么弄？"苏万问道，"这感觉是赤裸裸的威胁啊。按照一般流程我们现在可以拿录音带报警了。"

黎簇觉得心里很乱，指了指自己家人的合照，让苏万闭嘴。他心说：就认命了，一路顺风是吧，都到内蒙古了，一路顺风就一路顺风吧，自己还能怎么样？

他对另外两个人道："别睡了，今晚，连夜出发，否则那女魔头肯定甩不掉。杨子把行李拿来，我试试车，苏万你在这里再找找有什么东西是给我们准备的。"

两人点头，分头行事，30分钟之后，黎簇发动了汽车，杨好拉开卷帘门，发动机的轰鸣声让三个少年瞬间兴奋了起来，黎簇打开大灯，大吼了一声："巴丹吉林，我来了！"

灯一亮，他们就看到梁湾换了一身运动服，坐在自己的大行李箱上，拦在他们的车灯前面。

三个人保持着欢呼的动作，都僵住了。

梁湾嫣然一笑，脸瞬间沉了下来："和我玩花样，我说怎么房间电话没人接呢，如果不带老娘走，就从老娘身上轧过去。"

第二十章 • 巴丹吉林的蒙古族人

上了省道S218，夜幕中的戈壁滩漆黑一片，偶然有交叉的车辆也都看不到枭龙彪悍的外貌。黎簇连夜出发的策略是正确的，否则这样的车很容易被军警叫停查问。

一个小时之后他们到达了察哈尔苏木，下车买了桶装水、方便面，解决小便后再次启程。

黎簇三个人网吧通宵打游戏打惯了，根本不觉得累，梁湾早早就靠在副驾座靠背上睡着了。苏万说："鸭梨老大，要不咱们把这妞抛下车跑路算了。"黎簇冷笑道："被狼叼了你负责，你以为这是北京啊。"

在吉兰泰镇哈图陶勒盖附近他们上了往西北方向的岔路。天亮了，戈壁的日出非常壮美，黎簇停车下来，蹲在路边，在寒气中看着太阳照亮整片平原。

"好美啊。"梁湾醒了过来，看到自己身上披着黎簇的外套，转头就看到日出的金辉把整片田地都照得金光闪闪。

他们洗漱完毕，吃了桶泡面，路上开始出现大车了。黎簇跳上后座，对着睡得死猪一样的苏万大声唱："祝你一路顺风！！"把他叫醒，自己和杨好躺到后座，头靠头眯了一觉。

等再次醒过来已经是早上10点多，他看到梁湾在开车，苏万在副驾座披着自己的衣服打呼噜。

他看了看四周，景色还是一模一样，就多了几块岩山出现在戈壁的尽头，难道是贺兰山？从巴彦诺转S312，他已经没力气整幺蛾子了，沙漠的壮丽景色也变成了无聊单一的风景，开到GPS所指向的路线尽头，离他们出发已经过了十几个小时。

天刚黑下来，四个人下车瘫软倒在路边的沙堆上，这里已经不完全是戈壁，能看到成片成片的沙丘。远处还有一个海子和胡杨林，黎簇他们以前一直以为胡杨都是死的，没有想到活的胡杨比死的更美。

生命总是要比死亡美一些。

再往前完全不会走，S312往前就是一个大回转，转回到S218上去。

"这个沙漠有好几个进去的口，这一个进去的口是吴邪标给我们的，这辆车可以直接开进去，但是进去之后就绝对没有补给了。"黎簇道，"你看咱们要不要找老乡弄几头骆驼靠谱点？"

"你开车不错，骆驼？"梁湾露出不信任的表情。

晚上开车进沙漠太危险了，黎簇之前查过资料，大切诺基和日本车在沙漠中马力都不够，车身一重那就天天推车吧。最好的沙漠车是北京212吉普车，在沙漠中开简直和冲浪一样，最大的优点倒不是马力够，而是自重轻。

枭龙的轮胎宽度和马力都足够了，只是不知道轮胎要放多少气才合适，这在晚上也看不出来。这车太重，一旦没处理好陷入沙坑，推是推不出来的。

于是，他们只能继续往前开，找到一个蒙古包聚集的地方。这里的蒙古包都接待游客，他们讨价还价，杀了头羊就住了下来。

梁湾确实不如这些小鬼会折腾，早早就睡了，蒙古包里的味道很重，她倒也不是个矫情的北京大妞。

黎簇吃了羊肉之后，这个躁啊，内火冲得脸通红，根本睡不好觉，心说这羊该不是刚发情就被宰了吧，怎么自己现在好想去原野上摔跤呢。这里水十分珍贵，他只好用沙子洗脸，并且向蒙古包的主人询问古潼京的事情。

蒙古包的主人是个30多岁的牧民，蒙古族人，养了好多大狗，还给自己取了个汉名，姓车。他让黎簇他们叫他车嘎力巴。他对黎簇说道："古潼京嘛，一辆车不行，没有照应嘛，最起码三辆，有一辆装满水。"

"这里不都是海子吗？"杨好撒完尿回来，撕了羊腿上一条肉继续啃，"我看水都特别干净，比我们北京的水好。"

"那是咸水，又咸又涩，喝不了。"车嘎力巴说道，"骆驼都不常喝。如果就你们这么几个人嘛，还是骑骆驼好，我有骆驼。"

骆驼在一边的圈里，远远地就能看到。黎簇心里之前一直对开车进沙漠有隐隐的担心，车嘎力巴一说，他终于有了决定，还是骆驼靠谱，上次进沙漠也是骑的骆驼。

黎簇顺势就问车嘎力巴带他们去古潼京的费用，奸商眼珠转了转，"一周嘛，10头羊吧，开开心心进沙漠，安安全全回银川。"

一头羊是900元，十头是9000元，吴邪给的钱果然不算多，这么花瞬间就没了，但是如今也没有办法，谈妥了，他们就先给了4500元。车嘎力巴利索地点了一遍，倒也不见得很兴奋，看上去这种生意他也不是第一次谈了。

黎簇就好奇地问："去那个地方的人多吗？"

"古潼京吗？"车嘎力巴把一条羊骨丢给狗，"要看是古潼京的哪个地方。"

黎簇还想问仔细，但是车嘎力巴说讲不清楚，他们到了就知道了。眼神中有点狡狯，但不是算计他们的那种，车嘎力巴可能觉得他们这种城里人无知，和他们讲了也没有用。

也许把我们当成普通游客了，黎簇心说，也罢，自己其实也不知道应该问些什么，假设他一口气蹦出几句蒙古语来，自己也确实听不懂，一路上见机行事吧，沙漠里有的是聊天的机会。

晚上，三个男人吃得太饱，睡得非常不踏实。苏万肠胃敏感，上了八百次厕所，黎簇则早上没七点就醒了，起来就看到苏万一晚上没怎么睡，在那儿看着蒙古包边上的一张桌子。

那是一张石头桌子，平石板，这在内蒙古的蒙古包里是很难看到的。这种石头板估计有几百斤重，迁徙的时候是带不走的，看磨损的程度，估计历史有百年以上，仔细看就能发现，那竟然是一块古碑。

石板上有浮雕，黎簇只看了一眼就惊叹了一声。他看到了浮雕上雕刻的是各色的建筑，而在这些建筑的远端，他们看到了三个太阳一样的东西，黎簇看着就觉得那不是太阳，怎么看怎么像三个巨大的海子。

他们叫来车嘎力巴，把早起在胡杨林边上看日出发呆的梁湾也吸引了过来。

车嘎力巴告诉他们，这浮雕石碑是捡来的，在一个海子干涸之后的水底发现的，他装在沙车上用骆驼拉回来，准备卖给游客。那个海子离这里两公里多点，快完全干了。"你们要不要？"车嘎力巴问。

"这是古居延城的浮雕。"梁湾看了之后就道，"这是某个装饰性浮雕的一部分，一般用于寺庙，而这三个海子确实应该就是古潼京。看来古居延城和古潼京这个地方有联系。"

"我之前听吴邪说过，这个地方在当时是比较忌讳的地方，有相当大的宗教崇拜成分。"

黎簇决定去那个海子看一看，顺便熟悉熟悉骆驼。车嘎力巴带着他们花了一个小时学习怎么骑骆驼，黎簇学过但还是有点生疏，梁湾几乎上去就会了，苏万最后发明了抱骑式才能坐稳。

第二十一章 • 让人消失的海子

他们在沙地里走两公里花了整整4个小时，到了那片干涸的海子，周围的胡杨林现在还是绿的，估计过不了多久还是会枯死,、这里的水越来越少了。

海子底部的沙子还是湿的，其中果然有不少石板，都是碎的。杨好下去翻出一块小的，有人的大腿粗，是一种石兽的头部。

"这里不是遗址，这些石碑也是别人从沙漠深处运出来的，可能是以前的盗墓贼或者文物偷窃者，应该是在这里运输工具损坏或者遇到事故了，他们就把这些石板抛入了海子里。"梁湾道，"你们看，石头上有敲和绑绳索的痕迹。"

"你怎么什么都懂？"黎簇问她。

"我功课做得多。"梁湾告诉他们，这些石碑肯定都是在某个类似寺庙的地方挖出来的，其中一幅浮雕画能看出内容，讲的是古居延的一次战争，发生在一个部落内，是少数民族部落军队和中原军队的大战，"你看这里有一个巨大的圆形的石头建筑，似乎是蓄水井，应该是争夺水源的战争。"中原军队战败，逃进了一片沙漠中，因为没有水源，他们的状况接近全军覆没。军队里有人便抓住了一个当地的牧民，让牧民带着去找水。那个牧民告诉他，这里附近有三个地方可能有海子。

于是中原军队分成了三支，其中一支找到了水源，进行补给之后，他们在海子边做了记号，等恢复了体力，回去打了大胜仗。之后他们凯旋，在这里设置了军司，控制了这里，修建了居延古城。他们回到了当年喝水的地方。

梁湾解释到这里忽然不解释了，摸了摸耳朵，说道："这里有点奇怪，他们回到当年喝水的地方，之后就——"

"是不是他们当年做的记号还在，但那片海子却不见了？"黎簇得意问道。

"不是。"梁湾说道，"他们回到了当年喝水的地方，然后，一夜之间全消失了。当地人发现他们的时候，只剩下了满地的盔甲和兵器，所有人都不见了。"

黎簇来到梁湾身后，看到了浮雕上果然是这样的内容，感觉类似的故事吴邪也和他说过，看来不是忽悠他的。

浮雕刻得很传神，当年牧民发现那些军队营帐的时候，应该是在月夜。月光下，他们看到了连绵的盔甲，乱七八糟地滚在沙丘之上。

他有点晕，如果这支军队碰到的是他碰到的东西的话，不光是盔甲，连那些牧民都不可能活下来。所以，这支军队碰到了其他的事情。

梁湾一边指挥杨好和苏万去翻其他的石碑碎片，一边自言自语："其他两支军队到哪儿去了？引导他们去三个海子的那个牧民，刻得好像一只鬼啊。这个故事会不会有其他的寓意呢？"

梁湾戳着石碑浮雕上的那个牧民。那个牧民被雕刻得确实很奇怪，脸是扁平的，面目狰狞，看上去真的好像是一只恶鬼。

"这是当时对少数民族的丑化吧。"苏万说道，"这里古时候一直不太平。"

他们把所有能挖出来的石板都找了一遍，浮雕上都是其他的内容，没有任何的浮雕标示出其他两支军队的下落。而原本有浮雕的石碑也相当完整，应该不是遗落了。

三个人都觉得有点不舒服，这石碑本来挺正常的，梁湾一句话就让它显得很诡异。而且她指出来之后，他们发现梁湾的判断也许是正确的。

这个牧民确实并没有被雕刻成一个人类，他被雕刻成了一种长相恐怖的东西。这可不是一般的故事表现手法。

这时候，车嘎力巴说了一句蒙古语。这句蒙古语很长，黎簇根本没记住，只是觉得这句话很特殊。

三个人看向车嘎力巴，后者解释道："这是古潼京原来的名字，翻译成汉语，就是让人消失的三个海子。"

"让人消失？"苏万发出疑问。

"古潼京的三个海子中，相传连通着三个奇怪的沙漠。这三个沙漠，走是走不到的，在海子边留宿的人，都会被海子引诱，很多商队和旅人经过消失的海子就失踪了。这些海子会出现在沙漠中的任何地方，对于沙漠里的旅人来说，海子是最受欢迎的东西，它们往往伴随着绿洲，人们不会对这些海子有戒心，会在海子的边上驻扎，等到第二天，除了帐篷什么都不会剩下。人就这样消失了，那另外两支军队应该也是遇到了这样的事情。"

"听上去，这些海子似乎是活的，妖怪一样的东西。"苏万打了个寒战道，"那为什么最后一支军队没有事呢？"

"你怎么知道没有事呢？一支失败的军队，怎么可能喝了水之后就变得那么勇猛无敌呢，也许喝了水之后，他们就变成了另外一种东西嘛。"车嘎力巴说道，做了一个鬼脸，"也许变成了沙漠里的鬼。"

"那你还愿意带我们去？而且，你汉语好流利。"

"你们要去古潼京嘛，和这三个海子没有关系的。"车嘎力巴说道,"旅游嘛。不过,现在旅游去的叫古潼京的地方,应该是那三个海子最后一次出现的地方,人去了那里嘛,还是会感觉到不舒服。"

几个人往回走,梁湾就问道:"在你们的传说里,有没有被古潼京的海子吞没消失,但是又出现的人?"

我我我我。老子就是,如果生在这里,时间再早点,老子说不定能成个大名人吧,至少成个"黎簇汗"之类的角色。黎簇心里念叨着,几乎想举手承认。

车嘎力巴说道:"有嘛,有一个人嘛,是一个古力挈。他跑出来之后什么都不记得了,但是很有钱,买了很多大房子,还娶了个中国老婆,生了孩子。在一九八几年的时候,他带着老婆孩子又回来沙漠了,说是睡不着觉,不敢照镜子。还组织了一支探险队,他领着他老婆孩子和一大队人马,又回古潼京去了,说要找到他心里的谜团,这之后就再也没有人见过他们。他很有名的,我的父亲都见过这个人。"

古力挈是对俄国人的戏称。黎簇猜测那应该是以前在黑水城盗掘古墓的俄罗斯投机商的残余分子。不敢照镜子?他心中咯噔一声,想起了吴邪和他说过的蓝庭的事情。

难道到过古潼京的人都会中招?不仅不能拍出来,连镜子都照不出来?那不就真变成鬼了。他有点慌,问苏万:"有镜子没?"

梁湾递给他自己的化妆镜。他赶紧看了看,镜子里还是那张胡子都没长全的脸,他这才松了口气。接着,车嘎力巴说了一句让他毛骨悚然的话:"从古潼京出来的人嘛,最终都是要回去的,而且会带着更多的人回去。他们嘛,都是被魔鬼附身的人。"

苏万和杨好都看了黎簇一眼,看得黎簇很不舒服。

第二十二章 · 火烧风

一行五人回到蒙古包，准备了淡水、羊奶、羊肉干以及其他物资，足足准备了一整天。第二天天不亮的时候他们就再次出发，苏万就问黎簇："如果车嘎力巴带我们去的地方是旅游景点，我们为嘛还要那么积极，不是说古潼京和那儿没关系吗？"

黎簇告诉苏万，之前他和吴邪进入古潼京的时候，也是先朝这个方向走的，如果他猜得没错，应该能找到当时休整时遇到的海子绿洲。海子也许不在，但是绿洲他肯定记得。

先到那个地方，再想办法。他手里还有吴邪的地图，虽然感觉那地图在沙漠中似乎没有什么太大的用处。而且地图上代表他们路线的红线四周，还标有很多奇怪的黑线，这些黑线没有任何的注释，他不知道有什么意义。

吴邪为什么要把这种地图给他？他觉得莫名其妙。但是他不敢轻易丢弃，事实证明，吴邪的每一个计划即使看起来很莫名其妙，最后却总能起到作用。

至于车嘎力巴说的"海子会诱惑人"，纯属扯淡，黎簇料想应该是他们跳入海子之中游泳的时候，海子移动把他们带到了这里的沙漠深处，被困死在了里面。不过，这也有点说不通，这么多人，总不会所有人同时跳下去一起游泳。

而视频中的古潼京，显然和自己经历的那个完全不同，这让他觉得诡异。他总感觉自己会不会还有某个环节没搞清楚。吴邪之前带他去的那个地方，真的是古潼京吗？

第二天为了避开日头，他们天不亮就出发了，梁湾擦了厚厚的防晒霜，都快把自己涂成僵尸了，却还是把皮肤晒成了小麦色。

在沙漠中颠簸了两天，他们找到了黎簇之前休整的那片绿洲，果然没有看到海子。原本有海子存在的区域，是一片低洼的沙谷，这种沙谷沙漠中比比皆是，一点也不稀奇。

在这里他们找到了之前的相机冢，黎簇忽然想起了钥匙上挂的SD卡卡芯，会不会这个SD卡就是从这里这些相机中找出来的？不是说少了两台相机吗？

不知道这些相机被烧毁掩埋，是不是吴邪自己干的，他明显来过这里不止一趟。也有可能是他当时在这些相机中发现了SD卡和里面的内容，然后耍手段藏起来了。

休息的时候，黎簇第一次仔细地看地图，从这个地方出发，吴邪给他们标注的目的地就在10公里外，不管这张地图精度有多低，地图上红线所标注的目的地，应该能在一天内找到。

这似乎比想象中的容易多了，但是他们今天肯定是赶不到了。

车嘎力巴招呼他们在这里扎营休息。天上的太阳看着特别大，空气都晒得发白，搭帐篷搭到一半，梁湾就爬进沙丘的阴影里不肯出来了。其他人热得满身的盐巴颗粒，人就和盐饼一样，可以给骆驼去舔了。

黎簇招呼其他人动作快点，早搞完早完事，他叫得很大声，自己的身体却不由自主地也往沙丘的影子里转。

　　忽然不知道从哪儿吹来一阵凉风。凉风未必有多凉，但是对于身处气温40℃以上沙漠的人来说，那丝丝的清凉就跟利剑割破发烫的皮肤，把热气全部吸走一样畅快。苏万发出了一声销魂的呻吟声，张开双臂："啊……"

　　凉风越来越大，他们把防晒的围兜解开，让凉风灌入自己的衣服里，腋窝中有汗的地方爽利得一塌糊涂。

　　车嘎力巴没有这么干，他动了动了鼻子，黎簇看他望着凉风吹来的方向，脸上有一些恐慌。

　　"怎么了？"黎簇问，车嘎力巴说道："温度忽高忽低，火烧风要来了。"

　　"火烧风，什么是火烧风？"

　　"火烧过的风。快把帐篷收起来，我们不能休息了。迎着凉风走，得用最快的速度走出去。"车嘎力巴说完，没等黎簇辩驳就开始拔帐篷钉子收帐篷，他们看他的表情和速度，感觉是要命的节奏，立即乖乖上去帮忙。

　　黎簇把梁湾哄骗上骆驼，他们顶着大太阳继续往前走，最开始还凉风习习，十分舒服，渐渐地，他们就发现吹来的风烫了起来。

　　骆驼似乎也感觉到了什么，都不用车嘎力巴在前面牵引，对着风吹来的方向狂奔。

　　这些风是不扬沙的，沙暴冲上半空能遮天蔽日，让人窒息得难受，但此刻不是这种难受法。他们四周的温度越来越高，风吹过来就好像开水滚过皮肤一样。

　　风热之下，连汗都出不来，他们只好不停地喝水，用水擦身上的皮肤，水分瞬间就被吹干。

　　苏万看着他的万能电子表，道："60℃了，在澡堂里泡澡都不过这

第二十二章　火烧风

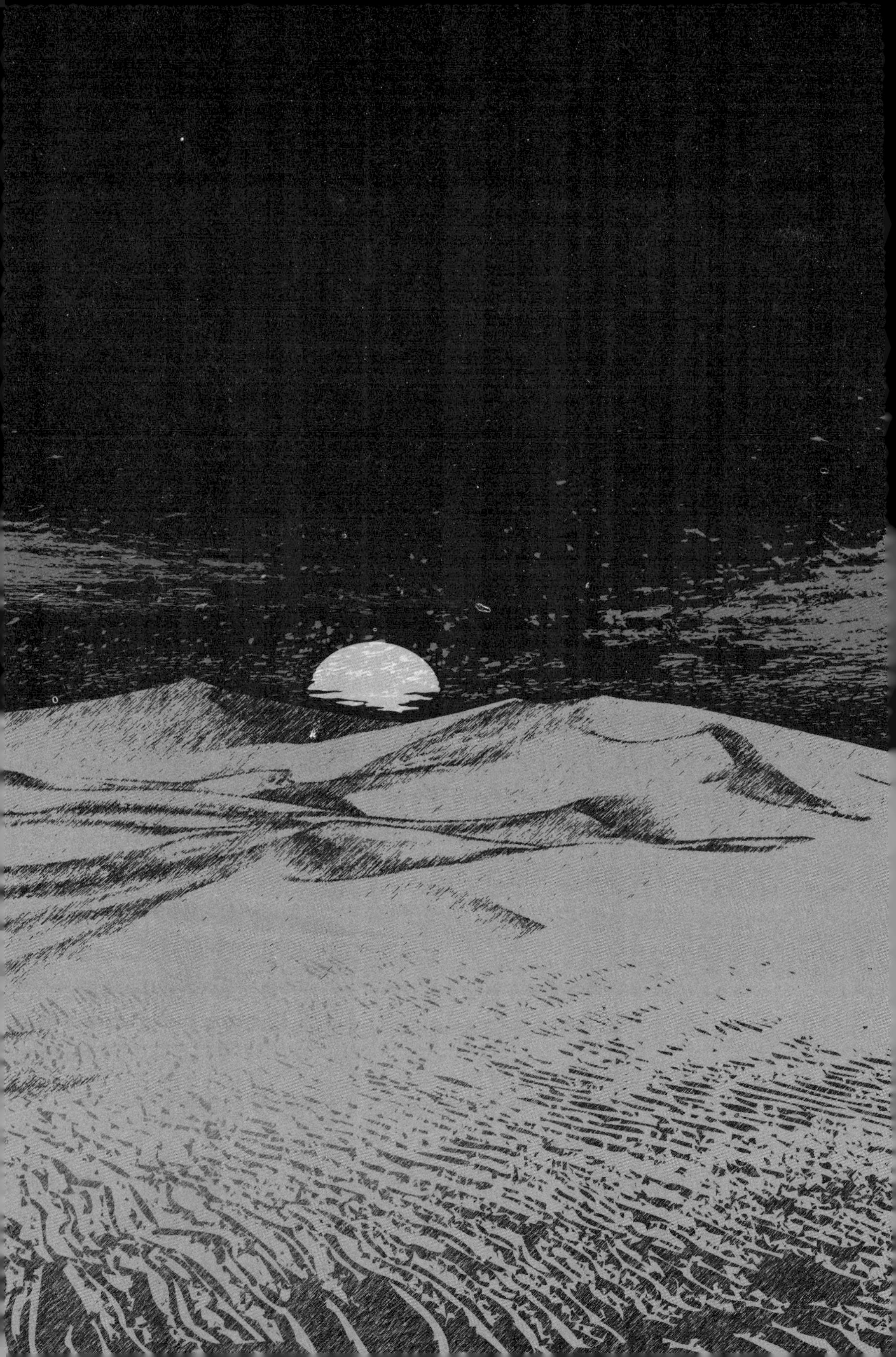

个温度。"

他们就好像在电吹风的吹筒里跑了一个小时,杨好的骆驼倒了,其他人下来查看,骆驼不像是脱水,应该是体温太高中暑了。苏万在那里大吼:"连骆驼都中暑了,我们死定了!"他们想把杨好扶到梁湾的骆驼上,却发现其他骆驼一停下也都不行了。它们全缩到沙丘的阴影里,连蹲下的力气都没有了。

四周晴空万里,风也不大,仿佛清明而安宁的炼狱。如果不是实际体验,根本无法体会他们的痛苦。

黎簇还在大量出汗,酷夏踢足球锻炼出来的体格终于有了点用处,他蹲下来摸了摸地,太阳能晒到的沙子,估计超过了80℃,手放上去就会烫伤,步行的话实在不太现实。"要不我们在这里扛一下!扛到这妖风过去。"

"一刮就刮三天!你以为沙漠里的人是怎么死的?"车嘎力巴骂道,"如果白天太阳晒晒,晚上温度低低,沙漠就没有那么可怕了。火烧风一刮起来,在风团里的人都是活活被吹成白骨的。你以为我9000元钱好赚!都起来,起来!在体力没有消耗干净之前,必须往前走。"

"刮三天,那我们不是死定了!"苏万和那些骆驼一样,根本站不起来。

车嘎力巴说道:"往前走,如果走运,还能碰上凉风。老人的经验是不会错的,迎着风走。"

事到如今,只能听车嘎力巴的,因为不听的话就会被他丢下。黎簇踢了苏万几脚,把他踢起来,又去拉梁湾,发现她已经昏迷了。

给梁湾灌了水,再给她披上防晒的纱,黎簇就背起了她。他们在滚烫的沙地上继续前进,鞋底的橡胶被烫得发出臭味。

地图上的10公里在沙漠上等于100公里吧,黎簇走下第一个沙丘,就基本绝望了。

背上的梁湾现在根本就不是一个娇小的北京姑娘,而是一个吃了

第二十二章 火烧风

100个秤砣的女相扑选手。他也预计到了自己的体力极限，大概还能坚持走过三个沙丘。

车嘎力巴高估了他们这些城里人的体力和毅力，他们一定会死在这里的。虽然这样想着，黎簇还是往前走着，因为毫无退路，他牙关都咬出了血，期待着传说中体力耗尽之后身体调动潜能的奇迹出现。这是长跑突破极限大脑分泌多巴胺之后的状况，累到最后说不定就不累了。

他努力排空大脑内的想法，虽然很快就到了临界状态，但他硬是没有倒下去，一直走到第十个沙丘，他已经无法抬头，只能低头靠余光看前面杨好的影子。

热，热得已经无法形容，气温恐怕已经达到60℃了，呼吸到肺里的空气都带着灼烧感，他都快感觉不到自己的呼吸了。黎簇觉得他的精神慢慢和肉体分离，是在走还是已经倒下，他完全分不清楚。

也不知道走了几公里，他感觉到梁湾忽然抱紧了他，他四周的白光和恍惚一下消失，看到了自己仍旧站着，梁湾吐在他脖子里的气也是滚烫的。

不知不觉中，杨好和苏万已经走了很远，把他落下了三四个沙丘，前后的景色他已经完全不认识了，看样子已经走了挺远。那两个没义气的家伙走路也和鬼魅一样，应该都被热晕了。

背上的女孩子死死地抱住他，难道她感觉到了自己的无力，觉得自己会抛下她？求生本能让她不敢放手。

不会的，就黏在一起热死好了，老子受的教育里没有把女人丢下这一条。黎簇再次咬牙往前，短暂的停留让他更加虚弱，这一步几乎都没迈出去。他拍了拍梁湾的手，示意她不用担心，咬着已经没有感觉的牙关，终于又开始迈步。

这时候他看到杨好在前面挥手，对他大吼。

他努力抬头，向他们看去，一眼之下，觉得前方有蓝宝石一样的光。再一看，他立即就意识到苏万他们不是没义气，他们应该是看到什么了。

他用力闭眼再睁开，前方的蓝光好像是一片巨大的海子，湖的四周有大量的芦苇和枯死的胡杨，这是一个小绿洲。

　　"三棱镜威力！变身！"他血冲上脑子，大吼了一声，向海子狂冲过去。

　　最后的三个沙丘在他脚下如同无物，海子越来越近，那不是海市蜃楼。他大吼着冲出最后一个沙丘，看到苏万、杨好和车嘎力巴已经全部跳进了海子里。

第二十三章 • 死亡之海

他背着梁湾也跳了进去，水温并不低，在阳光和火烧风的蒸腾下，水温肯定高于人的体温很多，但是他还是感觉到一股浸透人心肺的凉意，冲进了自己的五脏六腑。

梁湾还不清醒，下水之后呛了一大口，苏万和杨好就像浮尸一样漂在水里，没有来帮忙。黎簇第一个从狂喜中反应过来，托起梁湾的头，自己先尝了尝水，是咸水，然后他给梁湾的脸上抹上水，一点一点小心地抹上，怕太多的水分忽然侵入会伤害皮肤。

梁湾的体温迅速地降了下来，黎簇就看到梁湾衣服湿了之后，近似全裸，不由得脸红了。

"把她的胸罩解开。"车嘎力巴说道。

"我？"黎簇有些手足无措，心说为什么是他来。当然他是非常愿意做这事的，但是这女魔头醒了之后肯定得弄死他。

"你不是和她已经……"杨好在边上带着嫉妒说道,"爷几个都不合适啊。"

"你背了她那么久,这福利是你的。"车嘎力巴说道,"快点,否则她会窒息的。"

黎簇只好搂着梁湾来到海子一处背阴的地方,闭上眼睛,把手摸进了梁湾的衣服里。他看过女人怎么脱胸罩,但是他从未尝试过,花了好久才搞明白这东西是怎么解开的。

手抽出来时,或多或少还是碰到一些皮肤,触感很奇怪,也不知道是不是敏感部位。他把胸罩往边上的干沙上放平,估计很快就能晒干。

回头再看梁湾,黎簇是带着朝圣和极端卑鄙的目的去看的,却看到梁湾竟然醒了——你原来是被胸罩勒晕过去的吗?

她胸口的特征若隐若现,轰得黎簇后脑发麻,没热晕却要心跳过快痉挛了。

他指了指一边的胸罩,示意梁湾胸罩没了。他自己看了个饱没关系,可不想梁湾给其他人看到,为什么有这样的心理?不知道。男性的劣根性吧。

梁湾看了看他,似乎并不在意自己被看光了,也不遮挡,只是努力地坐起来,嘴巴动了动。黎簇想低头去听她说的是变态还是色狼,抑或是滚,却听到她轻声说道:"水底、水底全是死人。"

黎簇回头,果真看到梁湾视线尽头的水底,有白骨累累的痕迹。

他转身潜入水底,模糊中,他发现这些白骨都是骆驼的骨头,数量非常多。他在海子底下游了十几圈,咸水刺得他的眼睛都要瞎了。

在沙漠中,水是生命的源泉,但是这个海子,看上去似乎是一个死亡之海。

这多少有些不正常。他拍了拍手,招呼其他人:"上岸上岸,别在水里待着,这地方不太对劲。"

"死也不上来,死也要死在水里。"苏万呢喃道,"原来,这辈子最幸福的死法就是淹死啊。"

车嘎力巴就道:"不要怕嘛,这些骨头很正常嘛,骆驼如果找不到水源也会死的,找不到水源会喝海子的咸水,骆驼可以把盐和水分开储存,所以喝咸水也能活,但是有些海子不光是咸嘛,还有毒。"

杨好本来漂着,听到这话一下翻了起来:"不会吧,我刚喝了好几口。"

"你又不是骆驼嘛,你还是要喝淡水。"车嘎力巴说道,"喝几口是不要紧的,洗澡也是不要紧的,不要多喝。"

"可是骆驼要死也是死在岸上,为什么这些骨头都是在水里?"

"路过的人看到骨头,都是要丢进水里去的。在沙漠里死掉的人,灵魂也会困在沙漠里,不停地想走出去,尸体丢进水里,是希望他们早日安息。"

黎簇这才放下心来,用凉水冲了冲头,问苏万,他们走了多远,苏万叹了口气,说事实上他们只走了不到三公里,就感觉好像走到世界的尽头一样。

不过,有这片海子在,他们应该能扛过去了。黎簇回到岸上,翻出了水壶,抛进水里,凉了一会儿,然后拿去给梁湾喝。

他自己找了一个半干不干的阴凉地,拿出吴邪给的地图,对照着GPS。他发现虽然他们走得不远,但是这一片沙漠是相当难以行走的,地图上画了很多的沙丘,后面的沙漠似乎要平坦很多。

看天色,太阳开始下落,血红色的晚霞为被晒得发白的沙丘换了妆色。

这一天过得真快。

入夜之后,沙漠的温度会降至0℃,但是这火烧风看样子不会停,这快60℃的气温和0℃的沙漠不知道能不能中和一下。

他们默默地泡在水里,梁湾慢慢地缓过来了,但是没有力气扯皮。一直等到太阳全部落下去,水温慢慢地凉下来,她感觉气温可以承受了,才上了岸。

杨好拿了一个车嘎力巴的水桶，接了水到处洒，发现这样做果然凉快了不少，就拿出折叠铲子，在海子边上挖沟，把海子的水在宿营地四周引成一条水沟。

黎簇搭起帐篷，让梁湾进去换衣服。太热了实在不愿意生火，他就着水吞了几块饼干。

水很快引了过来，温度开始下降，黎簇光了膀子，正琢磨梁湾这个病号应该吃点什么，总不能也吃压缩饼干，包里还有一些泡面和卤蛋，不知道她爱不爱吃。

突然，杨好停止了挖掘，发出了觉得恶心的声音。黎簇走过去，就看到引入水沟的水里，出现了好多黑色的小虫子，密密麻麻地，在水里欢快地游动。

车嘎力巴走过来说道："这是仙女虾子，我们都捞来卖给你们沿海的人养对虾，咸海子里成千上万，不过，这东西怎么是黑的？是我眼睛热坏了吗？"

黑色的仙女虾子在水沟里翻腾，每一只都极小，看上去造成不了什么威胁，黎簇也就放心了，只是看着恶心，反正拿东西拍水也赶不走。车嘎力巴说这东西生命力很强，而且繁殖体系非常诡异，它们的卵有耐久壳，据说是唯一放在沸水里煮都不会死的卵，在沙漠的沙地里可以保持活性一万年，一万年前的卵只要碰到合适的水就会繁殖，十天就能成熟产下下一批卵。

沙漠的海子里因为盐度太高，几乎没有其他生物，这东西却以极其高的密度在海子中生存，出现这种场面一点也不奇怪。

"这东西简直是个BUG一样的存在。"苏万道，"成熟只要十天，幸亏在沙漠里，否则统治世界还轮得到人类吗？"

这一天实在太累，没过多久，苏万和杨好就都靠着东西睡着了，车嘎力巴走到一边的沙丘上，睡在热风和凉气交接的地方，如果气温上升可以把他们都叫醒。

黎簇守第一场夜。他自问是扛不住的，看着面前的海子倒映出的鬼魅一样的巨大月亮,第一次感觉到自己的渺小。

是真实的渺小,在自我认同上,人要自己从心里认同自己毫无意义是非常困难的,大多数人对于自己价值的低估是基于社会压力。但是黎簇面对着这片沙漠,发自内心地意识到自己的不重要。

他就和这些仙女虾子一样,成千上万里的一只,是没有意义的。

前路漫漫,所谓的探险,小说里电视剧里看得多了,谁能想到,沙漠中行走,本身就是一件那么危险的事情。

他已经不想去思考到达古潼京之后会发生什么。古今中外,多少比他强大许多的人,甚至是沙漠中生存的骆驼,都埋在这里的黄沙底下。只有路人偶然看见,将它们的骨头抛入水中,他们才能得以安息。

第二十四章 • 古潼京的传说

　　黎簇一直发呆到大半夜，气温一点也没有降低，反而有越来越热的趋势，他想了很多很多。忽然闻到一股香气袭来，他回头一看，原来是梁湾醒了，她赤脚走到他的身后。

　　"继续去睡吧，这时候闹失眠是和所有人过不去。"黎簇说道。心里却在嘀咕：老子困死了都不敢睡，你有的睡还玩矫情。

　　梁湾忽然一下子趴到了黎簇的背上，紧紧地抱住了他。黎簇呆了一下，她却已经放开了双手。

　　"你——"

　　"不要误会，只是确定一下白天背着我的人是不是你。"她坐在黎簇边上，"要不你去睡会儿？"

　　不知道为什么，闻着梁湾身上的味道他就想睡觉，忍住不打哈欠，就问梁湾要烟，梁湾把烟故意丢得远了一点："不会抽抽什么？"

黎簇叹了口气，躺倒在沙丘上。两个人都不说话，气氛一下有点尴尬。良久，梁湾冷冷地对黎簇道："找个话题和我聊聊天，不行啊？"

黎簇看着梁湾，发现她是认真的，只好问道："你进这片沙漠为什么？"

"换个问题，每个人都有必须要去的地方和必须要见的人，我没问你为什么进来，你也不应该问我，我不想聊这个。"

黎簇心里说道，坐我的车，烧我的油，骑我的骆驼，还得我照顾你陪你聊天，态度就不能好一点？虽然自己是占了点便宜，不过这点便宜实在不够这一路来的开销和痛苦啊。

"我和你说过我第一次进这个沙漠发生的事情，我不觉得你的问题，可以在这里找到答案。"他故作深沉道。

梁湾没有理会他，显然不愿意就这个问题讨论下去，或许她自己心里也不是特别清楚这么做的目的。黎簇顿了顿，只好换了个话题问道："说说古潼京吧，咱们交换交换资料，明天就到了，估计那地方的邪门程度容不得我们不合作。"

梁湾点头："我查过很多资料，黑水城不过是古居延地区一个比较重要的城市而已，在这片沙漠，有很多类似小城的聚集点，大多聚集于海子的周边，形成以古居延海为核心的多民族文明体系。而所有的民族在这个地方的传说里，都有关于古潼京的内容，传说的内容惊人的一致，和车嘎力巴说的差不多。传说中古潼京其实是沙漠中隐藏的另一个沙漠，存在于世界上的只有那三个海子。传说在那三个海子消失的人，都是被带到古潼京去了。而进入古潼京的人，如果没有被里面的魔鬼附身，是不可能从沙漠中回来的。

"隋代以前黑水城还不叫黑水城，吴邪和你说的关于黑水城附近沙漠之中有一座隐藏的皇陵，在地理位置上应该是有问题的。相信他所说的那座皇陵，真实的位置应该在古潼京隐藏的沙漠之中，当时只是正好古潼京的海子出现在了黑水城的附近，逃出要塞的少数民族部落军队携带黄金在那片海子附近休整，结果全部被海子带进了那片诡秘的沙漠。

"在巴丹吉林地下一万米深处有一条巨大的暗河，连通沙漠中的各个海子，暗河的支流因为水量变化冲到地表之后，就会形成移动的海子。我估计有几条暗河支流的流向是固定的，它们在古潼京的地下交叉，才会形成三个海子在沙漠中不规律移动，但是都会连通古潼京的情况。"

说着，梁湾拿出了两张图纸："你看，这是一张汉代的地图，应该就是古潼京的平面图。当时有人绘制了古潼京的全貌，和我之前在石碑上看到的一模一样，你能看到古潼京确实有一个巨大的建筑群，是不是皇陵不知道，但是规模应该是皇陵级别的。"她指了指图纸中心的一块石头模样的图标，"你和我说过，吴邪给你看了一张石头的照片，应该就是这块石头，它处在整个古潼京的最核心区域。你上次去古潼京的时候，没有看到这块石头，也没有看到任何的建筑遗迹，你确定你去的地方是古潼京吗？"

黎簇摇头苦笑，如果吴邪带他去的地方不是古潼京，那吴邪为什么要骗他呢？他看到另外一张现代的设计图纸，把两张图纸对比了一下，就问道："这张图纸又是怎么回事情？"

梁湾把自己知道的事情和黎簇说了一遍，说完之后黎簇根本不相信："不可能吧，按照1900年前的图纸重新来一遍，承建单位又不是疯子。"

"图纸真真切切就在这里，说明负责这个工程的公司能够非常轻易进出古潼京，这个被隐藏的沙漠，应该是有直接的入口的。"她也躺到了黎簇的边上，"我知道的就这么多，全告诉你了。"

"这么说的话，我上次在沙漠里确实也看到了一块水泥碑，据说沙子下面有一个工厂什么的，吴邪给我看的石头，会不会被突然发生的沙暴埋到沙子底下去了呢？"

"也许吧。"

"我当时看到的一块界碑，不知道你的这张工程图纸上有没有，如果有就能解决很多问题。"

黎簇开始仔细地看工程图,找了三圈,都没有看到类似界碑的图标。他叹了口气,看来只能到了才知道。

他转头想问梁湾事情,却看到梁湾对他做了一个不要说话的动作,然后就在他身边缓缓地睡了过去。

黎簇看着梁湾的脸,月光下她漂亮得像个洋娃娃。他看得痴了。

几乎就在同时,他感觉到脚底发凉,低头一看,发现不知道什么时候,水位好像涨了上来,海子的水都淹到了他的脚踝处。

坐起来看了看四周,黎簇发现不对劲,整个海子的水位高了不少,而且还在迅速地涨高,海子好像是有生命的东西一样在迅速变大,开始吞没四周的沙丘。

第二十五章 · 仙女虾子

黎簇不想弄醒梁湾，但是水很快也没到了她的脚边，他想把她抱回到帐篷里去，没想到她还没完全睡熟，一碰她就醒了过来。

黎簇告诉她涨潮了，她还不相信海子也能涨潮，提起裤腿跑回到沙丘的最高点。

黎簇又去叫苏万和杨好。苏万起床气很重，显然已经疲惫到极点，大声骂祖宗："烘一天了，好容易睡一觉，还让不让人活了！"

黎簇对着他的肋骨连敲两下，对他们喊道："把装备全部背身上，我们涉水过这条沟，找个最安全的地方存放，否则等下我们就得在水里捞了。"

迷迷糊糊地起来，苏万掬水洗脸，黎簇收起帐篷，杨好背起自己的装备，第一个涉水往对岸走去。

原来的小沟已经变成了齐腰深的小溪了，他走了两三步就停住了，低头看自己身边的水域，叫道："不对啊。"刚说完，他就惨叫起来，几步从水里退了回来。他的腿上，密密麻麻长满了"麻子"，他甩掉装备就往下抹，一抹一片血。"这仙女虾子咬人啊，老子腿毛都被咬没了。"

黎簇蹲下去看，发现虽然伤口不深，但是这些仙女虾都钻到杨好的皮肤里去了，一按就死，看着非常瘆人。

"车嘎力巴说这东西不咬人啊。"

"他也说没见过黑的，这会不会是新品种？感觉和水蚊子似的，不知道会不会传染疾病啊。"

苏万看着升高的水位很快就会把这个沙丘给占掉了，说道："别矫情了，就是被咬几口而已，赶紧走，否则东西被淹不说，你会被咬得更惨。那蒙古族人呢？收了钱自己睡大觉，难怪他要睡在那么高的地方。"

说着他跳入水里，咬牙往前走去，没走几步也惨叫着跑了回来。他到水边一看，水里密密麻麻，完全变成了黑色。人只要一下水，那些东西就涌上来，人根本撑不到对岸全身就会被裹住。

梁湾吓得腿都软了，抓着黎簇的手表示绝对不下水。黎簇对着对岸喊了几声，没听到回复，他对苏万和杨好喊道："扎紧裤腿，用胶带全部扎起来，腰部也是，你们两个把装备拿着，梁小姐骑我肩膀上。"

水位上升得极其迅速，看上去就像黑色的仙女虾子顺着沙丘爬上来一样。苏万从包里取出冲锋枪，拉上枪栓就往水里扫射。黎簇以为没用，但子弹入水之后炸起一个一个涟漪，竟然瞬间就把黑色的"浓汁"炸出了一条通路来。

"水的阻力大约是空气的770倍，子弹入水之后和打进身体一样，会炸开形成水压，虽然几乎没有杀伤力，但是对付这种虾子足够了。走吧，我开道！"苏万说着，一边拼命地对水扫射，一边背上背包冲了下去。

黎簇紧随其后，杨好难得有枪开，也拔出了自己的枪，在后面掩护。

子弹扫过的地方，黑色的"浓汁"被驱散，但是瞬间又会填满，黎簇还是被咬了无数下。这东西咬人非常疼，他咬着牙努力稳住身形，避免把梁湾甩下去。但是水底是沙子，很难走得多稳，好几次梁湾都差点扑进水里。

走到一半，他们就发现脚碰不到水底了。这就糟糕了，游泳的话，等于身体的所有部位都要接触到水，如果这些虾子进到眼睛里，那人一定会失明的。

这时，车嘎力巴终于跑了过来，不知所措地看着他们。

"快弄我们上去！否则后面的4500元你就收不着了！"黎簇大喊。

车嘎力巴大骂："我还你4500元嘛，你告诉我我怎么救你们？"

"你包里有冷焰火！打起来甩给我们。"黎簇灵机一动。

车嘎力巴照办。他不会使用冷焰火，只能直接丢给黎簇。黎簇接住后在梁湾屁股上一打，不理会梁湾疼得娇呼。他把冷焰火打起来，往水里沉去。

不出他所料，冷焰火的化学燃烧果然把黑色的虾群逼开了，他却看到了令他惊恐的一幕：他们脚下的沙子里，黑色的虾子幼虫正在像喷泉一样孵化出来。

这说明沙堆中有大量的虫卵，一遇到水就全孵化了，这种景象估计几百年才能看到一次。

冷焰火被一个一个点亮，他们没有其他地方可以用来敲击，只好都敲在梁湾的屁股上。这种形势，梁湾也没法说什么。

即便如此，他们还是无法前进太多。看到水底的情况，苏万崩溃了，两梭子子弹全部打完，子弹壳都崩到黎簇脸上了。

车嘎力巴忽然想起了什么，说"等着"，跑回他待的沙丘上，从自己的背包里拿出装着羊奶的皮囊，把羊奶全部倒进了海子里。与此同时，所有的仙女虾子都往那个方向涌去，黎簇见机会来了，大喊着加油，就沉进水里，迅速往前游，终于靠近了对岸。

先是梁湾被拉上去，然后是装备，最后满身虾子的三个人被扯上来。黎簇最惨，连脸上都是。上来之后他就把头埋进沙子里不停地揉搓，抬头满脸的沙子和血。

喘了半天气，黎簇抬头看向天边，就听到水位上涨的声音此起彼伏，同时到处都有打雷一样的声音传来，他知道这是鸣沙发出的声音，这里的沙丘正在发生剧烈变化。

苏万弄掉虾子就询问车嘎力巴，怎么这么长时间才过来救他们，是不是睡着了。车嘎力巴指了指前面，说道："我是被发生的事情惊呆了。"

黎簇坐起来，晨曦中，看到之前的沙漠中，到处都有水从沙子下面渗出来，形成了许多大大小小的海子。新生的海子又缓缓连接，竟然出现了一条河流一样的水带。他们所处的海子就在水带的一头，水带通过了之后，还在不断地蔓延，水位也越来越高，似乎有变成长河的趋势。

"巴丹吉林里有河吗？"苏万目瞪口呆地问道。

"有，弱水河，是一条内流河。但不是这一条，这一条应该是鬼河，可能是弱水河在地下的支流吧，偶尔会有一段露出水面。"车嘎力巴说道，"我也是第一次看到。"

"看来这个海子连通着地下暗河。在这片沙漠下面一万米深处一定有巨大的地下水源，因为地质活动，水涌上了地面，之前的火烧风看样子也应该和地质活动有关。"梁湾道。

黎簇看着暗河的方向，忽然意识到了什么，拿出吴邪的地图，用指南针对比了一下，发现地图上那些毫无意义的黑线，居然表示的是沙漠地下的暗河。而他眼前的这条暗河，在地图上显示和红线的尽头汇聚到了一处。

脚边水流缓缓，炽热的火烧风还在压过来，他们离目的地还有8公里的路程。按照今天的速度，最起码还要两天时间才能到达，他不愿意再经历昨天经历的事情了。

"兄弟们，我们得造一艘船。"黎簇说道。

第二十六章 · 鬼河暗礁

一行五个人都挤在河边的沙丘下,闭目养神。黎簇睡了4个小时,衣服敞开来晒着,醒的时候,身上还有干死的仙女虾子,梁湾小心翼翼地将那些虾虫从他的皮肤上一只只地拔出来。他太累,睡得太死,竟然一点也没有感觉到痛。

一醒过来,苏万就问他船的事情怎么弄,他有什么计划。

这片海子四周有七八根死去的胡杨干木,还有很多的芦苇,他们收集过来后,用登山绳将胡杨木扎成了"三根木"木筏,芦苇成捆成捆地扎起来,绑在四周增加浮力,然后又用树枝在木筏两边做了两个平衡翅。

城里人手工很差,第一次下水木筏瞬间就散架了,他们把它拖上来又尝试了四五次才成功。

河中并没有太多仙女虾子,仙女虾子应该都聚集在海子一带。黎簇发现这河里是淡水，水冰凉、冒着寒气，估计只有六七摄氏度，他估计从地底涌上来的水来自冰川。

木筏被推入河中，装备被堆上去，人也一个一个坐上去，他们开始顺流漂起来。

火烧风还在继续，但是在冰川河水的凉意下，对他们影响不大。苏万非常满意，直夸黎簇办法好，不用走路而且凉快，不过，他还是担心会出事，这木筏看上去不是很结实。

大家坐在船上，气定神闲地看风景，杨好却一直盯着水里，想找条鱼用枪打上来。吃了太久的压缩饼干和方便面，他受不了化学防腐剂的味儿了。

"你说咱们会不会遇上什么怪鱼啊、大蛇啊这些东西？"苏万看着漆黑一片的河底，"不是说从地下一万米的暗河里出来的水嘛，保不齐还有恐龙呢。"

"水是通过沙子滤上来的，一万米呢，就算纽扣大小的生物都上不来。"黎簇道，看了梁湾一眼，她正踢着水发呆。

"那沙漠也许也有沉睡在沙子中的怪物，被这些水弄醒了，出来搞我们。"

"你是过不了太平日子是吧，想死可以，爷把你丢下去，不用麻烦怪物。"杨好怒了。

车嘎力巴插嘴问他们："几位老板为什么带着冲锋枪啊，这不像是正规旅游啊。难道几位是当兵的？怎么没穿军服啊？"

苏万最能扯，立刻接了话。其他三人都不作声，让苏万一个人在那儿讲故事，苏万说："我们三个是首长的警卫，出来给首长办事。首长的儿子在一次执勤的时候，死在了古潼京附近，一直没有找到尸体，我们一来是想找找尸体，如果实在找不到，就去那边拜祭一下。首长很思念儿子，但是不能亲自过来。带枪是因为听说古潼京那边有野兽出没，怕不太平，不然首长的儿子没拜祭成，我们也要留下来和他做伴就太不值得了嘛。"

车嘎力巴听得频频点头，指着梁湾又问道："那这个漂亮姑娘又是怎么回事呢？难道你们想带到古潼京去烧了她拜祭用，给首长的儿子当媳妇？"

梁湾听着就好笑，说道："我和他们是路上遇到的，跟着他们挺好玩的，也有个照应。"

车嘎力巴就呵呵笑，连说"是的是的"。

一路顺流而下，到了中午时分，他们已经漂出了五里多路，水路要比陆路略长，但是GPS显示差不多再有一半时间，他们就能到达目的地了。

到了这一段，湖面变得很宽，简直算条小江了。目测水深超过了五米，能看到水中真的有鱼，显然这条鬼河贯通好几个海子，其中有些有鱼存在也不稀奇。

杨好踩在木筏的顶部，用枪打鱼，打了一梭子子弹只打中两条鲢鱼。黎簇以前听说蒙古族人不吃鱼，没想到车嘎力巴捞上来就熟练地刮掉鱼鳞、挖掉内脏，在水里洗洗，就生着切片吃起来。"海子里的鱼不腥，因为鱼不吃泥巴，没有土味道，我们都是这么吃。"

黎簇他们也吃了几口，味道极其甜鲜，入口比三文鱼都要清爽，两条鱼很快被吃了个精光。

吃完之后众人幸福地跳入水中游泳，早忘记仙女虾子的可怕。黎簇潜水下去，看到水底大量的胡杨木和芦苇，竟然都是活的。估计是鬼河出现得及时吧。

水浅的地方，阳光直射入水中，达到了一种"无水的境界"，他们好像飞在沙漠的上空，看着下方水流中金黄的胡杨林犹如金色樱花一样，而鱼就在树林中游荡，犹如仙境。

后来水流越来越湍急，黎簇几个怕出事爬回来晒太阳，梁湾朝他扑水逗他，他觉得惬意极了。

"都吃饱了吧，玩得舒服了吧。"车嘎力巴说道，"老板们听我说，我有个事情要和你们说一下。"

众人很少听到车嘎力巴主动发言，就好奇起来，问道："什么事情？"

"你们出来行走江湖呢，别老是想着水里的妖怪、史前的怪物，这个世界上，最可怕的东西，永远是人。"车嘎力巴说道，"刚才苏老板说了那么多可能性，就是没有算过我会算计你们，这不太专业嘛。"

众人愣了愣，黎簇看着车嘎力巴警觉起来，手按到了自己的冲锋枪上，问道："你为什么要算计我们呢？"

"骆驼都死了嘛，20000元钱嘛两头。亏本买卖。"

"我们可以给你加钱啊，这本来就是因为我们造成的损失，你赚钱不容易，我们不会亏待你的。"

"这里嘛，谁也看不到，北京人嘛，进来出不去很正常，出门在外，这种情况要多思考一下。"车嘎力巴说道，"你想不到，漂亮姑娘应该想到的嘛。"

黎簇点头，觉得气氛不太对，杨好扬了扬冲锋枪，说道："要算计我们先问过我的枪。"

"子弹刚才打光了嘛。"车嘎力巴嘿嘿笑道，忽然从腰间抽出蒙古刀，一刀砍在绑木筏的绳子上。

绑得本来就不专业，瞬间木筏就解体了，所有人都从木筏上摔进了水里。车嘎力巴立刻抓住黎簇的背包，一个潜水，就往岸边游去了。他对着黎簇大喊："老板再见嘛，长生天会保佑你们这些好心人的！"

这里的水流已经非常湍急了，他们根本顾不上抓住车嘎力巴，就看到车嘎力巴把背包里的食物和水全部挪到自己包里，黎簇包着钱的小腰包也被他扯了出来。然后他把背包一扔，就朝来的方向游去了。

杨好想去追，黎簇大喊："别追了，把包都追回来！否则我们追上他只能吃他的肉回去！"

杨好一听也对，三个人在激流中努力游动，把所有的背包都抓了回来，梁湾则抓住了一根浮木，所有人都靠了过去。

苏万抓着浮木，喘了两三分钟大气后，开始大骂："老子要报警，这孙子太浑蛋了，什么人嘛，在这种地方抢劫我们，等于是谋杀啊！"

"在沙漠里我们死了也是白死。不过，他为什么说长生天会保佑我们？我觉得不太吉利。"黎簇摸了摸脸上的水，忽然就看到一座礁石山从他们身后掠过。

黎簇呆了呆，梁湾的脸也吓白了，她道："这里的海子里有礁石，都是地下山脉的山尖，有时候地下暗河的水会从礁石上直接喷出来。"

"这配备也太齐全了！"苏万道。

刚说完，杨好大吼："往边上，要撞上了。"

同时，这根胡杨木就撞在了一块只浮出水面一巴掌高的礁石上，胡杨木狠狠地震了一下，接着擦着礁石过去，把梁湾和苏万两个人直接刮走了。

两人撞在礁石上，没了动静。黎簇急了，对杨好大吼"把苏万抓回来"，脱手就去追梁湾。

游出去七八米，黎簇感到小腹猛地被击打了一下，整个人被水下的暗礁撞得飞出水面，又拍进水里，瞬间失去了知觉。

第二十六章　鬼河暗礁

第二十七章 · 又见古潼京

黎簇是被凉水冲醒的,水呛入了他的鼻腔,他痉挛着缩起身子,接着感觉到四周炎热。他想睁开眼睛,但是强光让他用手护住了紧闭的双眼,眼前一片绚丽的红色。

过了一刻多钟,他才睁开眼睛,发现四周全是白色的沙地,一望无际的沙丘。他摸了摸自己的脸,脸上没有水,只有沙子,他的嘴唇能感觉到一丝湿润,水应该是瞬间就蒸发了。

他站了起来,疑惑地看着四周,热浪袭来。这股炎热十分熟悉,但是比火烧风的温度差远了。转了一圈,他没有看到任何人,但是四周的白色沙丘让他知道自己到了什么地方。

这里是古潼京,他回来了,还是回到了吴邪带他来的那片沙漠之中。

这是怎么回事?他努力回忆,想到了车嘎力巴这个黑向导,想到了鬼河里的暗礁。他在水里晕过去了，现在怎么在这里？中间缺失了什么。

走动了一步，他的腿脚发软，他发现了自己脚边半埋在沙子里的背包。他抢回背包之后，就把背包死死扣在自己的皮带上，可能是这东西救了自己的命。

他拍了拍背包，发现四周没有人，也没有任何脚印。然后他摇了摇头，退到自己刚才躺着的沙丘阴影处，摸了摸嘴唇，又摸了摸自己身上，发现衣服竟然还有些潮湿。他俯身摸了摸沙子，沙子半干不干的。整片沙漠，很大一块区域都是这个样子，特别是阴影的部分。

水没了。他心说，看来之前他还是泡在水里，这里的水重新渗入地下去了。

内流河都是生在沙漠中，又消失在沙漠中的。

看衣服的干燥程度，鬼河沉入沙下也有一段时间了。

那其他人呢？

他爬到沙丘上，四周一望无际，全是一模一样的沙丘，除了白色的沙子，什么都没有。他喊了几声，没有人回应。他翻开自己的背包，水、食物、钱都不在了，但其他东西都在。

他拿出指南针，看了看方向，接下来他应该做什么？

他四处眺望了一下，想找到吴邪照片里的巨大岩石，但是他看不到，周围全是起伏的白色沙丘。

去找那些卡车。这是他的第二个想法。但是，白沙漠之中会有危险，他走了几步又停住了。

他又四下看了看，角度的变化，真让他看到了一边沙丘中露出的东西。那是卡车的一部分，他跑过去，发现就是当时看到的那种卡车。他环视四周，意识到发生了什么——沙子重新把这些卡车埋上了，自己就在卡车围绕的那个海子里。

这些车埋得不是很深，沙子很松。他爬上卡车的顶部，用力晃动，四周的沙子开始抖落，一排三辆车在沙丘的坍塌处出现。

这时候,他听到了几声枪响。他抬头,看到对面的沙丘上,有一个人一手正拿着折叠冲锋枪朝天点射,一手朝他打招呼。

是杨好。

黎簇心中一喜,也朝着杨好招手。他不是一个人,日子没有那么难过。他跳下车头,向杨好走去,走入了湿润的沙地,也就是之前海子的水底。

走出大概三分之一远的时候,他发现不对劲,沙子越来越软,他陷入沙子里,沙子已经没到膝盖了,而且越陷越深。

他立即抬腿后退,才跑了十几步,脚下一松,沙子一下就没到了他的脖子。

"流沙!"他大叫,看到杨好冲过来救他,也陷了进去。

"别、别动。"黎簇想起电影里说的,立即静止不动了,但还是沉了下去。他和杨好面面相觑,看着对方逐渐被沙子吞没。

这一切发生得太快,黎簇还没搞明白发生了什么事情,就面临自己生命即将结束的情况。

这也太戏剧性了,黎簇心说,在沙子没过他嘴巴的时候,他还有一些恍惚,并没有真正意识到自己所处的境地。条件反射让他仰起头,把脸向上,这样鼻子可以最大限度地到最后才被淹没。同时,他的手在湿沙中努力张开。

完全张开是不可能的,但是他还是把肘部撑起呈母鸡舞蹈的样子,加大了受力面积。最后,当他的脸几乎和沙地齐平的时候,下陷停止了。

他的面孔正对着太阳,呼吸十分困难,一方面是来自沙子的巨大压力,一方面是他自己害怕任何震动打破他和沙子的支撑平衡——再下陷三厘米,他就会被薄薄的一层沙弄死。

强烈的太阳光射得他睁不开眼睛,眼前是白茫茫的一片,脸上的温度瞬间上升。

他能坚持多久？恍惚中他终于开始思考这个正经的问题，在这种情况下，他能坚持多久？

脸上的面积不大，沙子还很湿润，湿气侵入体内，中暑和休克的概率很高。如果他能撑下来，那么到了晚上，水分蒸发之后，沙子表面会变轻变干，他也许可以想办法出去。而且气温变低，他也能恢复体力。

只晒一张脸，到今晚应该是晒不死他的。不过，就算脸不会被晒烂，等他从里面出来，也会变成京剧里的李逵。

另外，还有种获救的可能，那就是杨好超能力爆发，从沙堆里爬出来救他。

不过，杨好那种智商发生这种变异的可能性太低了。黎簇想着，忽然眼前刺眼的太阳光被遮住了，他睁眼就看到苏万站在他面前说道："哎呀，真是个小便的好地方。"

黎簇没法说话，他一张嘴巴，沙子就会往嘴巴里灌。苏万看着好笑，探手进沙子里，抓住他的衣领往上拉。黎簇同时也用力扑腾，几下就被扯了上来。

他看到苏万穿着一双奇怪的大鞋，鞋底好像两个网球拍一样，奇怪道："你哪儿来的沙地装备？"

"这是小爷给你们买的扇子。不是怕热嘛。"苏万道，"你也是，不是来过这儿嘛，咋还不如我这个新手谨慎？"

一问才知道，他是和杨好一起醒过来的，只是杨好跑得太快，黎簇看到杨好的时候，苏万还在后头爬沙丘呢。

他们之前的经历差不多，杨好坚持到了最后才晕过去，是撞晕的，杨好说肋骨有一根可能断了，不能按，按了会痛晕过去。

杨好也被提了上来，就是不见梁湾。苏万递了根烟给黎簇，说道："咱们是穿越了吗？怎么一下就到了这儿？"

苏万的烟都是用保鲜膜包好的，所以一路碰水都没有湿。黎簇忽然有些感触，他说不出是什么感觉，苏万确实是一个极其细心的人，以前他觉得苏万特别矫情。如今这根烟却让黎簇觉得苏万很牛。

"咱们晕了多久？"黎簇问道。

苏万扬了扬自己的手表："从我们被抛入水里，到现在已经过了七个小时。"黎簇拉过苏万的手看表，果然如他所说。

黎簇惊讶道："才七个小时吗？"算上路途，时间是差不多。但是过了七个小时的话，天应该黑了啊，为什么太阳那么大？黎簇看了看影子，影子很长，太阳已经西下，却远没到天黑的程度。

苏万一边托着黎簇往岸边缓缓挪去，一边道："千真万确。"

"你确定你的表没坏，或者没被人调过？"

"这块表6888元钱，叫松拓，是GPS手表，可以通过卫星矫正时间。当然，现在这里找不到卫星信号，不然我连经纬度都能知道。而且这块手表我设置了密码，这点时间不可能破解。何况，我昨晚还更新过一次密码。"苏万道。

黎簇回忆了一下，他迷迷蒙蒙的，在水里的记忆完全没了，摸了摸腹部，内脏肯定在那一下撞击的时候受伤了，按肝部非常疼，身上其他地方都有痛感，肯定在水里被撞了不少地方。

"我还有一个证据，可以证明咱们最多昏迷了七个小时。"苏万道，他从包里掏出一盒东西来，那是保温盒，里面是吃剩的生鱼片。

"还剩三片，一人一片。"苏万拿出来递给黎簇和杨好，三个人在沙漠中一起仰头，把冰凉的鱼生吞入肚子中。

鱼很新鲜，黎簇长出一口气，看到那盒子是保温盒，他明白苏万是什么意思了。如果不是七个小时，那么要有这么大的太阳，必然要经过一个晚上，保温盒无法保温那么长时间。

这就奇怪了，这太阳到底是怎么回事？难道这片沙漠中的时间，和外面是不一样的吗？

苏万就道："别纠结这个了，也许我们起得太早都没发觉，赶快四处走走，看看有什么线索，顺便把你的妞找出来，千万别出事，我觉得这妞挺好的，适合你。"

第二十八章

● 寻找梁湾

　　黎簇、苏万和杨好三人在沙丘之下的阴影中慢慢挪动，犹如丧家之犬。黎簇奇怪，没有火烧风，怎么还是这么热，气温也快达到50℃了。几个人都脱得精光，用扇子拼命地扇风，风都是炽热的。刚才冰凉的鱼，现在在他们胃里似乎起了奇怪的化学变化，恶心的感觉一直在咽喉徘徊。

　　GPS彻底撞坏了不能用，而苏万的GPS手表如今也收不到信号。抬头是晴空万里，没有任何遮挡，为什么会没有GPS信号呢？那24颗卫星的覆盖率应该有98%，难道他们在2%的区域里？不可能啊，现在估计覆盖率都超过100%了。黎簇充满了疑问。

　　"不可能没有信号，除非是故障，但是故障也不会这么显示，我估计这里是GPS的盲区。"苏万看着自己的手表道，"民用GPS有很多特殊的地方是被设置了盲区的，你懂的，这片区域不一般啊。"

说起来，黎簇上一次来的时候，好像也并没有明确得知这里的地理信息，但是上一次使用的是军用GPS。

"那些装备。"黎簇想了起来，"上次我到这里的时候，在海子的边上，装备也都被抛进了水里。"

这么说，毁掉这些装备的人也许是吴邪自己？他的真实目的，也许只是毁掉那支队伍的GPS。为了不让人怀疑，他把装备都毁掉了。他也是在那个时候和黎簇说，这支队伍里还有其他居心不良的人。

"真是环环相扣啊！"黎簇在这么炎热的地方，体内都开始冒出冷汗，他意识到自己应该好好想想之前那一次进入沙漠，吴邪的所有行为和他们遇到的所有事情。这个男人并不是在游玩，一切都是有目的的。

夕阳西下，阳光开始变得柔和，当白色的沙子不再像白天那样犹如镜面一样反射阳光，他们才能真正直视这片沙漠。

他们并不确定梁湾是否也和他们一样被冲到这片区域，她也有可能进入了支流。按理说，如果和他们一样被冲到这个区域，应该早就出现了，但是他们之前草草地找过一圈，安全范围内肯定没有，而离开这片海子太远的地方，阳光反射得非常厉害，肉眼是无法识别物体的。

仍旧不敢离开这片海子太远，他们在沙丘上分成三个方向寻找。黎簇竭力叮嘱，这海子四周一圈的沙丘下面，埋着废弃的卡车，这一圈屏障是死亡与生存的界线，绝对不能走下沙丘到海子的外沿去。

都已经是十几岁的人了，那两个人能分清什么是玩笑，都很自觉地按照黎簇的说法行事。

沙漠中的落日十分壮观，在夕阳把沙丘照成剪影之前，他们只有大概三十分钟时间。黎簇并没有抱太大的希望，但是他们只分开找了两三分钟，杨好就大叫。黎簇和苏万朝他聚集过去，在大概一公里外的两个沙丘的凹陷处，竟然能看到篝火的火光。

那边是一个沙丘的阴影，火光十分明显。

"望远镜。"黎簇对苏万说道，苏万从包里拿出一个只有烟盒大小的望远镜递给他。

黎簇拿过来，怒目看向苏万，苏万道："我看明星演唱会的时候买的，很贵的，我们得节约空间，又不是来打仗，这个够用了。"

黎簇掰开望远镜往远处的篝火边看了看，看到了梁湾在篝火边上，衣服穿得很少，正在整理自己的行李箱。

望远镜的放大倍数不够，只能看到梁湾纤细的腿，下身似乎只穿了一条内裤。黎簇放下望远镜，预估了一下距离，觉得很糟糕。无论是他们过去，还是梁湾过来，似乎都很危险。

杨好把望远镜拿过去看，看了几眼就回头抽了苏万一嘴巴："够用你个头，咱们一路倒霉，难得看到个大美女没穿衣服，这么好的机会就因为你买个破望远镜给打上码了。"

"什么？"苏万立即抢过去看，看了几眼也抽了自己一个嘴巴。

杨好回身抽出枪来，咔嚓上膛，苏万立即后退说下次不敢了。杨好就道："我放几枪打个招呼，让她到我们这里来，这样的福利，放那么远算什么事情。"

黎簇摆手拦住。这段路太危险了，他不知道为什么梁湾会出现在那儿，不知道她是在海子区域内苏醒然后走过去的，还是之前就被人放在了那个地方。

他仔细观察外面的沙丘，看到在一些沙丘上有类似脚印的痕迹。不知道是不是梁湾行走留下的。

外面的沙漠非常危险，这边距离太远，如果没有沟通到位梁湾就朝他们走过来，很可能出事。他又四处看了看地形，沙丘变化很大，他无从判断。太阳非常快地落入地平线之下，篝火越来越明亮，黎簇心中不祥的预感越来越浓烈。

沙漠表面还很平静。但这和看着地雷田一样，有人在地雷田里生火，现在没事，但必然是要被炸死的。杨好呸了一口就道："刀和绳子给我，绳子系我腰上，我过去一趟，能把她带过来就带过来，带不过来我就待在她那边。"

"很爷们儿，但是我怎么听着不对劲。"苏万道。

杨好骂道："少废话，拿绳子。"

"不够长。"苏万道，"才三十米。我看咱们还是大声吼吧，或者弄出点可以传递信息的动静来。"

"这个距离还是太远，她能听到就不错了，传递信息根本不可能。而且一旦我们发出巨大的声音，反而会引起沙子下面那些东西的注意。所以，要做这种事情就必须做得有价值，否则两边都捞不着好。"

"他们说萨克斯的声音传播距离非常远，特别是在沙漠里，萨克斯和沙丘会产生共鸣，声音可以传得很远很远。而且最牛的是，萨克斯可以模仿人声，特别是人的唱歌声，我们可以用萨克斯传递信息。"苏万道。

黎簇的脑袋有点疼，他知道苏万学萨克斯学得还不错，但是现在说这个不是找抽吗？他抽了苏万一嘴巴，骂道："你脑子有问题吧，我们现在到哪儿找萨克斯去？你能靠谱点吗？"

"我带了！"苏万得意地从背包里扯出一只黄铜色乐器，"当当当当！奇迹小王子，请叫我南城收纳王，白面小哆啦A梦。"

黎簇看了看那黄铜色的东西，确定是萨克斯，脸色都变了，看了看杨好，杨好也一脸错愕地看着他。顿了一下，两个人默契地揪起苏万开始抽他，"望远镜占空间是吧？绳子带三十米够了是吧？萨克斯？萨克斯！你带萨克斯过来干吗？"

"萨克斯是我的生命！"苏万抱住萨克斯，"难得来趟沙漠，我最大的愿望就是对着夕阳吹一曲啊，就像MV放的那样！老子陪你来冒险，顺手完成夙愿，不过分吧！"

打累了，杨好和黎簇都倒在地上，苏万拍了拍萨克斯里的沙子，喘大气道："你们这些俗人，懂什么叫情怀吗？"

"那MV是在沙漠里拍的吗？"杨好问黎簇。

黎簇摇头："那是在海边，在沙滩上，不是在沙漠。"

苏万愣了一下："不会吧。"

杨好把绑在腰上的衣服解开，赤裸上身爬起来去抢萨克斯："情怀，情怀是吧，拿来，老子撅了它！"

黎簇看了看太阳，地平线上只剩下一道红线了，他摆手对他们道："没时间了，别闹了，待会儿再收拾他。你不是说你能用萨克斯模仿人声吗？快模仿。"

苏万爬起来，呸了一口："你们迟早有一天会跪拜在老子的萨克斯之下。"说着他拆出簧片把沙子抖干净，问，"你要对她说什么？"

"你就说，这里的沙漠很不安全，让她待在那儿，最好不要贸然移动或者发出太响的声音，我们在想办法。"

"说英文。"苏万道，"这是西洋乐器，只能说英文。"

黎簇功课很差，杨好更是连基本语法都不知道，两个人"嗯"了半天，黎簇说道："No safe, no move, you'd better shut up! We want the way now!"

苏万叹了口气，不去理他们，作为各种补习班堆积起来的成绩中等的学生，他的成绩比这两个人好多了。他爬到沙丘的顶端，对着夕阳和篝火，吹响了萨克斯。

第二十八章 寻找梁湾

第二十九章 · 翻腾的沙丘

The desert is not safe, stay there, keep quiet, we will save you ASAP!

（沙漠不安全，待在那儿，保持安静，我们尽快救你！）

萨克斯的声音真的很像人声，但是，要说能达到十分清晰的、人可以听懂的地步，还差得很远。

配上字幕也许还能听懂，黎簇捏了捏眉心。苏万还是在那里自我陶醉地吹着，吹了十几遍。

奇怪的声音在沙漠中确实传出去很远，杨好的英文能力实在太差，他无法判断苏万吹出来的梁湾是否能听懂，用望远镜看着梁湾那边，突然喊道："有反应了、有反应了。她朝我们这里看了。"

黎簇捂住脸，长叹一声，准备起身把苏万的萨克斯撅掉，就在此时，杨好惊叫了一声，从沙丘上滚了下来。

"怎么回事？"黎簇连忙上去，刚上沙丘，就看到月光照耀的白色沙漠中，开始涌起一层又一层细微的涟漪。

在昏暗的月光下，能模糊地看到这些涟漪越来越激烈，慢慢地变成了沙浪，开始朝四周蔓延开来。沙浪之中一些触手一样的黑影，不时露出沙面。

苏万毫无察觉，还是陶醉地吹着，随着萨克斯的声音，那些"藤蔓"有规则地挪动。

很多人会觉得是不是和印度人逗蛇一样，其实完全不一样，整片沙漠真的像是波浪一样。黎簇忽然明白这些卡车为什么又被埋到沙子里去了。虽然看不清楚，但是黎簇能观察到所有"藤蔓"运动的模式，它们都在一个一个沙丘的附近徘徊。

萨克斯确实和沙丘形成共鸣了，形成共鸣的结果是，这些"藤蔓"误认为所有的沙丘上都有生物在运动。

他抢过杨好的望远镜看向梁湾那儿，就看到梁湾已经崩溃了，她退到了一座沙丘的腰部，刚才她站的地方以及篝火堆的附近已经被沙浪吞没。

"别吹了！"黎簇一脚飞沙把苏万踢停。

萨克斯的声音戛然而止，几乎在瞬间，沙浪静止，整片沙漠都静了下来，好像整个沙海一下子被冰冻住了一样。

黎簇再用望远镜看过去。梁湾显然不知道发生了什么事情，惊恐地看着沙丘安静下来，然后手足无措地看了看四周，忽然提起行李箱就冲下了沙丘，在沙海上狂奔了起来。

平静的沙海之上，她就是唯一的声源，她身后的沙面立即开始波动，蛇一样的轨迹从沙下涌起朝她追去。

黎簇朝自己脸上就是一拳，冲起来对苏万大吼："吹！吹你会的最吵的！"

苏万被委以重任，也不知道发生了什么，立即点头，抬手就开始吹《寄哀思》，那是应该用唢呐吹的哀乐，高亢悲凉。

黎簇从杨好手里抢过冲锋枪就冲出了海子的安全圈，听到杨好对苏万大吼:"能吹点吉利的吗?"

黎簇冲到沙丘之下的时候,苏万开始吹经典曲目《回家》,这个他在班级活动中吹过。

在围绕海子的那一圈沙丘之下,有一片比较平缓的沙地,往外五六百米才是开始大范围起伏的沙丘,因为苏万的萨克斯,这些"藤蔓"全部集中在了沙丘底下,这片平缓的沙地,黎簇觉得相对安全。

事实证明,觉得就只能是觉得。

黎簇刚冲上去二三十步,沙地就涌动起来,黑暗中他也看不到梁湾到底有没有继续朝自己跑过来。他反手想对沙地扫射,但一想到这些东西跟着声音走,硬生生忍住,往前狂奔。

黑暗中就听到走调的萨克斯和沙地摩擦的轰鸣声,他想分辨梁湾的位置,但是实在分辨不出来。就在焦虑自己的莽撞和傻的时候,忽然身后飞过来一个东西,就在离他七八米远的地方炸开了花儿,冷光四溅,照得他睁不开眼睛。

那是一个冷焰火。黎簇回头一看,杨好也冲了下来,就跟在他身后,腰间插了很多冷焰火,杨好刚好又拿起了一个,朝他挥手,然后又扔了过来。"接住!"

冷焰火高高地飞过黎簇的头顶,落到黎簇的另一面。黎簇伸手跳起,还差了一个姚明的距离。

好哥们儿啊!真的是懂我要什么!就是智商太低了,黎簇都快流泪了,上去捡起来,往天上抛去。

抛高之后,整片空地被照亮,就算梁湾没往这儿跑,也总应该看到这里了。黎簇就着亮光四处一看,发现梁湾就在不远处,一脸惊恐地看着他,愣了一会儿就好像看到救命稻草一样狂奔过来,跟在她后面的是喷起的巨大沙浪。

这动静和他当时遇到的不可同日而语,果然如某个哲人说的,苏万总有能力把最糟糕的事情搞得更糟糕。同时,杨好就在他头顶上抛过去一个冷焰火,这个抛得更高。他没力气吐槽了,对杨好大叫:"你先回去！"接着他用足球场上杀入对方禁区的速度冲了过去，半路把杨好甩过来的第二个冷焰火一脚挑起来，从身后直接甩到身前，然后飞起一脚用最大的力气踢上半空。

射门难，开球还不容易！

冷焰火飞到极高的地方，梁湾已经冲到黎簇面前，黎簇抓住她的手，对着她身后的沙浪单手扫射。一连串的动作如行云流水，黎簇如果自己能看到一定会意识到自己这辈子最帅的瞬间已经过去了，可惜时间实在不等人。

子弹倾斜进入沙子里，毫无作用，后坐力让黎簇没有把握好平衡，和梁湾一起摔翻在沙地上，接着沙浪就到了，直接把他们两个人冲了起来。

黎簇运动能力比梁湾强很多，拉着梁湾借着被冲起的沙子滚到一边，爬起来就跑。

冷焰火准确地落在他们面前，四周暗了下来，只剩下远处杨好的冷焰火标识引导方向。

两个人狂奔过去，在跨过冷焰火的瞬间，黎簇对地扫射击中冷焰火，冷焰火如炮弹一样炸开，发出巨大的声响和光亮。

那沙浪被这巨大的动静震蒙了，一下停住，爆炸的冷焰火团瞬间被沙子里的东西吞没。

这七八秒的缓冲拯救了一切。黎簇和梁湾冲上了沙丘，翻过汽车顶部的沙堆的瞬间，全部趔趄滚了下去，一直滚到海子边上。

苏万和杨好发出欢呼，苏万用力吹出了一个欢庆的大颤音，杨好飞身一个泰拳的金瓜击顶动作将他打翻在地："你有什么资格开心！"

黎簇和梁湾翻到沙丘底部，还是条件反射地坐了起来，梁湾还想跑，黎簇抓住她，摆手道："安全了。"

沙丘顶上杨好弄出的火光下，梁湾和黎簇的脸都有点闪烁，梁湾惊魂未定，慢慢地才缓下来，魔怔一样看着黎簇。

黎簇心说要哭就哭吧，我也想哭，你先哭我不至于那么尴尬。没想到梁湾一下把他的脸捧了过去,猛地吻了上来,同时梁湾整个人都搂了过来。

黎簇没有挣扎,按他的想法没上手搂回去就不错了。

这个吻持续了最起码三分钟,梁湾才放开,转身挪开三四米,把头埋进膝盖里哭起来。

黎簇手足无措,杨好和苏万冲下去,杨好非常生气,大骂道:"我才是大功臣好吧,鸭梨你乘人之危啊,对得起兄弟吗?"说着过去对梁湾道,"姐姐,先别哭了,我还等着呢。"

"滚开!"梁湾大吼,把杨好吓得退了几步,然后她站起来,转身就往海子走,"别理我!"

三个人看着梁湾走入海子,走了四五步,突然陷进了海子里。三个人面面相觑,梁湾号啕大哭起来。杨好嘻嘻一笑,对两个人道:"别抢,这次我来。"

第三十章 · 等待

篝火好不容易才点燃，他们拆的是汽车上可燃的东西，小小地烧了一堆，比梁湾之前的寒酸多了。

黎簇有点奇怪，梁湾烧的是什么，那儿没有干草这些可以引火的东西啊，烧的是沙子吗？

杨好捂着自己的腮帮子，一边把自己的干粮用铁棍插起来，放到火上去烤，一边喃喃道："鸭梨救你就亲嘴，我救你就掌嘴，眼光真差。"

梁湾冷眼看了他一眼，杨好往边上挪了挪，转过头去，表示抗议。

梁湾叹了口气，转头看向另一边，正看到黎簇在看她，两个人目光相遇，黎簇脸红了一下，但是也不胆怯，问道："没事吧。杨子不是故意的。"

梁湾没有搭话，面无表情地问道："这里就是古潼京？那些就是你之前和我说的东西？"

黎簇点头，大概地解释了一下，这些就是他第一次来的时候遇到的情况，这里应该就是吴邪第一次说的古潼京，但是同样没有看到那块奇怪的石头。他相信，这片白色的沙漠也是古潼京的一部分，而那块吴邪给他们看的石头，可能在沙子下面，在这片区域附近。

　　如果有办法可以在四周探索一下，也许就可以看见。

　　外面的声音已经全部消失了，苏万的萨克斯已经被封印到了黎簇的包里，如果不是苏万以死相逼，黎簇肯定撅了它当柴火烧了。

　　"现在怎么办？"苏万问，"吴邪既然叫你来这里，附近应该有什么新的线索，你有发现吗？"

　　黎簇摇头，这里是白沙漠，如果是之前的状态，他也许还能找到，现在所有的车又被沙子埋了起来，就算有线索，也应该被掩埋了。

　　不过，他相信以吴邪的缜密思维，不会出现线索无法衔接的情况，明天白天的时候，还是要到处走走，看看情况。

　　今天晚上，什么都不要想，好好地休息一下，静静地等待。

　　四个人吃着干粮，相对无言。"等待"这两个字对于他们来说太痛苦了，所有人恨不得能有直升机过来直接接他们回北京算了。

　　苏万啃着饼干就问："鸭梨，你作业做完了没有？开学就模拟考，作业算分的。"

　　黎簇摇头，心说我哪有心思想作业的事情，但是他知道苏万用意，苏万是为了让梁湾别担心吧，他笑了笑故作轻松道："靠你了，留我两天时间抄就行了。"

　　苏万道："你每次连错都抄一样，把我连累得够惨。"

　　杨好显然没心思聊天，"啪"的一声拍了自己大腿一巴掌，说了句"烦死了"就走了。梁湾也没心思吃饭，看杨好走了，就在黎簇耳边轻声道："你今晚可不能睡得太死，我一个人睡在一顶帐篷里，会害怕，你睡我帐篷口边上，我有需要可以随时叫你。"说着她就回了帐篷。

　　篝火边，就剩下苏万和黎簇两个人了。沙海中开始起风，黎簇愣住，心说她还真把他当男朋友使唤了，有种让他进帐篷睡啊。

也许是黎簇的表情太明显，被苏万看出来了，他指了指黎簇身后。那里有两顶一样大的帐篷，梁湾睡一顶，他们三个睡一顶，他就揶揄道："我也觉得这分配不合理啊，现在，三个男的挤一顶帐篷有伤风化。"

黎簇做了个鄙视的动作，看了看手表，说自己守上半夜，守完之后，看看谁睡不着，或者睡得还可以的，叫起来守下半夜。这样的话，大家都睡得安心一点。

他不是不累，而是睡不着，他不愿意思考如何再次启程，只想在这里好好休整，但是他必须考虑的是，接下来还会发生什么。

吴邪没有教他更多应对环境的办法，回到了古潼京，等于又进入了困境，这个地方估计得困上他们十天半个月。这里不仅没有水源，连食物都可能不够。如果吴邪没有考虑到这一点，那么他们算是半只脚踏进鬼门关了。

怪就怪自己是被动到达的，如果能清醒地漂完鬼河，找一个地方上岸，观察地形再前进，说不定他们现在扎营的地点，要自由得多。

自己一路走来，磕磕绊绊，折腾了那么长时间，没想到会在最后的这一刻出问题，那个车嘎力巴也不知道是怎么回事，不知道他是早就算计好的，还是临时起意的。

想到这里，黎簇就焦虑得要死，比起之前被困在这里那种绝望中带一点无畏，如今对于沙漠的可怕有了直观了解，他深刻地明白，他们现在的处境只比他们在火烧风的风圈里好上那么一点点。

这时候，苏万在黎簇边上坐下，拿出了一本东西，就着火光写起来。

黎簇觉得好笑："日记？"今天的日记写出来，就是幻想小说了。

苏万扬了扬手中的东西，是《5年高考3年模拟》，他有些自豪地说道："古有袁虎倚马千言，今有我苏万沙海做题。"

黎簇看了看苏万边上还有几本习题册，比了比厚度，摸了摸下巴：

第三十章 等待

一根萨克斯，几本那么厚的习题册，包里还有空间吗？他没力气去骂了，继续躺下，不过还是要感谢苏万，苏万的这个举动，让他内心舒缓了过来。

连苏万都不在乎的事情，似乎真的不用太在乎。他总不能不如苏万。黎簇靠了过来，开始看璀璨的星空，那是在北京他童年时看到过的星空，现在中国大多数地方看不到了。

他逐渐放松，想要完全放松下来，让自己得到彻底的休息。他的人生中有太多当时那个年纪无法理解的东西，父母的离婚、学校里和老师的博弈、那些脾气古怪的女同学，还有，刚才的那个吻。他如果事事都去思考为什么恐怕会疯吧。

他昏昏沉沉地进入到思绪纷乱、半梦半醒的状态，梦到梁湾靠到了他的怀里，闻到了她头发上的香气，感觉着她柔软没有什么肌肉的纤细身体。他听到苏万在不停地吹萨克斯，努力想阻止苏万，不想现在这样的境遇被那破锣一样的声音破坏，但是他发不出声音。

他又梦到他老爹，他老爹说要给他办理退学手续，带他去国外，他梦到他妈妈和梁湾在说悄悄话，在妈妈家的阳台上，他看到妈妈的新老公正在浇灌犹如鬼手一样的植物。

梦中的地面犹如沙丘一样开始波动，他猛地睁开眼睛，打了个哆嗦。

苏万还在做题，十分专注，所以没有意识到黎簇的惊醒。黎簇爬起来，揉了揉眼睛，觉得浑身燥热难忍。他抓过苏万的手看了看表，自己眯了半个多小时，感觉被折腾了几个月一样。

这个时候，黎簇感觉四周的光线似乎和刚才的有些不同，抬头一看，原来是月亮被云遮住了，四周一下黑了下来，黑暗中有一些奇怪的光线充斥在空气中，似乎是飘浮的幻觉。他突然有种不祥的预感，忙站了起来，立刻看到远处火光照不到的沙丘外延的广袤沙漠，不知道从什么时候起，蒙上一层异样的绿色光芒。

那是从沙漠中蒸腾上来的犹如北极光一样的光条缎带，在沙丘之上蒸腾，好像无数穿着绿纱的幽灵在沙海上跳着规模宏大的霓裳舞曲。

这些光带围绕着整个海子扭动变化，因为月光，这些光带并不显眼。月光一被遮住，这些光带就像幽灵一样出现了。

黎簇跑到一个沙丘上，往下望去，看到外面整个沙海，都被这种绿光所笼罩，如梦似幻，就像绿色的波涛一样在毫无规律地涌动着。

"我们是在北极吗？"苏万目瞪口呆。

"这是磷光。"黑暗中传来杨好的声音，他一早就在沙丘的边缘蹲着，应该早就看到了，"沙子下面全是死人。今天白天太热了，湿度非常高，全部蒸发出来了。"

黎簇没见过这种东西，有些奇怪杨好为什么知道，却见杨好脸色很严肃，问道："怎么了？"

"你们仔细看看，这些光带有些地方浓，有些地方淡，浓的地方好像线条一样连续，围绕出的这些形状，是不是一个几何图形？"

黎簇仔细看，吸了口凉气，意识到杨好是对的。这些光带颜色不一，深色的部分连成无数的线条，在沙丘上组成了一个巨大而复杂的图案。这个图案，他们一看就知道，应该就是沙子之下埋葬的那个巨大建筑群的轮廓。

第三十章 等待

第三十一章 · 幽灵图案

"真大。"三个人沉默了半天,杨好突然感叹了一句。

沙丘之下,整片整片的绿色光带几乎充斥着整个视野。那场景就像3D电影放映出来的,而且没有边际。离他们最近的光带,似乎都可以用手摸到。

没有异味,这些磷光无色无味,呈现出一种电离化的样子。

吴邪和那个黑眼镜就在这片沙漠下面,不知道能否看到在他们的影响下形成的这些光带。如果能看到,真的是奇景了。

这么大片区域的奇观,让人叹为观止。

他们真的还活着吗?黎簇有点怀疑,这种规模,一般人真的可以活下来吗?

沙子下的建筑看上去间隙都很大,好像是大型的仓库。黎簇眯起眼睛,其实凭借这些光影很难真正精确地测算出沙子之下建筑的样子,但是黎簇还是看出了一些端倪。

所有的光带蜿蜒缠绕。里面的各种通道、建筑无比复杂，但是总体形成了一个巨大的图形，那是一只有七根手指的巨手。

这个建筑群里，应该充斥着那些巨大的藤蔓，无数的尸体被捕获缠绕在这些藤蔓上，才会形成这么巨大的磷海。颜色最深的磷雾所散发的区域，肯定是藤蔓最多的，普通的藤蔓分布应该是很自然的，这些藤蔓到他们面前的这部分沙漠，有很多类似于直角和正方形的分布，说明它们被四方和直角的墙面阻挡与建筑隔开了。所以深色的磷雾所勾勒出来的不是建筑的形状，而是里面所有的通道。

"这么说，这些光带中比较暗淡的部分，才是相对安全的。"

寄给黎簇的那些塑料"棺材"的暗格中发现的"手"也是有七根手指的，下面最粗的光带也是七条，这说明下面的建筑中通道的建设，似乎是为这种植物预设的。

"我们绕着这个海子走一圈看看，到底这妖孽蔓延的区域有多大。"他说道。

三个人绕着海子的四周走，发现东南方的藤蔓已经非常少，也许他们只要能跑出去五六百米，就能基本安全。黎簇不由心中一喜，想起来，当时黑眼镜让他离开的方向，好像也是这个方向。他心说，这厮果然是早有准备。而整个海子似乎是一个禁区，所有的藤蔓都绕过了海子四周的汽车圈，如果此时从天空中看下来，海子就是磷海中一个黑色的斑点。

他背上的图案和他看到的七根巨大的主藤蔓很像。他想到之前吴邪在他背上研究来研究去，心说难道他背上有什么和这七根藤蔓有关系的线索吗，难道当时黄严就是把磷海的图案刻到了他的背上？

有这个可能，但是从这里看到的磷海，图案非常复杂，如果要刻成这样，估计他后背就要碎掉了。而且，磷海不是固定状态的，它像水母一样不停地在一定范围内变换形状。

三个人返回的时候，就看到梁湾正站在他们站过的沙丘上，她应该是被他们的动静吵醒了。

比起刚才的装束，换上了运动服的梁湾显得清纯了很多，两种状态的对比让三个人有点心猿意马，他们走近看到梁湾正拿着一叠打印纸，看着他们刚才看过的沙漠。

那是那张1900前的古代地图，沙漠之中磷海呈现出的平面形态，完全印证了这张地图的真实性。

她又拿出20世纪70年代末古潼京工程的建筑图纸对照，指着远处七根手指的根部，说道："那儿就是入口。在设计上，那边集中有三十口通风井，是防沙防尘的，通过井口可以往下引水，如果要进去，这里应该是最方便的位置。"

"我们为什么要进去？"黎簇就问道。

"你不觉得吗？"梁湾笑道，"你现在看到的东西，就是吴邪给你的下一个指示。"

黎簇咧嘴笑笑，说道："这个提示未免也太隐晦了，需要被提示者有无限的勇气和好奇心，他不觉得有点高估我了吗？"

"我觉得既然对方能把我们弄到这儿来，就不会怕我们不下去。"

黎簇看了看她，觉得自己被看低了，心中郁闷，对着沙漠做了个"请"的动作："我觉得这可能只是一个偶然现象，要不你自己去吧，我让苏万再吹吹萨克斯给你送行。"

梁湾对沙漠露出恐惧的表情，但是她随即安静了下来，没有理黎簇，转身回了帐篷。

黎簇这下有些内疚了，觉得自己刚才的行为有点幼稚，没办法，他年纪在这儿，总没有成年男人的那种成熟。一边的苏万竖起大拇指："没几个小时就收服这个妖精了，牛。"黎簇拍掉他的手，就看到梁湾刚才指的方向，竟然有光亮在闪。

不是绿色的光带了，而是一盏灯发出的光，昏黄昏黄的，像是一盏马灯出现在远处的黑暗中。黎簇拿出望远镜看过去，惊讶地看到竟然有一个人，站在那沙丘的半腰上。那人手里举着一盏风灯，黑暗中风灯犹如一颗低等级的星星一样，鬼气森森的。

那人将风灯举得和脸齐平，虽然黎簇手里的望远镜很不给力，但是那人看体态像是黑眼镜。

黎簇放下望远镜，以为自己出现幻觉了，举起望远镜再看，就看到黑眼镜的身后又出现了一个人，和黑眼镜一样的动作。

两个人的脸都正好被风灯的灯光照亮，似乎是故意的，显得莫名诡异，而且两个人一动不动，像雕塑一样。

闹鬼了！这些人果然死了。黎簇的脸色苍白无比，颤抖着问苏万："有带桃木剑之类的东西吗？"

"没有……"苏万的声音竟然也有些颤抖，"早知道我就带把来。"

黎簇奇怪，你又没有望远镜，什么都看不见，你害怕什么？放下望远镜他低头一看，忽然看到他们站的沙丘底下竟然还站着一个人。

那个人举着风灯默默地站在黑暗中，看着他们，脸色惨白得完全不似一个活人。

黎簇花了很久才认出来这个人是谁。他看到的竟然是吴邪。吴邪真的已经死了吗？吴邪看到自己如约回到了这里，显灵来给自己指一条活路吗？

黎簇手脚冰冷地和吴邪对视着，吴邪也没有任何动作，只是冷冷地看着他。

"呃……"黎簇的喉咙里不自主地发出一声闷响，然后做出一个他自己也想不到的动作，他跪了下来。

苏万和杨好脸色惨白地看着这一切，看到黎簇做了一个诡异的动作，立即也跪了下来。

第三十二章 ● 再见吴邪

黎簇低头，一路等待着，就感觉到吴邪慢慢走上沙丘，他后脖子直冒冷汗，心说这老板活着的时候还是挺温顺的，死了总不会变成厉鬼吧。感觉后面有人在摸自己，他几乎"嗷"一声飞出去，以为是像鬼片里那样鬼忽然飘到身后去了。

他回头一看，苏万偷偷挪到他后面，从包里掏出一包东西来，丢给他。他捡起一看，竟然是一大包面巾纸。他莫名其妙地问："干吗？"

苏万轻声道："假装是纸钱，烧给他，他们不讲究的。"

如果是平时，黎簇肯定直接一巴掌甩过去了，但是这时候他也蒙了，直接把面巾纸向前递了过去。在沙丘上走到一半的吴邪，脸上露出异样的笑容，黎簇下意识地低下头去，不敢再看。

面巾纸被接了过去，黎簇又恐惧又讶异：竟然真的那么不讲究。接着他感觉吴邪蹲了下来，惨白的脸和他对着，只隔了一个巴掌的距离。

黎簇不敢抬眼，只用余光看到吴邪用那面巾纸擦自己的脸，很快他发现不对，那惨白的脸色竟然被擦掉了。他抬头，看到吴邪已经把自己脸上所有白色的东西都抹掉了，露出了正常的皮肤。

吴邪晒黑了很多，胡楂儿刺刺的，人几乎可以用精瘦来形容了，但是两只眼睛中充满一种让人胆寒的坚定。

这种人一旦决定做什么事情，最好不要阻止他。因为他一辈子可能就只做这一个决定，阻止他，他会用尽手段，甚至用一辈子时间灭了你。

"辛苦了，你做得出乎我意料。"吴邪说道。说完他站了起来，对着远处另外两个人的方向，用手遮风灯打了几个信号。

对面的风灯消失了，吴邪看着几个目瞪口呆地跪着的人，叹了口气："众位爱卿平身吧。"

黎簇他们这才反应过来，爬起来不敢相信地看着吴邪："你不是鬼？"

"暂时还没有必要是。"吴邪说道。

"你没有被困住？"

"我已经很少会被困在一个地方，诀窍是找好的帮手来弥补自己不擅长的部分。"吴邪看了看苏万和杨好，"这一点你还得再学学。"

"你被那些藤蔓抓到沙子底下去是假的吗？你是影帝啊，演得那么逼真。怎么？这些藤蔓为什么不攻击你？难道它们也是跟你一伙的？"

吴邪让黎簇看他手臂上、脖子里、脸上那些白色的东西，那些地方都涂着一种白色粉末，"这是一种石粉的粉末，可以治疗腹泻，这种石粉经过特殊处理之后，可以阻挡这种植物，古代工匠使用这种石头修建核心的陵寝来防止被这种植物破坏。"

黎簇捡起吴邪刚才擦过石粉的面巾纸，吴邪顺势拍了拍黎簇，然后指了指他拍的地方，那里出现了一个白色的手印。

"之前你能从这里安全出去，也是因为有人给你身上涂了这种石粉。你当时穿的衣服，黑眼镜用沾着粉的手拍了多少下，你恐怕自己都不记得了。还有，这里的这些汽车，以前都运过这种石头。他们并不知道具体原因，只是发现这些藤蔓不攻击卡车，最后才想出这样的办法，用汽车把海子围起来，用来防御。"吴邪来到他们的篝火边坐下来，杨好非常识相地上来递烟。

吴邪也不客气，接过来，挑出一块炭点上，就道："人来得不少，你小子人缘比我好，我当年经常千里走单骑。"

黎簇就问道："老板，你葫芦里到底卖的什么药？我老爹呢？你为什么要这么设计我们？"

"命这种东西，你去问个为什么，不觉得太矫情了吗？你老爹没事，你要明白，威胁你们安全的不是我，而是其他人，我现在做的一切事情，于我有利，也是唯一可以救你们的办法。从你老爹参与到黄严的队伍里开始，你们的命运已经注定了。"吴邪吸了口烟，撩开了自己的袖子，黎簇看到吴邪的手臂上，全都是一条一条的血痕，一看就是自己割出来的。

脑子果然有问题，黎簇心说，就听见吴邪说："一共十七条了，每一次失败，我都会在这里割一刀。"

"什么失败？"

"我一直在找一个靠谱的陌生人，前面找了十七个人，不是跑了就是崩溃了。"吴邪道，"你是第十八个，没跑没崩溃，而且坚强地活着到了这里。对于我来说，这就算是成功了，数字挺吉利的。"

黎簇听不懂，把吴邪擦了石粉的餐巾纸给苏万，就道："这一切什么时候能结束，我什么时候能见到我老爹。"

吴邪不理会他的问题，转头问苏万："小子，我查过你的背景，据说你老爸有个酒厂，有没有带好酒来？"

苏万摇头："我们是来沙漠探险的，怎么可能会带没用的东西。"

"可是我闻到味道了。"吴邪看着他的背包，"藏着我就不带你们出去了。"苏万的脸色就变了。

黎簇和杨好怒目看向苏万，后者只好从背包的侧袋里拿出一瓶蓝色的半凝固的物体，应该是原浆酒，他弄了指甲大一块，点进水袋里给吴邪。吴邪摇晃了一下，喝了一口，露出了陶醉的表情。"我一个朋友教我，做大事的时候必须喝点酒，说出来的话才有说服力，我觉得是扯淡，但是酒确实是好东西。"

喝了几口，吴邪这才转回黎簇这边，说道："我明白你的心情，我当然会帮你解决问题的，但是你要先回答我一个问题。"吴邪停顿了一下，"如果你是一只黄金鸟，只要吃了你就可以长生不老，有一千个人想要吃你。这些人分布在天南地北，神通广大，令人防不胜防，你不想死，你有什么办法解决这个问题？"

三个人互相看了看，苏万问："这是脑筋急转弯吗？"

吴邪道："这是实际问题。"

杨好想回答，吴邪摆手让他们闭嘴。

苏万和杨好看向黎簇，看着几个人期待的眼神，黎簇才慢慢地张嘴说道："把那一千个人都杀了。"

吴邪笑笑："天分很高。"他站了起来，"我在这里不能和你说太多，你应该很快就会见到'陌生人'出现在咱们的这个'趴体'里，那个时候，你就能体现出你我所做事情的价值。来吧，都过来，为了你们之后能更加顺利地帮助我，我来和你们讲讲这片沙漠的故事。"

第三十三章 · 入口

吴邪来到沙丘的边缘,三个人跟班一样地跟着,黎簇问出了第一个他最想知道答案的问题:"这下面到底是什么地方,是一座古代皇陵,还是一个20世纪80年代的地下基地?"

吴邪坐了下来,说道:"在中国汉代的时候,巴丹吉林是一片死亡之海,不仅战争频繁,沙漠中的很多区域都是人不可能到达的,尤其是这里这片叫作古潼京的白色沙漠,被他们称为'让人消失的鬼沙漠'。当时的古潼京并不是现在这样什么都没有的,在这里有一个荒废的遗址,是一个不知名的少数民族灭亡后留下的死城。当时汉朝军队深入沙漠之后,带出了古潼京的地图,说这个古城中藏有大量黄金宝物,世间罕有。

"那张地图后来被朝廷里一个堪舆师看到了,他对着那张地图看了好几年,只说了一个结论——光有这个城市是没有用的。他根据那张地图,重新画了一张平面图,叫《古潼沙海图》。这张图十分诡异,一般人看不太懂里面的玄机，只感觉是一个建筑群，其实里面有大量的玄学上的设计，不知道是什么用途。其实，他就是在那个小古城的基础上，画出了地下的结构，古城之中的岩山是一座石塔，是他画出的地下结构的入口。这张图后来被封在一座佛像的肚中。

"当时汉朝派了军队，带着这张地图回到沙漠中寻找古潼京，打了好几场仗，最后的记录很模糊，但是可以肯定，没有人找到古潼京，所以也无法判断这张推测出来的《古潼沙海图》是否是正确的。至于为何在20世纪70年代末会有内蒙古的工程公司按照这张图在这片沙漠设计一个现代工程，谁也不知道，但是你也看见了，这里大量的卡车残骸和界碑，说明这里的沙子下面，确实进行过现代工程。

"你还记得我当时给你看的那块巨大的岩石的照片吗？"

黎簇点头，问道："我一直很在意，因为我两次来这里都没看见那东西。"

吴邪指了指前方："那块岩石就在这里一公里开外，是古城的中心，本来在这里就可以看见。我第一次来的时候，这里出了点事情，我一个朋友一怒之下，把那块石头给炸平了。所以你现在看不见了，那不是真正的岩石，我进去过一次。"

"里面是什么？"

"我无法形容里面是什么，从里面的状况来看，那似乎是一座地下陵墓。但是，我见过的古墓很多，没有见过那样的，那下面，有很多对于墓穴来说不可能设计的部分，我没有进入太深，只探索了20%的区域。"

吴邪说完看了看沙丘的对面，对面的灯光开始闪烁，似乎是有人在召唤。"继续配合我，是解决这件事的唯一方法。"他站了起来，"我得走了。"

"我接下去应该怎么做？"

吴邪看了看天，说道："很快你就会知道了，现在就耐心地等等吧。不过从现在开始，无论你用什么方法，都必须努力活过接下来这三天。接下来三天，乌云遮月，菩萨闭眼，那个姑娘身上带的那些图纸，是你们活命的最重要的资源，保重吧。"

说完他跳下沙丘，快步往对面走去。黎簇有些奇怪，也抬头看天，就看到不知道什么时候天上聚集了一大片乌云。然后开始起风了，乌云撕裂，把天空露了出来。杨好道："我怎么觉得这事情这么无厘头呢？鸭梨，我们回家吧，别管这几个神经病了。"

黎簇又低头看了看四周的沙漠，不知道为什么，浑身发起抖来。他意识到吴邪话里的意思，不寒而栗。吴邪这个人有些毛病，不知道他之前经历了什么，轻描淡写说出来的话，往往最后相当可怕，后果很严重。

"活过接下去这三天。"苏万看了看自己的背包，掰着手指，"很简单啊。咱们别说活三天，这些水和食物，活个五六天还是比较简单的吧，就是热了点儿。"

黎簇忽然冲下沙丘，对着吴邪大喊："如果活过这三天，你会带我们出去吗？"

吴邪没有回头，只是竖起大拇指做了一个"没问题"的手势。

三个人目送吴邪消失在黑暗中，面面相觑，"接下来的三天，从什么时候开始算起？马上就要过十二点了。"杨好问。

"我觉得应该是从现在算起。"苏万扬了扬手，他的手表上有一个小红灯亮了，发出嘀嘀嘀的声音。

"这又是什么功能？"

"气候灾害警报，湿度和压力发生大幅变化的时候会自动启动，一般红灯亮，是雷暴。"苏万道，"啊，我只带了一把伞，怎么办？"

黎簇看了看天，天上的乌云呈现浓稠的状态，风力还不是很强，但是云层之中肯定已经是风卷如龙，云越来越低，简直就像要坠毁到沙漠里一样。

"会打雷？"黎簇自言自语道。

苏万指了指天，一道闪电闪过，把整个沙漠都照亮了。大雨瞬间倾盆而下。

三个人觉得脸上有一些灼烧的感觉，黎簇摸了摸，发现沾了水的皮肤竟然开始起泡蜕皮。一开始还没人反应过来，等身上烫了六七个水泡，他们才有了反应。

杨好大吼一声："这雨有毒！"

雨是带腐蚀性的，疼痛随之而来，三个人抱头而逃，想找地方避雨。冲到露出来的汽车那边，三个人想开门，发现车门封得死死的，根本无法撼动。只得再次冲回去，三个人慌不择路，全部挤进了梁湾的帐篷。

梁湾被雷声惊醒，刚坐起来，就看到三个男孩子冲了进来，脸上全部都是水泡，吓得尖叫起来。

怕身上的雨水沾到梁湾的皮肤，三个人进来之后立即往边上贴去，但是帐篷很小，就算贴到帐篷边缘的极限，四个人还是几乎紧贴在一起。

"滚出去！"梁湾说道，"否则老娘不客气了。"

"我们出去就是死，这雨能把人浇化了。"杨好道，"你不客气就不客气，来吧！"

梁湾看了看他们的手，皱起了眉头："你们搞什么，都把衣服脱了！"

黎簇愣了愣："你也不用那么好心，我们现在没心情。"

"少废话。"梁湾说道，"水弄湿了你们的衣服，会腐蚀到肌肤的，把衣服脱了，用清水把身上洗了。"

"清水在外面的包里。"苏万道，杨好就道："用沙子，沙子也可以洗澡。"

"用硫酸洗身体，用砂纸搓，这是'满清十大酷刑'啊。"苏万道，"用口水行吗？我们吐出来，收集一点。"说着他就往自己身上吐口水，黎簇眼珠转了一下，苏万当然不靠谱，但是他的说法未必没有用。

"用尿！姐姐，有瓶子吗？"黎簇说道。

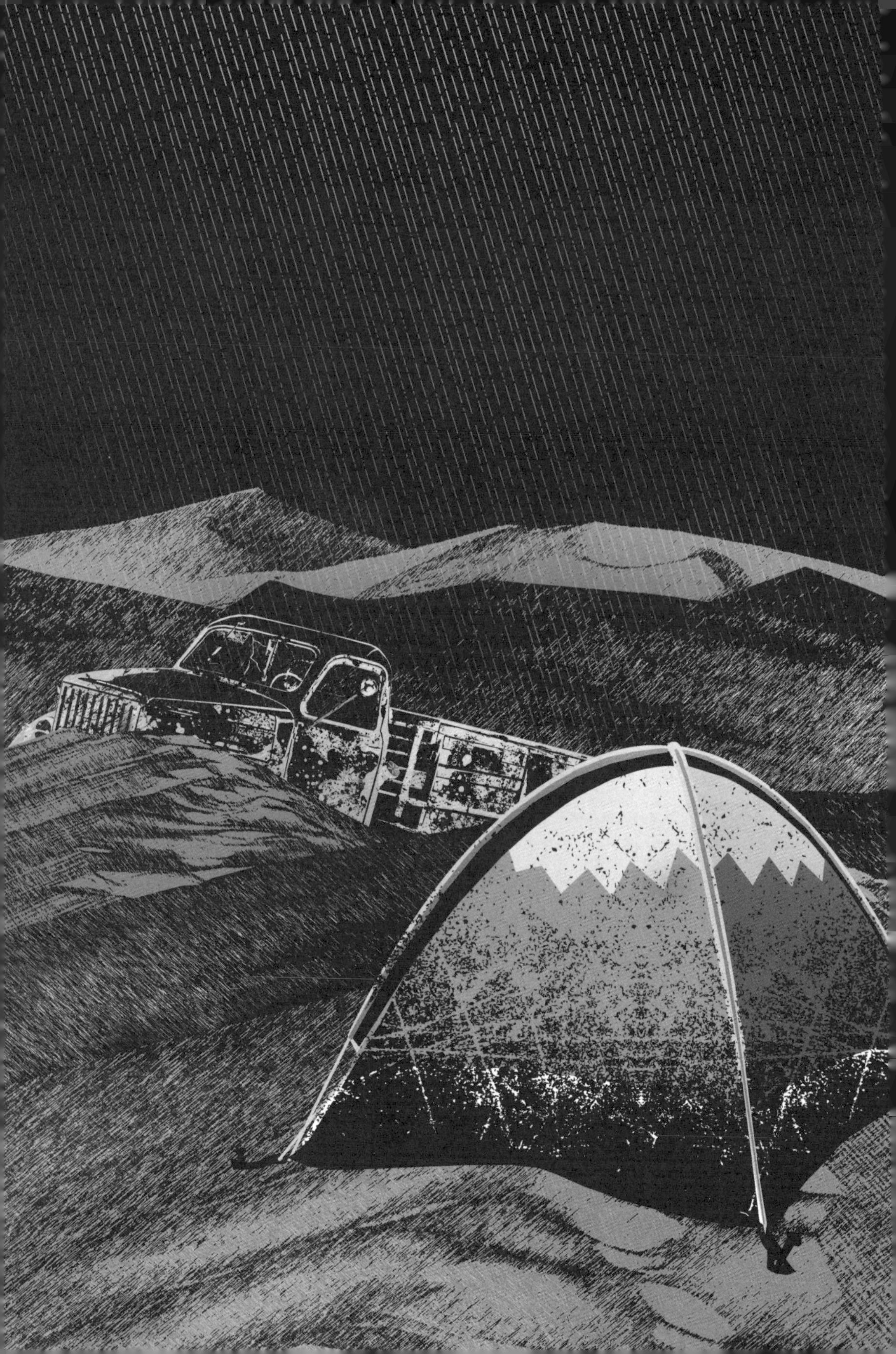

三个人在狭小的帐篷里，用梁湾的水壶接了尿，然后小心翼翼地一点一点擦拭。杨好最后一个接完，苏万就看梁湾："姐姐也支援一点。"他被梁湾抽了一个大嘴巴，以至于梁湾也沾了满手的臭尿。

帐篷里臊气熏天，梁湾都快崩溃了，道："你们的尿怎么那么臭？！"

苏万自豪道："处男嘛。我火气大我自豪。"

忽然，黎簇感觉头上有东西滴下来，骂道："谁往上也尿了。"一抹不对，他抬头就看到帐篷竟然被熔化出了一个洞。

他把梁湾的手电靠近帐篷的顶部，看到帐篷本身就是特别特别薄的轻便款的，如今被雨水淋湿，出现很多奇怪的腐蚀斑点，随时会被腐蚀穿。

活过三天，能不能再活三小时都是问题啊。该死的吴邪，你知道为什么不提醒我！黎簇内心大骂，心想：这神经病做每件事情都有自己的目的，他一句也不提醒，把我们逼到这种绝境是什么意思？他让我独自面对这么棘手的场面，不怕我撑不过去吗？

外面又是几个惊雷，雨更大了，满耳是雨声，如一万挺机关枪扫射一样。黎簇忽然意识到了吴邪的目的，对梁湾说道："穿上鞋，把身上所有裸露的地方都包起来。"

"你想干吗？"

"我们要下去，下到沙子底下的那个皇陵里。现在打雷下雨，它们应该什么也听不到。难怪吴邪说我们接下来要做什么很快就能知道。"

"吴邪？"梁湾一脸疑惑，"他来过了？"黎簇已经起身开始准备。

外面雨势渐猛，容不得再犹豫，四个人顶起帐篷，把底部切掉，然后先后摸到自己的包，把所有的行李收集起来，像乌龟一样跌跌撞撞地走下沙丘，往吴邪离开的方向走去，方向迷失的时候三个人就撑起帐篷，由矮小的梁湾去看路。

一路狼狈地走到了吴邪出现的沙丘处时，帐篷上已经出现了十几个细小的破洞。他们在那儿转圈，苏万问道："入口在哪儿？"

第三十三章 入口

黎簇低头四处张望,一道闪电闪过,他看到之前的"离人悲"竟然就立在离自己四步远的地方:"那儿!"

按照之前的情况估计,这一定是吴邪留下的记号。

四个人走了过去,到了"离人悲"面前,用帐篷把碑遮住,黎簇去拔那块碑,拔了几下,碑就松动了,他们脚底下的沙子顿时塌陷。沙子里出现了一口石井,盖着铁皮盖。翻开铁皮盖,有一架绳梯挂在井口,黎簇第一个爬进去,接着是梁湾和苏万,杨好是最后一个。

杨好下来的时候,翻动铁皮盖把井口盖上,瞬间四周有水冲下来,烧得他哇哇大叫,脚下一滑就摔了下去,顺便把其他几个人一下子连人带沙子、帐篷全部撞了下去。

吴邪披着黑色的帆布雨披,站在沙丘上,安静地看着黎簇他们蒙着帐篷寻找"离人悲"。

——直到沙丘突然塌陷,几个人滚了进去,消失不见。

身后的王盟说道:"老板,你觉不觉得这样还是有点冒险?"

"我从西藏回来之后,就很少会看错人。"他转身对离他有些远的黑眼镜说道,"这里就拜托你了。"

黑眼镜点了点头,撑着伞,手插在口袋里:"你真的变了很多。"

吴邪没有理会,他没有心思去理会这些,很久了,他已经学会了只看结果的道理。

"你真的不姓张?"吴邪最后问了黑眼镜一句。

黑眼镜摸了摸自己的胸口:"姓张的都是不会痛的,我不管怎么样,还是会痛一痛的。"

"啊,那我现在连你都不如了。"吴邪说道,挥手和王盟两个人走下了沙丘。

黑眼镜叫了一声:"别把自己搞死了啊,不然我无法交代。"

吴邪没有理会,雨小起来,他扯掉了自己的头发,露出了已经剃光头发的头,戴上了眼镜,能看到他的雨披里面是藏式的衣服。

第三十四章

牢室

黎簇到处乱抓，什么都没抓到，掉了有十秒钟摔进了水里。水是温暖的，他身上的瘙痒和痛苦，在两三秒内被洗涤干净。

挣扎出水面，四周一片漆黑，黎簇大叫："所有人都没事吧？"

"有事！"苏万在很远的地方大叫，"有东西在咬我屁股！"

"我没问你屁股，我问你人怎么样！"黎簇大叫。

苏万继续在那儿大骂，黎簇觉得苏万距离自己有点儿远，刚才掉下来几个人没有隔那么远。他又想大叫，"噗"一声，他身后亮起了冷焰火，是杨好抱着包漂了起来。他摔得不轻，但是还挺镇定，可能是因为往下能看到水底，并不是很混浊。

黎簇朝四周看，这是一个很大的水池，非常大。

杨好把冷焰火往上举，就"啧"了一声。

所有人都抬头，这里有六米高，上面斑斑驳驳有大量的沙子粘在天花板上，但是天花板上并不是水泥，而是铜制的镜面，大部分已经锈绿了。

他们游了几米，一路看去，整个天花板都是斑驳的铜镜，不是一整面，是无数的镜面拼接而成的，接缝处都是西域特色的花纹。

这个房间非常大，能看到石制的墙壁上，斑斑驳驳全是壁画。

"这里是一个墓室。"黎簇说道，"这真的是一个古代的皇陵。"

梁湾掏出了平面图，翻阅着，拿出了其中一张。这个房间的名字是"牢室"，不知道是皇陵的什么位置。

"为什么这些壁画还那么清楚？这里是非密封的空间，还有水汽，壁画保存不了那么长时间。"黎簇游到岸边爬上去，地上全是沙子，应该都是上面漏下来的，他打开防水手电一寸一寸地照射墓墙。

其他人各自打起手电也爬了上来，苏万来到墓墙边上，摸了一下："这陵墓按照你说的，最起码也有2000年的历史了，这壁画，感觉就是近几年画上去的——等等，你们看这里。"

他的手电打向一个角落。其他人看到壁画在这个角落里，有一条分界线，分界线之外的壁画，残旧得几乎只剩下一些色块，根本看不出原来画的是什么。而分界线之内的壁画，颜色鲜艳，除了少许褪色和剥落，内容一目了然。

"他们在重绘这里的壁画。"梁湾道，"他们不是要重新建设一个皇陵，而是在——"

"在修复。"黎簇道，"20世纪70年代末的古潼京工程难道是一个古建筑修复工程？"修复这么大的巨型古建筑，工程量会比重新修建一个还要大上几倍。

"你们看这些壁画上都画了些什么！"杨好说道。

几个人抬头看壁画，都倒吸了一口凉气，壁画之上，大部分内容都和蛇有关，这些蛇他们认识，就是他们在仓库里看到的那种长毛蛇。壁画上还有一些人物，都穿着西域民族的服装，他们似乎是在地下挖掘，将这些蛇从地下挖出来。

"看来这种蛇是生活在洞穴内或者沙子下面的。"黎簇嘀咕着。

蛇被挖上来之后,被装在陶罐中,进贡到了皇宫里,然后是少数民族的首领将蛇装入了之前他们掉入的水井或者水池里。接着,下一幅画面上有很多奴隶和战俘一样的人,正在被这种蛇咬。

"这是种酷刑吧。"苏万不自在地说。

"不是,这些不是奴隶和战俘。"梁湾说道,"他们都穿着贵族的服装,这些被蛇咬的人都是贵族。"

杨好随即问道:"难道是贵族之间的暗杀?"

再后面一幅壁画让所有人都觉得奇怪,他们看到,大部分被蛇咬的人死了,但是有一个人没有死,反而穿上了华丽的服装,受到了众人的朝拜。

这个人的服饰上面有蛇的图案,他的脖子上还缠绕着一条活生生的长毛蛇,其他所有人都在他四周跪下,甚至连之前的部落首领都是跪倒的。

"被蛇咬了不死的人,成了某种宗教的领头人物。"苏万说道,"神权大于皇权。"

接下来就是这个神话人物的各种生活场景,能看到他几乎和这种蛇形影不离,而且,在某些大型祭祀的时候,这个人仍旧会被蛇咬。再剩下的内容没有被修复,他们看不太懂。

"如果这个是古墓的话,会不会就是这个被蛇咬了不死而成为宗教领袖的人的墓穴。"苏万猜测。黎簇和梁湾都点头,觉得有可能,不过这个领袖也够惨的。

杨好文化程度太低,听不懂,忙转移话题,在脚底的沙子里刨了刨,然后说道:"这个水池吸纳地表的下渗水。下面肯定有石槽把水收集起来,我能听到声音。"

平面图上连通这个房间的墓道在他们左边,一行人走过去,那扇墓门已经被厚得连娘都不认识的石门堵住了。

几个人回到那个滤沙池边上,苏万道:"吴老板的意思,该不会就是让我们在这个地下墓室待三天吧？难度忒低！"

吴邪的话所传递的信息都很准确，不会危言耸听的。黎簇看着水池，又疑惑地抬头看头顶。镜子把水池整个倒映了出来，突然，他看到在头顶的镜子倒映的水池里，漂着一个白色的东西。

他忙低头看水池，可是水池里什么都没有，但是他抬头看镜子里的倒影，确实漂着一个东西，而且离岸还不远。模模糊糊地，像是一个穿着白色衣服的人，沉在水池底部，透出清冽的气息。

黎簇找了块石头，往水池里一丢，涟漪四起，手电光在房顶铜镜的反射下一轮一轮地转，十分奇妙。那白色的东西毫无反应，应该是个死物，他放下心来。

苏万却立即跑到了水池里，清洗自己的裤裆，说刚才那个东西又在咬他。

水里现在都是他们腾起的沙子，看不清楚，但是他们感觉不太可能会有什么生物。梁湾用手电照了照那个水池，又照了照壁画上养蛇的那个水池，说道："这个水池看上去就是他们养蛇的地方，但是时隔那么多年，那种蛇肯定早就死光了吧。"

黎簇照了照他们把蛇从地下挖出来的壁画，心中一凛，说道："非也，这种蛇可以在沙子底下休眠。苏万，快出来！"他转头，就看到苏万捂着屁股翻出水池倒在了地上，呻吟起来。

"又搞什么？"杨好不耐烦地叫着。

"我说了，有东西咬我的屁股！"苏万一边回道，一边解开裤子，杨好用手电照去，就看到苏万的裆部长满了浓密的黑毛。

杨好和黎簇面面相觑："你的毛长得也忒多了。"

"不是我的毛！"苏万拿手一扯，一条粗大的长满黑毛的东西就被扯了起来。

又是黑毛蛇！之前的那种蛇，他们杀了不少，没想到能从苏万的裤裆里扯出那么大一条来。

苏万看到黑毛蛇惊叫一声就甩了出去，直接甩到了杨好的脸上，杨好跳起来蹿出一丈多远。扯出冲锋枪，一个点射打蛇，枪声在密闭空间里震得所有人耳膜发痛。黎簌大叫"别开枪"，蛇瞬间爬回进了水池里。

黎簌看到苏万的生殖器根部被咬出了两个大血洞，汩汩地流着黑血。他有一瞬间想着要不要学武侠剧里那样，去帮苏万吸出毒血。脑子里的画面一出现，他立刻就一阵反胃，只好回头看梁湾，"梁医生，你觉得应该怎么办？"

梁湾果然专业，丝毫不顾忌，拨开苏万的生殖器就挤压了好几下，问苏万："头晕吗？四肢有麻痹感吗？"

苏万就道："没有，但你要对我负责啊。"

梁湾一个巴掌拍过去，骂道："对你负责，一个小时后就要守寡，你能配合治疗吗？"

苏万嚷嚷："血清！我带了血清，在包里。"

梁湾去翻苏万的包，从包里拿出血清，还有注射器和全套的消毒物品，也不知道苏万是怎么想的。梁湾瞬间就帮他注射了血清，把他的头部垫高靠在一个沙堆上。苏万在那儿骂："为什么又是我？哎哟喂，肿了肿了。谁有手机给我拍照留念，我要传到网上去。"

杨好的冷焰火灭了，他打起手电往水里照去，没有看到蛇的踪迹，黎簌却惦记着水池顶上的镜子里照出来的东西，抬头看时，却发现那白色的东西没了。

自己白内障了？他疑惑了一下，又听见苏万一阵鬼哭狼嚎，不耐烦地回头看，见苏万靠着的沙堆被他压垮了，此时已是摔了个四脚朝天，那个沙堆里面包裹的东西露了出来。

那是五个奇怪的容器，当然说奇怪也不奇怪，因为黎簌见过。他踢了几脚，看到了里面的东西，那是很多白色的带着黏液的碎片。他又顺手拨弄了几下，发现这五个容器都是打开的，黏液已经干成塑胶的样子，里面有黑色的毛和鳞片。

"是蛋。"这些容器里，装的是蛋。他们之前推测，这些汽车是把容器运进来,然后装了东西运出去。他们从沙漠中往外运的,竟然是这些蛋。

那种蛇的蛋。

杨好踹散了剩下的另外几个沙堆,发现这里的沙层下面,有无数这种容器。

"此地不宜久留。"黎簇道,"不管怎么样,我们必须离开这里,否则我们真的活不过三天。姐姐找找出口,杨子你帮我想想办法,我要在这里生火。苏万你把枪拿出来,装子弹。"

下雨还能躲到这里逃过一劫,是因为他们对于环境还大致了解,这里如果出事,不做好准备必死无疑。

第三十五章 • 沙底建筑群

"过来看看。"黎簇刚说完,梁湾就蹲了下来,已经把平面图摊开在沙地上了,"这个有点意思。"

黎簇看去,那是一张侧剖图,看到标题,他就知道这是现在这个巨大的房间的侧剖图。"这个房间地下还有一个空腔有三十米深,是一个巨大的空间。这个水池是一个蓄水池,我们看到的只是水池的顶部,水池非常深,但是现在里面也全部灌满了沙子,然后——"梁湾指了指一个地方,"墓道在这儿,这个门通往这个陵墓其他的地方,完全被堵死。"

梁湾递给黎簇一叠厚厚的图纸,继续说道:"这是整个建筑群的所有分布情况。这是一个巨大的工程,分为两部分。你看外缘整个建筑群这一大圈,全部都是用现代建筑绘图法绘制的。中间的这一小部分,大概一平方公里的区域,是考古绘图法。"

"什么意思？"

"这是两拨人做的，中间这拨人，做的不是绘图，而是测绘，外面的人大部分做的是修缮和重建的工作。这说明，整个建筑群的核心，是一个完整的古代考古遗迹，他们围绕着这个遗迹，修建和修补了外面所有的东西。"

"有很多玄学上还未明白的设计，作用不明。"黎簇吸了口气，他想起吴邪和他说的话，又道："看样子20世纪70年代末的工程主要目的是修复这些外面可能和玄学有关的部分。"

梁湾点头，她努力回忆之前她调查出来的内容，"你看边缘的这些线条都是非常高的防沙墙，显然这边季节性的风沙是一个非常难解决的问题。1979年参与古潼京工程的人，做的第一件事情就是建立防沙墙，来保护施工工地。他们不顾一切地想通过巨大工程的方式，把风沙挡在整个圈子之外。所以外面一圈百分之六十的工程是为了引流风沙，剩下百分之四十的工程是在皇陵的内部，加固和重修关键部位。"

他们现在所处的房间，在整个皇陵中是最靠近地表的房间，吴邪给他们的这个点，是离整个建筑群中心那座古代皇陵的核心遗迹最近的入口。

"你的意思是，吴邪让我们下来的目的是前往这个皇陵的核心区域？"黎簇问。

梁湾笑笑，指了指一个方向，回答："否则没有其他解释，四周还有很多入口，这个入口是离中心最近的。通往皇陵核心区域的墓道，每隔十米都有封石堵塞，我们无法在墓道中行进。"她又指了指水池，"但是在这个水池底部，有通往其他区域的水槽，所有墓室的排水系统都是相通的，这个皇陵有着极其发达的排水系统，就像笼子一样包住皇陵中心的墓室，所有的渗水都被'笼子的铁杆'一样的排水槽引入墓室最底层的积水池里，然后排放到暗河中去，我觉得这些水槽应该就是通往核心区域的通道。"

"可里面全是蛇啊。"黎簇骂道。

"我觉得不用担心，他总有办法让我们就范。而且我们不是有血清吗？"梁湾说。

此时，杨好空手回来，道："这里没有任何东西可以生火。"

黎簇看了看四周，就道："把所有能找到的空的容器堆起来，围成一个圈，姐姐你先给我打一针血清，我去把帐篷捞上来，顺便看看水下是否真的有通道。"

梁湾看着他："你刚才还怕得要死呢。"

黎簇心道："一来，这里谁也靠不住；二来，如果这里真有这种蛇，那在水里和在沙子里是一样的。"

说着，黎簇脱掉了衣服，梁湾给他注射了血清，他拿起手电，跳进了滤水池里，潜下去，迅速地在水下游荡。

很快他就找到了帐篷，上去扯了一下，发现帐篷非常沉，似乎被牢牢地吸在了水底，他用力一拉，四周的水流一下往水底涌了过去，他努力往后蹬水才没有被吸进去。他用手电一照，一个窨井盖大小的洞，出现在水底。水正往里涌去，速度不快，但是能感觉到水的力量。

真的被女士说中了。黎簇收着帐篷，控制自己的身体漂到那个洞的上方，用手电往下照去，看到洞里一团一团的毛发，纠缠在一起，盘满了那种毒蛇。

黎簇身上起了一层一层的鸡皮疙瘩，他转身就想游走，忽然看到在那些盘绕着的黑色的毛发中间，有一条白色的东西，比任何蛇都要粗大。

那是一条碗口粗的白蛇，没有毛，但是身上的鳞片能够张开，好像无数可以张合的小翅膀一般。

刚才在镜子里看到的东西，就是这玩意儿？黎簇又仔细看了看，看不到蛇头，只能看到露出的蛇身，鳞片的形状也和其他蛇不一样。

"妖孽啊，娘子你原来在这儿趴着。"黎簇不敢停留，转身往回游去，爬上了岸。

杨好把他拉了上来，问道："你看到啥了？"

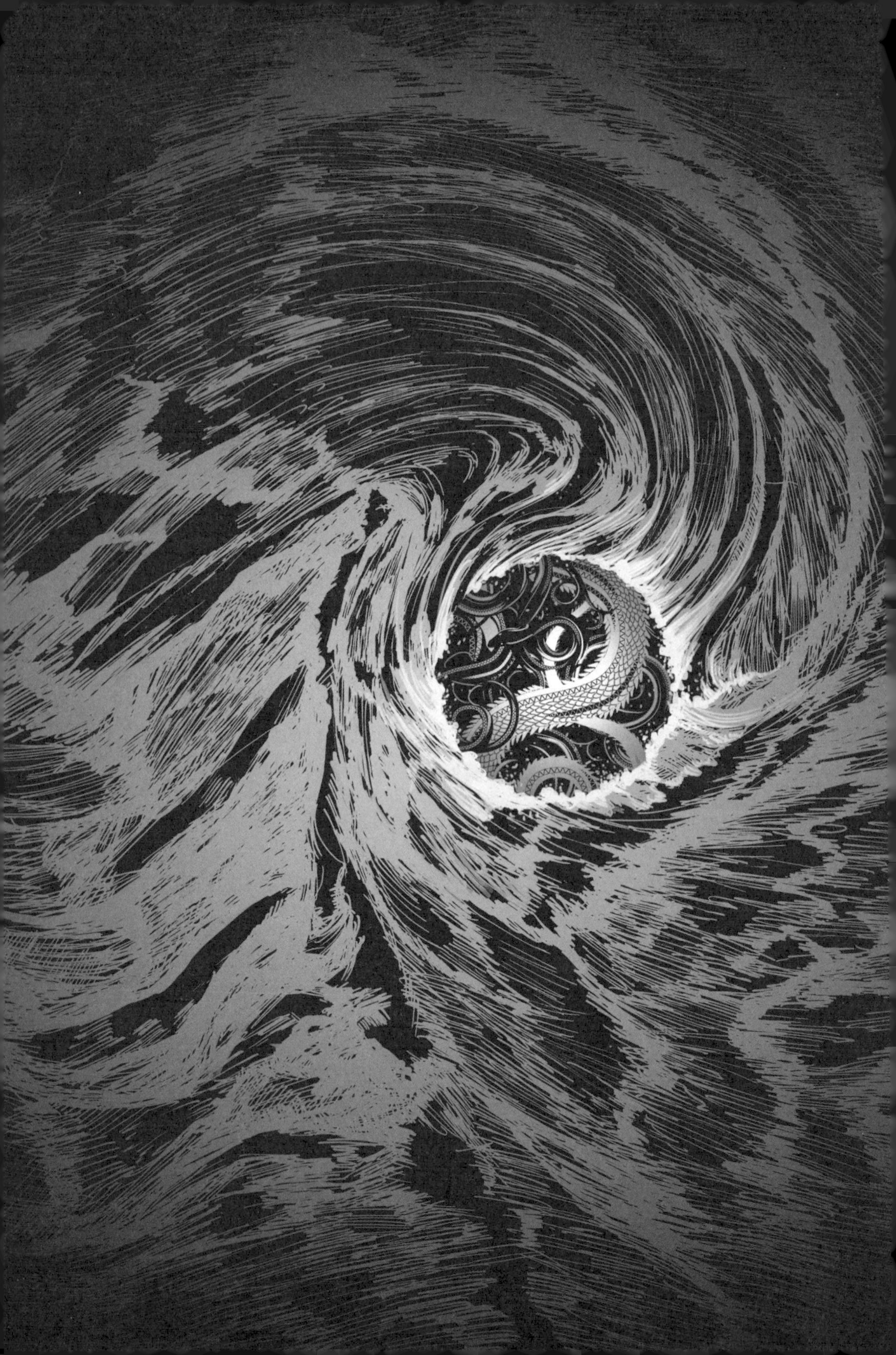

"白素贞。"黎簇拉起帐篷，抹掉头发上的水，"还有好多'青蛇'。"

"白蛇？"杨好大笑，以为黎簇在开玩笑。

黎簇道："我找到通往里面的洞了，但是里面全是蛇，还有一条白的，特别大。不是白素贞也是白晶晶。"

"在水里？"杨好问。

黎簇点头，去找自己的背包："咱们有没有带炸药过来？"

"你是想把它们连那个洞一起炸没吗？"梁湾就道，"想办法把这些蛇引上来啊。"

黎簇心说你说得轻巧，你没看那蛇的样子，你又不是法海，牛烘烘的女人真的害死人。

苏万在边上，意识有点模糊，就道："黎簇，你说的白蛇是不是很大啊？有碗口粗吧。"

"你怎么知道？"

苏万没有回答，只是眼神有些异样地看着黎簇的身后，三个人都转过头去。

滤水池里，他们的身后，一条半人高的白蛇已经探出了水面，以攻击的姿势看着他们，身上所有的鳞片全部张开，看上去根本不是蛇。

第三十五章 沙底建筑群

第三十六章 • 人脸白蛇

"这是条小龙吧。"杨好目瞪口呆地退到苏万身边,苏万把装好了子弹的折叠冲锋枪一下甩给了杨好。此时,那白蛇身上所有的鳞片全部都收了起来,整个身体变成流线型,闪电一样咬了过来。

杨好的冲锋枪头还没有摆正,蛇头已经到了,他用足球场上铲人的动作一下翻转躲了过去,就听苏万一声惨叫,已经被白蛇卷住。

梁湾都被吓蒙了,被黎簇推了一把,退出去四五步。黎簇上前将另一把枪从沙子里挑起来,拍掉沙子,转身就和杨好开始开枪。

"白素贞"被打得血鳞横飞,放了苏万缩入了水里。杨好和黎簇都松了口气,走到滤水池边上,看里面一片混浊,底下的沙子已经被翻起来了。

"法海你不懂爱。"杨好唱了一句,"有枪在手,取西经都不成问题啊。"说着他对着滤水池又是一阵扫射。

黎簇跑去和梁湾一起把苏万找回来，苏万的大腿被咬了两个血洞，正滋滋地冒黑血。他已经说不出话来了，只是用《东成西就》里梁朝伟的那种眼神看着黎簇，似乎在说："为什么又是我？"

梁湾再次给苏万进行抢救，黎簇正犹豫该帮哪一头，转头就看到杨好一边走一边扫射，走着走着，忽然"咻"一下，一脚踩空滑进水里去了。

那傻瓜果然智商不高！黎簇大骂着冲回去，见杨好又从水里爬了上来，朝自己狂奔而来。

黎簇和他擦肩而过，看到整个水面在一瞬间全部炸开，无数的黑蛇破水而出，滑翔着犹如下雨朝他扑了过来。

黎簇蹬腿急停再转身，看到杨好已经跳进了之前摆好的一个掩体，他就势滚了过去，才低头杨好就开始开枪，四五条蛇在半空被打爆，他爬起来也加入战斗，一时间子弹横飞。

最初的十几条黑蛇被打翻在地，但是从滤水池里飞出了更多的黑蛇，简直就像烧滚的锅子里，黑色东西沸腾一样地满溢了出来。

黎簇看呆了，两个人停止了射击，提上包，迅速退到了苏万边上。

所有的蛇都朝他们聚拢过来，杨好开枪把靠得太近的打死，苏万就道："我以为之前一次是我这辈子最后一次被蛇咬了，没想到刚才又被咬一次，我觉得总不可能再被咬了，现在看来，刚才那一口只是我倒数第一千次被咬吧。"

梁湾给苏万注射完了，也转身看着围近的蛇群。她还没有时间悲伤和恐惧，但是死亡的绝望让她叹了口气。

"萨克斯。"黎簇忽然想到什么，拿出来递给了苏万，"吹。有力气吗？"

"想听什么，《寄哀思》吗？爷不想给自己吹这一段啊，给你们吹一段'咱们老百姓啊，真呀么真高兴'吧。"

"随便，出声就行了。"黎簇催促道。

苏万舔了舔发青的嘴唇，用尽力气吹了起来，他一鼓气，大腿的伤口就飙出血。梁湾给他按住伤口，走调的萨克斯的声音，响彻整个房间。

杨好和黎簇点射，打飞靠近的蛇，但是子弹很快耗完了，包围圈越来越小，苏万看着就想放弃，黎簇喝道："继续吹！吹到蛇爬到你萨克斯里才能停下。"

苏万开始乱吹，用尽全身的力气，整个房间都共鸣起来，接着，他们听到一些蛇爬行之外的声音。

黑暗中没有照明，手电照不到水池上方，但是声音是从那儿传来的。

"听我的号令，我让你别吹，你就别吹了，所有人不准动，不准开枪。"黎簇用手电指着那个方向，冷冷地盯着黑暗处，一直看到黑暗中有什么东西一闪，喝道，"停！"

所有人都按照他说的做，停住了，四周一下子安静极了，只剩下蛇爬行的声音。几乎是同时，从黑暗中伸出了十几只九头蛇柏的爪子，在他们面前全部停住，爪子张开，狰狞地定在了半空。

半秒之后，爪子开始落下。瞬间他们面前的十几条毒蛇被抓走了，接着，看不到的黑暗中，响起一阵沙子炸起的声音。

几个人一动不敢动，听声音毒蛇也开始攻击袭击它们的九头蛇柏，显然生物性毒素对植物完全没有作用。

僵持了一个小时，整个过程中，他们只有眼睛敢动，一直跟着飞过的藤蔓和黑蛇一下左一下右，特别是很多次贴着他们脸的时候，四个人的眼睛都会以一样的频率闪过，然后脸上开始冒汗。

直等到所有的动静都消失了，几个人绷紧的神经才逐渐放松下来，手电还在黎簇手里，他的肌肉似乎变成了石头，这时，他才发现苏万不省人事，而梁湾不见了。

"现在怎么办？"杨好用口型和黎簇说话。

黎簇心说怎么都问我，我怎么知道。他小幅度地移动着手电，照了照四周，看到九头蛇柏的藤蔓，已经充斥了这里所有的空间。

他低下头，用另一只手，小心翼翼地从苏万口袋里，掏出了一个塑料袋，里面是一张面巾纸。不知道量够不够，背上的手印早就被刚才的雨冲掉了。

他拆开塑料袋，把面巾纸拿出来，朝最近的九头蛇柏递过去。

不仅是这条藤蔓，更远的四五条藤蔓也都开始往后退。黎簇心中一安，这样也行啊？他想往前一步，一下被杨好拉住了。

杨好用眼皮指了指上方，黎簇抬头，看到一条白蛇从顶上垂了下来，那些藤蔓纷纷退让。白蛇的鳞片张开，黎簇忽然看到，这些鳞片里，人为镶嵌了很多白色的石头。白蛇降到他们面前，忽地，颈部如眼镜蛇一样打开，出现了一张让人毛骨悚然的巨脸。

第三十七章 · 墓室藤蔓

杨好和黎簇的枪口移到了白蛇的面前，直对着这张脸。对于人类来说，收缩颈部作恐吓状没有任何意义，反而便于瞄准。

然而，谁也没有想到，这条巨大的白蛇，颈部张开之后，露出的竟然是一张人脸。脸是由变色的鳞片形成的，其中还有少许的突起，形成了额骨、鼻子等形状。

最让黎簇崩溃的是，这张脸，竟然看上去十分熟悉。因为光线和紧张，他一瞬间无法想起这是谁的脸，但是他确定，他一定见过这张脸。

白蛇从房顶垂下来，呈现威胁的状态之后，并没有马上攻击，两相僵持着。在黎簇有些恍惚的时候，白蛇的喉部忽然抖动，竟然开始发出声音。

白蛇的叫声十分难听，它先是发出了一阵连续的类似鸡鸣的叫声，但是频率又有点不对。黎簇脸色苍白地听着，意识到，这条蛇竟然在模仿他们刚才的枪声。

白蛇叫了几声之后，喉部再次做出奇怪的抖动，发出了一声让所有人都错愕的声音。它说了一句类似人说的话，但是这句话他们根本听不懂。

黎簇愣了愣，心说：娘子，真的是你吗？

黎簇咧了咧嘴，看到白蛇颈部的人脸开始变化，变成了另外一张脸，这张脸有点像吴邪，但是明显比吴邪老了很多。接着，白蛇又变了一张女人的脸。

它在试探和观察他们。黎簇看着白蛇的眼睛，忽然意识到这一点，这些蛇可以模拟人的脸部，还可以模仿人的发音。

果然，白蛇的颈部缓缓地，形成了一张模糊的脸，这张脸越来越清晰，最后变成了黎簇的样子。黎簇立即用手把自己的脸遮住，他不知道蛇的意图，但是他很不愿意被蛇模仿。

白蛇的颈部慢慢地收拢，没有再呈现攻击的姿态，然后慢慢地缩回到了房顶上，消失在黑暗里。

黎簇的腿都软了，他看了看杨好，发现杨好一直是闭着眼睛的。

四周的藤蔓毫无变化，黎簇脑子里一片空白，疲倦加上高度紧张，让他几乎晕过去。他咬牙挺住，知道这绝对不是自己休息的地方。他调整呼吸，心跳慢慢放缓，刚才冲到脑子里的血液开始平缓地抽回到身体里。再次睁开眼睛，他感觉好多了。

他拿起已经被汗水湿透的面巾纸，刚想继续，"嘀嘀嘀嘀嘀嘀"苏万的手表突然响了。黎簇顿时就暴走了，转头大骂："苏万，你有完没完！"

话未说完，一只爪子就揪住了黎簇的脚脖子，把他拖入了藤蔓圈，接着无数的藤蔓盘绕了过来，把他缠得结结实实，然后往沙堆里拖去，瞬间他就被拖进了沙层下面。同时，苏万也中招了，被藤蔓缠了个结实，扯飞到另外一个方向。

黎簇屏住呼吸，毫无还手之力，人沉入沙子的感觉，他之前经历过一次。他以为这辈子再也不可能经历了，没想到半年不到，他再次经历了，好在这次他有了经验。

他用力屏住呼吸，把头往下压，使沙子不容易进入鼻孔中。

沙子朝他猛压过来，他本来觉得胸口还憋着一股气，可以坚持一段时间，但如今胸口的压力越来越大，这股气已经憋不住了，直接往外喷。

在沙子中拖动猎物并没有那么容易，爪子把他往下拖了三四米的样子就停了下来。三四米对黎簇来说也已经够深了，接着那些藤蔓大部分放开了他，迅速躲进沙子里面。

黎簇拼命划动手臂，想往上爬，尽快从沙子里爬出去。他发现自己被困在沙子当中动弹不得，意识到这藤蔓并不是突然良心发现想放他一马，而是想让这边的沙子把他闷死。

很多人用竹竿插过沙子，沙子最开头的部分非常松软，但是越往里插越难插，那是因为越往里插，竹竿受到的摩擦力越大，受到的沙子的压力越大。

黎簇的身子就埋在沙下，这里的阻力已经很大，四周的沙子不再动了，而是像石膏一样固定着他的四肢。他还是努力地挣扎着，在最后快要窒息的关头，猛吸一口气。接着，拖动他的藤蔓再次把他往沙子的底部拖去，瞬间他的鼻孔、耳朵、嘴巴里开始毫无阻力地灌入沙砾。他肺部剧烈地痉挛，脑子一片空白，坚持了三分钟终于失去了知觉。

也不知道过了多久，黎簇慢慢地醒过来，剧烈地咳嗽着，把鼻腔里的沙子都喷了出来。他发现自己已经不在沙子里了，而是被裹在大量植物的根和藤蔓之中。他被死死地缠住，只有一只手可以动弹，走运的是，手电仍旧挂在他的手腕上。

他竟然没有死，看来他昏迷之后很快就被拖出了沙层。但是这里是哪里？他的腿疼得厉害，他想呻吟，但恢复的理智让他没有立即叫出来，他看到了四周纠缠在一起的藤蔓，四周全部都是成千上万纠缠在一起的根须。

他如果贸然发声，后果不堪设想。他把手电小心翼翼地转到另一边，就发现这是一条狭窄的墓道，已经被根须填满，刚转头，他就看到在他的左边，有一张狰狞的脸，在根须之间，那东西正冷冷地看着自己。

第三十八章 · 被困

他吓出了一身的白毛汗,镇定下来用手电仔细照了照,才发现那是一具干尸。随即他就发现,在他四周的根须中,到处都是这样的干尸,有人的,也有动物的。大部分都只剩下一张皮包在骨骼上,风干得像鱿鱼干一样。

这里是藤蔓储藏猎物的地方,这可要了老命了。他尝试着动了动,藤蔓立即变得更紧。

他放弃了挣扎,四处看有没有可想的办法。很快他就发现,在他的左边,有一具人类的干尸,穿着古代盔甲一样的东西,歪着头,腰间有一把短苗刀。

这人不知道是哪个朝代的,真是有缘千年来相会,他探手过去,一点一点把苗刀抽了出来,然后借助牙齿的力量拔了一下,发现苗刀完全锈死在鞘里了。

果然，哪有那么多神兵千年不腐烂。他把苗刀丢掉，又看到这具干尸的手里，有一支发钗，也生锈了。黎簇抓住干尸的手腕，用力拗断，把手连同发钗一起扯了过来。

这支发钗抓在干尸手里，应该是当年这人最后的武器。但发钗是不可能用来自救的，他把发钗从干尸的手里拔出来，深吸了几口气，从自己的口袋里掏出了手机，又用嘴巴帮忙，把手机的电池拆了出来。

他在荒野求生类节目中看过一种做法。他单手从背包中扯出自己的内裤和吴邪给他的地图，团了团塞入一边的植物的根中，然后拿着手机的电池，用牙齿咬住发钗，用力戳了进去。

电池里的锂遇到空气，立即开始燃烧，发出高温，他把电池往自己的内裤和地图里一塞。地图瞬间就给点燃了，大量的烟冒了出来，他自己都呛了好几下。接着他的内裤烧着，火苗瞬间蹿得很高。

黎簇单手继续从包里掏东西，能烧着的，就算是一点皮屑他都往火里扔，然而不用他太辛苦，火很快就烧着了植物的根，火势越来越大，朝他蔓延过来。

藤蔓在他的袖子烧着之后终于松开了，他摔倒在墓道的底部。墓道大概只有四分之一没有被藤蔓覆盖，他滚到了那个区域，就看到藤蔓乱舞，火焰被迅速地压成了炭火。只有那些被烧成浆状的化学纤维仍旧在燃烧冒烟，发出刺鼻的气味。

以后不能买这个牌子的内裤了，万一烧伤自己就死定了，黎簇心想。趁着一团混乱，他小心翼翼地爬起来，脱掉鞋子顺着墓道往前走去。

走了不到十步，他就看到前面的墓道断裂塌方，往前的道路被堵塞了，但是墓道的底部塌出来一个口子。里面一片漆黑，也爬满了藤蔓，但看上去应该是通往其他墓室的捷径。

他靠着墓墙坐下，思索怎么办，没有绳子，也不可能爬下去，自己也不能呼救。他又返回，开始用极其缓慢的速度，在墓道中移动，同时仔细用手电照那些干尸。

大部分干尸，已经和这些根连成了一体，根须都长入了头骨之中，看上去就像是这棵植物结的果实一样。包裹干尸的根须好像一个一个的茧，而这些根须的另一部分，又和后面墙上的壁画融为了一体，要在这样的状态下看清楚干尸身上的东西很难，有时候壁画上的人脸还会让黎簇看花眼。

黎簇前行得十分缓慢，不久，他看到一具干尸身上，有一个大型装备包。包被撑得鼓鼓囊囊的，能看到绳头从破洞中露出来，这应该是一个旅行者。

黎簇小心翼翼地伸手过去，刚动那个背包，两边的藤蔓立即就卷了起来，他手僵在了半空，不敢再拉。

他低头看到脚边有一块石头，捡了起来往旁边一丢，藤蔓立即朝石头爬了过去，就在这个瞬间，黎簇用力拉出背包，人往后一摔，靠到墙上。那两根藤蔓立即返回，黎簇顺手抓起另一块石头丢到另一边，藤蔓就从他的身上爬过去，卷住了第二块石头。

低等生物，黎簇冷笑了一声。等藤蔓安静下来，他小心翼翼地拉开了背包，发现里面不仅有一捆绳子，还有钱包、手套和两瓶烧酒。

黎簇喝了两口酒，感觉有点回过神来，背起背包对着尸体拜了拜，就来到往下的破口，把绳子系到一边的根上，一咬牙就滑了下去。

他小心翼翼地没有立即落地，因为照了照底下，看到下面也全是九头蛇柏，自己下去一定立即被抓。正在犹豫，他忽然听到下面黑暗中有人唱歌。接着黑眼镜出现在他的手电光斑里，苏万被他搀扶着。黑眼镜扬了扬手里一个装满白色石粉的皮袋子，说道："我还以为你们至少能撑到明天才需要我出手呢。"

第三十八章　被困

第三十九章 • 费洛蒙系统

黎簇深吸了几口气,冷静了下来,跳下去抽出根烟点着,问:"你们怎么找到我的?"

"我是找到了他。他身上带了一个信号发生器,我找到他,就知道你肯定在附近。"黑眼镜说道。他们在废墟中不停地行走,很快来到了另外一个藤蔓较少的墓室,虽然有石粉,但他们也不是特别放心。

这个墓室墙上到处都是壁画,中间仍旧是一个水池,这个水池没有积沙,深不见底。

黑眼镜用手电照射这些壁画:"这些你们都看过了吗?"

"看过了,看不懂。"

"我们怀疑这是一种人蛇之间的费洛蒙系统。"黑眼镜用手电照着,"知道什么是费洛蒙吗?"

"费洛蒙也叫信息素,是种外激素,昆虫和一些哺乳动物用来同物种传递信息用的，可以从汗腺及表皮细胞中散发，直接影响脑部负责情绪的潜意识层。但是爬行动物有费洛蒙吗？"苏万摸了摸下巴。

黑眼镜顿了顿，似乎自己也想不起来，说道："算了，反正你们知道是什么东西了。"他指了指壁画上的蛇，"这种蛇的蛇毒，可以用来传递信息，我之前在柴达木盆地的一个古城里抓住过一条，是这种蛇的亚种，头上有个鸡冠。但是你仔细观察，会发现这两种蛇是非常相似的。我们称其为'孤岛物种'，它一般会存在于某些古墓之内，作为陪葬品，在自然界已经灭绝了，因为空气结构发生了很大的变化。"

黎簇没有理会黑眼镜的话，一直看着苏万，心里琢磨着，苏万身上有个信号发生器，为什么？

苏万似乎很尴尬，装成很好学的样子，看着黑眼镜问："什么叫孤岛物种？"

"就是在封闭环境内留存下来、独立进化的物种。我举个例子，如果在一亿五千万年前，有人修建了个古墓，把两百只恐龙埋进去了，恐龙的寿命又非常长，那么它们只会针对封闭的古墓进行进化。外界的环境变化没有牵扯到它们，于是等打开古墓的时候，你看到的是你认为地球上不可能存在的物种。"黑眼镜说，"我文化程度不高。你们能听懂就行了。"

"被这种蛇咬了之后，有些人能得到这些蛇所经历的信息。我有个朋友，只要遇到这种蛇，就会做各种奇怪的梦，非常真实，但确实是梦。"黑眼镜又道，"这个能力，可能我们的黎同学也有。"

"为什么？"黎簇说道，"你这是诬陷。"

"有人闻到的。"黑眼镜道，"当一个人的鼻子损坏非常严重的时候，为了弥补嗅觉的损失，鼻腔里感觉费洛蒙的器官就会发达起来。我有个前辈，鼻子毁了之后，第一个意识到这个问题。当然，还要有一个非常重要的前提：他们都被同一种有剧毒的东西碰过，但是都没有死。具体的机理不清楚，但是费洛蒙系统是一个相对比较合理的解释。"

黎簇摇头，表示听不懂，黑眼镜道："哎，我说的是吴老板，他闻出了你和他是同类人。"

"他想得美。"黎簇道，"我鼻子没出过事，也没中过毒。"

"在这里，中个蛇毒是迟早的事情，你耐心一点吧。"

黎簇这时候意识到另外一件事情："杨好和梁湾呢？他们怎么办？"

黑眼镜摇头："我一个人顾不了那么多的人。"

"我顾得了。"黎簇立即站了起来，对苏万道，"咱们不能在这儿磨蹭，那女的估计快吓死了。"

苏万却没有动静，反而看了看黑眼镜。

"磨蹭什么？"黎簇道。

苏万就道："我觉得，在这个地方还是听瞎子先生的比较好。"

黎簇一下火了，一拳头打在苏万脸上，把他打翻在地："别装了！你中个蛇毒这么快就好了，在北京是谁给你的血清？你身上还有信号发生器，你早就被买通了吧。"

苏万"啊"了一声，黎簇上去又是两拳："说！你知道这里有很多蛇，是吧？你带了多少血清来？你知道他们会把我们弄到这个房间来，你知道他们就想让我去吸这蛇的费洛蒙。我早就觉得你不对劲了。"

苏万一脚把黎簇踹翻，站起来吐了口血，压到黎簇身上也是两拳："你以为我愿意啊！是谁拖我进这个局里的？老子还不是为了救你！"

两个人扭打在一起，互相扯对方的耳朵，把手指抠进对方的嘴巴里，卡着动不了。

"呸。"苏万朝黎簇吐口水。黎簇立即吐回去。两个人都吐了对方一脸。

黑眼镜手足无措地看着，原地转了几圈，自言自语道："我说我管不了小鬼吧。"说着，他上去一人一脚，把他们踹翻在地。

第四十章 • 分界线

两个人都被黑眼镜打得鼻青脸肿,乖乖跟在他身后来到滤水池的边上。他们仍旧在原来的房间里,黑眼镜说,杨好和梁湾在最开始的那个墓室,最后都跳入了这个水池,如果没死的话,他们已经潜水进入了水池下的管道,到了皇陵的蓄水工程里去了。要救杨好和梁湾,他们必须也进去。

要么雨已经停了,要么这里的墓室很深,他们坐在蓄水池的边上,头顶寂静无声。

苏万的手表甚至还在运转,但是只剩下了计时功能。他看了一眼,就对黎簇说道:"刚刚我们活过了十个小时,离度过第一天还有十四个小时。"

"把表摘了,它再响一次,我一定让你吃下去。"黎簇道。

"放心吧。现在是备用电源,只显示时间了。"苏万道。

黑眼镜第一个下到水中，摘掉了自己的墨镜，换上了哑膜的潜水镜，转身对黎簇和苏万道："这是一条分界线。"

黎簇和苏万疑惑地看着他，他继续道："之前你们经历的一切，都是你们可以应付的，等你们从水面下再上去，那就是另外一个世界。这个皇陵的蓄水系统，属于还没有被人探索的区域。"说着他潜入水中，黎簇内心对这些场面话早就麻木了，他呸了一口，又瞪了苏万一眼，也潜下水去了。

苏万耸耸肩，跟了下去。

水很凉，和初掉入水中时候的体感不同，黑眼镜入水之后，把手电打到最大，四处照射。四周还能看到一些黑蛇，但是他们都在水底蛰伏不动，像海底的海参一样。被搅动的沙子已经沉淀得差不多了，水中只悬浮着一些颗粒。

手电光非常亮，以至于照不到的地方一片漆黑，这种水底的感觉让黎簇胆寒，冰冷的水让他越来越冷静，之前的愤怒也逐渐消失了。

来到了入口，三个人上去换气，尽量让自己肺部的紧张感放松放松再放松，然后深吸一口气，黑眼镜打头转入洞中。

洞里非常狭窄，黎簇入洞之后就觉得气闷，紧张感让他血液里的氧气迅速消耗，他勉强闭上眼睛，一边一点一点地往外吐气，一边缓缓地爬进去。

管道很深，黑眼镜爬得非常快，简直就像一只在自来水管里生活了多年的水老鼠。黎簇缓缓地跟在后面，爬过有沙子的一段，水管才宽大起来。他们看到了水泥的管壁，管壁平行的部分有五十米左右，通过之后，黎簇觉得自己离溺水不远了。

五十米之后，水管往上，他所有的体力都在肺部，憋住不吸入水，靠着浮力尸体一样地漂了上去。

出水的瞬间，他吸入了出生以来最大的一口空气，直吸到他的肺快要爆炸了，他才缓缓吐出气来。他竟然从空气中尝出了一丝清甜。甩掉头发上的水，他看到已经上岸的黑眼镜打起了一支荧光棒，丢在地上。

他刚爬上去，苏万大吼一声也破水而出，大口地喘起气来。

黑眼镜做了个"嘘"的表情，从自己的背包里抽出了黑刀横在腰后："这个地方是蓄水系统的重点，他们应该也是从这个水池上来的，你准备先找哪一个？"他问道。

"他们两个不是应该在一起吗？"黎簇道。

"不会在一起。"黑眼镜指了指地上，地上有两行脚印，面前是一个丁字路口，有三条通道指向三个方向，两行脚印选择了不同的方向。

"杨子还是不懂得迁就女人啊。"苏万摇头道。

"我找梁湾。"黎簇道，"你们两个去找杨子。"

黑眼镜拒绝，说三个人必须一起行动，"那个姑娘给你看过这一带的平面图吗？"

"她说这里面的部分没有出口，是根据古代的设计图纸，用现代工程技术修建的。"黎簇想了想回答，但细节方面他和苏万都摇头。黑眼镜蹲下来，掏出喷雾，在水泥地上喷了几十条线。"应该大概就是这么个德性。"

黎簇端详着复杂的线条，这些图案在整个平面图上犹如天书一般，他问黑眼镜："我们在哪儿？"

黑眼镜指了指一个点，说道："蓄水系统是个迷宫一样的东西，我们从这个点开始，先从左边找起，大家都小心点，我也是第一次到这个地方来。之前我们勘测的时候，从来没有踏入过这个丁字路口一步。"说着，他忽然笑了笑，好像想起了很开心的事情，拍了拍黎簇的肩膀，"我们又要相依为命了。"

黎簇打了个激灵，想到了黑眼镜的一些变态的行为，立即退了开去。黑眼镜并不在意，摇摇晃晃地随着梁湾的脚印走了几步，做了个跟上的手势，就往丁字路口的一个方向出发了。

根据脚印推断，杨好和梁湾两个人在丁字路口各选了一个方向离开。他们权衡之下，还是决定先去找梁湾，毕竟女孩子在这种环境里，生存的概率更低，更需要帮助。

通道是弧形顶部结构，所有的墙壁都是水泥漆上了黑色的沥青，因为墙壁并不平坦，沥青在上面涂抹的痕迹很像人类的某种皮肤病，泛着淡淡的光泽。

"这是现代建筑……"苏万惊讶道。

"应该是在古代水道的基础上，涂了水泥和柏油，加强了防水，这里原来的石壁应该全部都是裂缝。"

"这还没古代人造得好呢。"苏万道，"一点美感都没有。"

沿着通道往里走入十几米深，地上就没有任何沙子了，通道底部变得很干净，他们往里走了几百米，一直没有看到任何岔路，通道也没有转弯和起伏。只是每隔三十米，墙壁上会有"北第二区、第六甬道"这样的白色大字。

黎簇看了几个大字之后，回忆起一些事情："哦，我们需要梁湾手上的那些图。"

"怎么了？"

"你还记不记得，寄到你家的第一具干尸？那具干尸是在北第六区第三甬道发现的。时间是1984年。"黎簇道，"这儿是第二区，同样是北区，这地方会不会有100个区？"

"不用胡乱揣测。集中注意力。"黑眼镜说道，两个人停下来，面前出现了第一个岔路口。

岔路口写着"第三区、第一甬道"。如果继续往前，则是第四区的第一甬道。两条甬道的深处都是一片漆黑，像是通到某种异世界的感觉。

"那姐姐走的是哪条路？"苏万自言自语。

"有指南针吗？"黎簇道，苏万从背袋拽下一个来给他，黎簇看了看，说道，"好，我们来猜猜，梁湾和杨好为什么会分道扬镳。在这种地方，无非两种想法，一种是进去，一种是出去。梁姐姐是出去党还是进去党？第三区是往中心区域走，第四区还是外部区域。"

"以梁姐姐的探险智慧，她走到这个岔路口的时候，估计连左右都分不清楚，她不会考虑那么细致的。"

"这边。"黑眼镜指了指第四区的甬道，"他们分开时候的脚印跨度很大，上了岸之后没有停留，两个人是奔跑着分开的。没有什么理由，他们上岸有个时间差，有东西在追他们，一个先上岸，选择了这一边，另一个后上岸，选择了另一边。姑娘体力很弱，在水中一定在小伙子后面，追她的东西最后咬住的应该是这个姑娘。姑娘冲入这条甬道之后，一路狂奔，她最多有一支手电，跑过这里的时候，不可能有时间看到这个岔路口，一定是继续往前。"

黎簇和苏万目瞪口呆，愣了半天，黎簇道："你是日本来的名侦探？"

黑眼镜钩住两个人的肩膀，摸了摸两个人的头发，然后推着两个人的头，把他俩推进了第四区的甬道。

就在这个瞬间，他忽然觉得有些不对，看了一眼第三区甬道的入口。他摘掉了墨镜，立即意识到自己看到了什么，忽然转过了身子，贴住了墙壁。

黎簇和苏万看见，也立即学他，把身子贴在了墙壁上。黑眼镜掰断了手里的荧光棒，抓住两个人，把里面的化学物质点在他们的手心，然后把荧光棒丢到地上，踩了两脚，说道："跟着我的脚步走，你们不会撞到任何东西，信任我，用最快的速度跟着我。"说完他往第四区的黑暗深处狂奔。

苏万和黎簇对视一眼，立即追了上去。

第四十一章 · 黑暗狂奔

最开始的几步，还有荧光物质粘到地上，之后他们就看到前方的地面上两道光线以无法想象的速度狂奔而去。黎簇和苏万都踢足球，毫不示弱，咬牙盯着那两道光跟了上去。

黑眼镜的速度越来越快，黎簇和苏万也逐渐达到了临界速度，那真的是心无旁骛的信任，因为两个人什么都看不见。只要有一个障碍物，就能把他们撞死。

他们并不是真的信任黑眼镜，而是听到了背后传来的诡异的动静，那是类似木屐走路的声音，但是频率非常慢，几乎隔两三秒才会响起下一次声音，但每响一次，离他们的距离就近了很多。几次之后，那东西几乎就在他们身后。

不知道是什么东西，如果是一个穿着木屐的东西的话，那它追他们的每一步，几乎都跨出去十米远。

狂奔之下，黎簇和苏万的体力逐渐不支，两个人能跟上黑眼镜的速度已经是奇迹，也因为强行跟着，消耗了比以往更多的体力。苏万的体力比黎簇差点，逐渐落后，喊道："跑、跑不动了！"

前面的黑眼镜脚底的荧光闪现出来的狂乱线条瞬间消失，应该是他站住了。黎簇和苏万一下慌了，也想停住又怕撞到黑眼镜，但是他们没有那么强的急停能力，瞬间又冲出去几十步。

黑暗中，黎簇和苏万忽觉自己的后领口猛地被一股力量拽住，应该是黑眼镜在黑暗中出手了，因为冲力很大，两个人都被拽飞了起来，接着，抓住他们的领口的力量猛地又把他们甩了起来。

如果我们能看到黑暗中的情况，就能看到黑眼镜是如何在黑暗中抓到两个人的后领口，然后抡圆了，像甩两块铁饼一样，一个转身的动作，就把两个人甩飞了出去。

黑眼镜的力气太大了，黎簇觉得自己就像纸片一样飞到半空中，几乎是贴着隧道的顶部打转。几乎是同时，他感觉一个庞然大物就在自己的身下掠过。

一切发生得太快，黎簇落地之后，一个打滚站了起来，本能地立即往来时的方向狂奔，他知道黑眼镜的意图：黑眼镜绝对不是想让他和苏万来个两面包抄，因为他和苏万什么都看不见。

逃命去吧。黑眼镜肯定是这个意思。

黑暗中没有了指引，没跑两步，黎簇就和苏万撞在了一起，两个人滚在地上，爬起来，一起继续往前狂奔，一秒钟后双双撞在墙壁上。

那是勇猛的毫无保留和保护的撞击，两个人都撞翻在地，半天没起来。

黎簇爬起来之后发现满鼻子都是血，草草地擦了擦，就去四周摸苏万，想把苏万扶起来。苏万应该就在他边上，他钩住苏万的腰把他拉了起来，忽然感觉不对。

他摸到的不是苏万的衣服，而是一个……不知道是什么的东西。手感非常奇怪，冰凉、粗糙、有着奇怪的纹路。他立即把手缩了回来，往后退了几步,从背包里拿出了冷焰火。

对于黑暗的恐惧让他管不了那么多,他打亮冷焰火,高亮的光线瞬间让他暂时性失明。他眯起眼睛努力适应光线往前看去,一股毛骨悚然的感觉让他的冷焰火差点脱手。他所有的头皮毛孔都乍开,他看到在他面前,有一具,不,不是一具,那无法用量词来形容。

说这是一具尸体?但并不是尸体。是一张皮?也无法确定。如果要说得精确,在他面前的,是一张"蛇蜕"一样的东西。

黎簇不知道那是什么,但能看清楚,那是一个人的形状。他冷静下来,回头看了看,苏万已经不见,显然在他撞晕的瞬间,苏万并没有他撞得严重,已经跑远了。

前方黑眼镜和刚刚似乎在追着他们的东西,也没有了踪影。

黎簇举着冷焰火靠近那张皮,能看到皮上泛白的鳞片和透明的角质膜。

这太像蛇皮了,但又确实是一个成年男性的样子,靠在墙上。黎簇用手去拉了拉,这个"人蛇蜕"粘在了墙壁上。

黎簇看到了那东西的"五官","五官"的上下间距非常远,好比人的眼睛长在了额头上,嘴巴长在了脖子上的感觉。或者说,这是一张蛇脸。

"这是什么东西?"他涌起一股恶心,那东西很干很老,在这里应该已经相当长时间了。

邪门,他心里开始嘀咕,这个地方太邪门了。强烈的不安全感开始涌现。他站起来,往前走了几步,就看到了更多这样的东西,都粘在墙上,三三两两,蛇鳞片的痕迹就像蛇皮袋堆积起来一样,呈现出各种人的姿态,加上白色的凝胶一样的物质互相粘连的痕迹,让黎簇感觉到强烈的恶心。

他们一路过来没有撞到任何东西,说明他们几乎都是在这个管道的中央部分奔跑,黑眼镜是怎么在这么黑的地方看到路的,他是海豚侠吗?

他犹豫了一下，转头往回走，心里还在嘀咕。这些到底是什么东西？是长着鳞片的人，按照蛇的方式蜕皮的地方？他开始感觉到，对于这里的一切，无论是黑眼镜还是吴邪，都没有对他说实话。

他对这条甬道产生了莫名的恐惧感，他怀念没有任何东西，只有干净的沥青墙面的甬道。他开始往回狂奔，一路跑到了荧光棒被折断的岔路口。

他没有看到苏万，但是看到了一连串荧光的脚印，朝岔路的另一个方向而去了，显然苏万慌不择路，朝怪物来的方向去了。

黎簇犹豫了一下，做了一个让自己也惊讶的决定，他没有理会苏万，也没有理会黑眼镜，而是朝来时的水池跑去。

对不起，光跑可不是老子的风格。他心里说道。恐怖片里的傻子看得多了，他绝对不是那样的人。

第四十二章 • 莽撞的代价

　　黎簇来到水池的边上，把冷焰火靠在墙上，把背包翻了出来，拿出武器。

　　没有多少子弹了，他把多余的子弹集中到一个弹匣，发现能用的只有六发子弹，叹了口气，只得从里面拿出了几块肥皂。

　　这是C4塑料炸药，是安全炸药，用枪打都不会爆炸，只能使用雷管引爆。他把C4揉成几个苹果大小的球，放进口袋里，然后数了一下雷管。

　　玩CS的男生多少对这些枪械都知道一些，黎簇的CS是半职业级别的，讨论枪支的特性，是每天在网吧必修的功课。他没有想过在国内还可以开真枪，也没有想过现在真的在摆弄C4。有几个瞬间有不真实的感觉，但是无所谓了。

　　他来到了之前的岔路口，把衣服脱了下来，用枪当衣架，撑了起来，然后在枪的两端粘上两团C4，粘在了墙壁上。剩下的C4，他拿了一块大的，贴在了枪的内侧，插入了无线雷管。

一立方米的C4可以让一艘航母回厂大修，如果从六百米高空落下，能炸出二十米深、直径三十米的弹坑，他手上的这个体积，二十个人如果站位合理，能直接炸成血沫。

他打起荧光棒，插在自己的衣服口袋里，然后在这个地方解了个小便。火气很大，骚味非常重。这正合他意。

他搞完这些，深深地吸了口气，对着两边的隧道大吼了起来。

"有什么来什么！让你小爷爷见识见识！"声音此起彼伏，各种回声交织在一起，一直传往隧道的内侧。吼完之后，他开始唱《大花轿》，一时间，三十年没有任何动静的管道内，传来了极其复杂的各种回声组成的"交响吼"。

唱了四五句，黎簇安静了下来，等到所有的回声落下，他就听到一边黑眼镜跑路的甬道之中，传来了另一种一连串的轻微的回声。

轻微的回声越来越响，越来越响，逐渐可以分辨，黎簇意识到，那种木屐走路的声音又出现了。真容易，黎簇咬住一个冷焰火，翻开引爆器，慢慢退入了黑暗之中。

木屐的声音来得非常之快，黎簇几乎来不及猜那可能是个什么东西，只等着亲眼看到了。木屐声在甬道口停住，黎簇死死地盯着那荧光之后的黑暗，等待着里面的东西出现。

一定是个庞然大物，他心说，脑海里出现的是巨大的蛇一样的东西从黑暗中探出脑袋，鳞片泛着幽绿的光。然而没有，从黑暗中首先出来的，是一团黑色的雾气，似乎是从远处的黑暗中分离出来的一团，涌到了有光线的岔路口。

越来越多，黑色的雾气慢慢充斥了整个岔路口的空间，接着，黎簇听到了一声清晰的木屐发出的声音，是从岔路口区域管道的顶部发出的。

声音不是这团黑色的雾气发出的，反而倒像是顶部有什么装置被启动了。黑色的雾气围绕着黎簇的衣服，变换着深浅和形状，挤满了整个空间。

什么玩意儿？是幽灵，还是某种有毒的烟雾？他慢慢靠近，就听到那边传来了一些类似共振的动静。他听到这个声音，条件反射地感觉到不舒适，随即意识到那是什么声音。

那是昆虫振动翅膀的声音。声音很集中，说明单个的昆虫很小。一团虫子能把黑眼镜吓成那样？他正在疑惑，忽然发现四周有些不对，看了看他身边的墙壁，发现墙壁上的沥青蠕动了起来。确切地说，应该是沥青上那些犹如皮肤病的突起，都动了起来。

他打起冷焰火，发现他四周管道壁上的沥青，竟然全部都不是沥青，而是大量的只有衬衫纽扣大小的甲虫。

无数的小甲虫开始挪动，整个管壁好像活了一样，黑色突起各种扭曲。前后都看不到头，似乎整条管道里全部都是这种虫子。

"啧。"黎簇郁闷了一下，往后退了几步，按下了引爆的按钮。

瞬间，或者说，只有四十分之一秒，炸药的威力远远出乎黎簇的意料。管道形成的气压更加夸张，整个管道就像一根炮管开炮一样，黎簇在瞬间就被气压拍晕，他连爆炸的声音都没有听到，就直接像炮弹一样被射了出去。

第一次撞击是撞上左边的墙壁，距离他站的地方有一百多米，他的膝盖最先撞上，铁定粉碎性骨折。然后人在墙壁上好像搓泥一样被搓了六七米，摔在地上，又弹起来，撞上另一面墙壁。

完了，他心说，吴老板又要在手上划一刀了。他在最后一次撞击之后醒了过来，开始大量吐血，血喷射性地从他鼻孔里喷出，浑身上下都是见肉的擦伤。

他耳膜嗡嗡直响，剧烈地头晕，四周一片漆黑，接着他的眼前出现了白光。那不是外界的光，他相信，他要死了。

太好了，在没有感觉到任何痛苦的情况下，他马上就要死了。这和打游戏还真是不一样。自己是个傻瓜，太莽撞了。

他的意识逐渐模糊，白光逐渐扩张，接着，充斥了他整个视野。然后白光重新开始收缩，忽然他看到了一种速度，一种意识远去的速度，最后是一片黑暗。

他马上就要失去知觉。

就在那个瞬间，痛苦忽然出现了，一下就把他的意识拉了回来，他感觉到他的腿越来越痛，接着是手、背和胸口。

他睁开眼睛，深呼吸压抑这些痛苦，压抑好久好久，然后咬牙坐了起来，往后靠到墙上，墙壁似乎不是特别稳固。但他没有办法横向移动，只能继续靠了上去，不承想墙壁一个翻转，竟然是往下的断口，黎簇一个倒栽葱，摔了下去。

这是一条笔直往下的通道，黎簇摔进通道里，地下是排水道，他摔进了水里。水流非常急，他瞬间被水流卷动，毫无挣扎的力气。

排水道里，并不是绝对的黑暗。他立刻看到了大量的骸骨，堆积在水道的四周，磷光泛起，全部是累累的白骨。

他很快就要加入这个和谐的大家庭了。他默默地想着，突然就发现有些不对劲：这条水道，并不是水泥做的，竟然是石头雕刻而成的。

全是黑色的石头，非常古老，氧化和腐蚀的纹路非常明显，这地方最起码有几千年的历史了。接着，他模糊地看到了这些黑色石头上的壁画。看样子，他又回到了皇陵中还没有来得及加固的区域。

他看不清楚，但是好奇心让他尝试靠岸，他要死个明白。

他在水里挣扎，手脚都不受自己控制，水流带着他继续往前，他看到一道一道的石头门洞在这个奇怪的水下系统里出现。

那是铁链悬挂的黑色石坝，上面有一些简单的雕刻，似乎是用来放下隔断水流的。如今悬挂在水流之上，黎簇不得不集中注意力才能不让自己被这些石坝撞到。

随着水流往这个排水道的深处漂移，这些石坝越来越大，上下水道也越来越宽，聚集的白骨也越来越多。他的体温也越来越低，冰凉的水让他远离了疼痛，浑身麻木让他不那么难受，但是他也越来越无法控制自己的身体。

他的意识开始模糊，然后他慢慢再次陷入了黑暗。一切都结束了，除了……除了……他忽然再次惊醒，发现水流变得平缓，自己搁浅在了一个石滩上。

这是一个垂直的洞穴，洞穴的底部，全是细小的石块，已经全部被水流磨成了比砂砾大一些的卵石。

整个洞穴大概有两个篮球场大，底部的石滩，中间高四周低，四周在水面下，中间在水面上。所有小碎石头都是黑色的，冲刷得像黑色的围棋一样。

水流在这里非常平缓，能感觉到水在往这些软石下渗透。这应该是滤水系统的一部分。水从这里被缓慢地滤入地下的暗河河道内。

这些水是从哪儿来的？是雨水，还是本来就是这个废墟地下的水？如果是雨水的话，为何现在自己还活着——不是应该已经被腐蚀干净了吗？

他抬起自己的手，低头看了看，手苍白，出现了无数的溃烂点。他意识到不是自己没有被腐蚀，而是自己感觉不到任何疼痛了。

难道自己的脖子被摔断了？他努力扭动身子，一脱离水，重力立即让他的膝盖剧痛无比。他立即惨叫起来。但是疼痛也让他瞬间脱离了那种混沌的状态，他大吼了几声，爬上了干燥的石滩顶部。

他仰卧着，看到了从洞顶垂下的犹如瀑布一样的植物根须。洞壁上也是，大量的植物根须贴着洞壁蔓延下来，和上面不同的是，这些植物根须应该已经全部都枯死了。磷光从水面下透上来，整个洞穴被一种魔幻的绿光充盈着。

他看看身上的皮肤，腐蚀得非常厉害，即使治好了，估计也是一个类似严重烧伤的人。但是他还得庆幸，因为这里的水腐蚀性已经明显减弱了，可能是混合了一些地下水的缘故，否则他应该早变成白骨了。

黎簇脱掉自己身上所有的衣服，去查看伤口。他看了看自己的膝盖，已经完全变形，剧痛丝毫没有减弱。他忽然想到学校，想到自己在座位上写作业，看隔壁班的女生穿着白裙子从窗口走过，还有老师的吼骂声……单纯、安全的日子，那时觉得无比厌恶，现在想想，真叫人神往。

他的眼睛逐渐适应了四周的光线，一些之前看不到的东西，在绿光中慢慢显出了轮廓。他看到在那些植物的根须中，隐藏着很多的浮雕和雕像，因为和这些藤蔓几乎已经融为一体，很难察觉。

距离还是较远，他看不清楚细节，但是其中的雕像，体积很大，他看到了其中一座被藤蔓缠绕的雕像，动作相当熟悉。

"哦，该死！"他意识到自己看到了什么。

在这个地方，无论看到什么，他都不会惊讶，但是他没有想到会看到这个人的雕像。他惊呆了，有点时空错乱的感觉。

20世纪70年代末开始修建的这个沙漠地下建筑群，奇怪的建筑结构，无数的信息在他脑子里胡乱蹿来蹿去。

"原来是这么回事，原来这里所有的一切，是这么个用途。"黎簇明白了。他懂了，觉得好笑，但是却怎么也笑不出来。随即他心里涌上一股悲哀，他只休息了一会儿，抬头从背包里取出绳子和钩爪，做了个绳套，尝试够到那些根须，把绳套绑上去。

根须离他有三四个人的距离，他抛了几下，绕上了一条手臂粗的植物根须。他挥动了一下手臂，现在无论动哪个地方，都感觉浑身剧痛。

他躺倒在地，筋疲力尽，吞了口口水，就着喉咙里的血咽下去。然后他闭上了眼睛，开始睡觉。绳子的另一头还系在他的腰间，他没解开。

他不是睡着了，事实上，他终于晕了过去。

第四十三章 • 梁湾的文身

在另一处,梁湾在一个黑暗的房间里。

这是第三区一个靠近核心的地方,她一路毫无目的地乱走,等她冷静下来,她已经到了这个地方。

这个房间是她一路过来,看到的唯一的"房间",其他的入口全部通往的是另一条甬道。房间里有废弃的桌椅,造型很呆板,但是用料相当考究。让她决定在这里休息的原因是,这个房间有一个通风口,有一股暖风从这个通风口涌进来。在阴冷的甬道内,这股暖风让这个房间很有安全感。

房间的尽头,也有一个水池,这个水池是封闭的,从边上墙壁上的很多挂衣钩和木头长立柜来看,这应该是一个洗澡的地方。在墙壁上还有疑似之前装莲蓬头淋浴的装置,现在都消失了。

梁湾在椅子上休息了很长时间,她毫不怀疑,黎簇和苏万已经死了。在混乱中她跟着杨好跳进了滤水池。那个男孩子，丝毫没有顾及她，只顾自己跑了。男人在任何场合都靠不住，特别是这种需要他们靠得住的时候。

她看了看自己的手表，倒计时还在。而离吴邪说的，活过三天，已经过去了三分之一的时间。

不管吴邪当时的话是什么意思，至少事实是，在这里活过三天确实非常难。

她在水池里洗了把脸，意识到这个水池里的水非常干净，干净得吓人，显然这里用了非常简陋但是有效的滤水设备。

她看了看自己的身上，有些心动，犹豫了一下，脱掉了所有的衣服，走进了水池里。这里的水有些温度，她开始清洁身上的每个毛孔，这让她感觉到一种令人眩晕的愉悦。她把头埋入水中，让自己冷静下来。荧光棒的光线不强，但是在黑暗中这样的体验，让她有一种在做SPA的错觉。

她抬起头来，摸了摸自己的额头，发现自己发烧了。高压环境下，她的身体经常会没有原因地发烧。她看着自己的肩膀，白皙的皮肤上，慢慢开始出现花纹。那是一只凤凰的图腾。

她从小就对自己的文身非常迷惑，并不知道这个图腾是什么时候文上去的，这是个只有在体温升高的时候才会出现的图案，她只在另一个人身上，看到过相同的现象。

梁湾从水池里出来，用自己的衣服擦干身体，虽然衣服会带上一些汗味，但是这里实在没有其他东西可以使用。体温没有继续升高，她的头有一些晕，但感觉还能坚持。

她在水池里把衣服全部洗干净，挂了起来。全部做完之后，她坐在那张木头躺椅上，靠了上去，全身赤裸。虽然她知道周围出现人的概率很小很小，但她还是觉得非常不舒服。

她紧闭着双腿，双手护住胸部，缩在椅子上面，从风口传来的暖风，迅速地烘干她的衣服和身上的湿气，暖洋洋的，她昏昏欲睡，但她不敢睡着，每当睡意袭来的时候，她都强行让自己清醒。

身上的文身时隐时现，这是他们家庭的一个最大的谜团。

她第一次发现这个图案是在中学一次发高烧的时候，她当时想跑步出汗，让自己的烧尽快退下去，因为第二天有一个她喜欢的男孩子的辩论会。那一天她晕倒在家里的浴室里，她的妈妈看到了这个文身。

她百口莫辩，但是相对于父母的不信任，困扰更多是来自这个文身到底哪里来的。

她曾经怀疑自己不是父母亲生的，自己是来自孤儿院这种地方，否则自己身上隐藏着一个文身这种事情，父母怎么可能不知情。

没有人知道这个文身是什么时候文上去的，这么复杂的图案，肯定不是胎记。这也是她内心一直想学医的原因所在，她希望能搞清楚是怎么回事。然而事实证明她只是一个普通的女孩子。

这个会随着温度而变化的文身，不会是普通的文身，它一定代表着什么不同的意义。

房间里没有灯，这里的光线来自墙壁上光泽的反射，实际的空间显得大很多。梁湾搂着自己的胳膊，想着很多很多的事情，想着自己为什么会来到这里，想着自己如果不在乎这些东西现在又会如何。

也许她早就结婚了，现在躺在某个男人的怀里，刚刚温存过，不用担心四周的黑暗，不用担心煤油灯的灯芯烧完，不用担心这边的水是否有毒、是否干净，也不用担心黑暗中是否有东西会突然出现……生活会无比简单。

这个文身在所有的人生关头，都让她往自己不愿意的方向前进，一次一次把她逼进自己无法控制的人生里。

很累很累，但是她仍旧想知道，自己的未来在哪里。

她知道自己只是害怕，而琢磨这些东西，只是为自己现在的这些行为找些理由，但说实话，实在太难了。那一刻她很想哭，但是忍住了，她觉得在没人的时候哭，只是宣泄自己的情绪、消耗体力而已。

时间一点一点过去，她的体温越来越高，文身越来越明显，暖风已经无法让她感觉到温暖。

衣服早已干了，她放弃了内衣，直接穿上了外套。把外套收紧，身体的线条就显了出来。

她用手摸着，不否认自己是一个非常标致、身材很好的女人，该大的地方大，该小的地方小，会让很多男人心动吧。如果她就这么悄然地死去，会是一个巨大的讽刺吧。

在房间里走了一会儿，她在黑暗之中伸展着自己的四肢，摆着各种不同的姿势，看着墙上的各种光影，毫无意义地动了几下，就觉得索然无味了。

平面图就在包里，她在桌子上摊开，找到了这个区域的那一张。她找到了自己房间的位置，惊讶地发现，这个地方离皇陵的核心区域已经非常近了。

自己可能一个人到达那儿吗？到达那儿又是为了什么？

她陷入了沉思。她明白自己的目的，但并不是很明白，在另外一些人的眼中，自己这颗棋子的作用。

这个所谓的各种势力牵连的局面，到底是失控了，还是依旧在那些人的控制之中呢？

之前剧烈的爆炸让她不敢轻举妄动，当时甬道里传来了轰鸣声，整个空间都震动了一下，头顶的水泥片被震落了下来，她不知道发生了什么。

如今又过去了很长时间，并没有人过来找她。再等下去，她害怕自己的状态会发生扭曲。

她研究了一下，没有任何有把握的道路可以出去，于是她背上背包决定走出房间，刚想出门，忽然听到了有个人在唱歌。

我们是一堆青椒炒饭，
青椒炒饭特别香，

你知道吗?
我们正在沙漠里,
沙漠里没有青椒炒饭,
这怎么怎么活?
所以你们要感谢我,
因为我给你们带来炒饭,
虽然现在只有两盒半,
但是总比没有的强。

来来来来来,
我们就是青椒炒饭帮。
来来来来来来,
我们就爱吃青椒炒饭。
来来来来来,
你听到吗?
虽然你们也是绿色,
却没有青椒和我亲。

啦啦啦,
所以青椒炒饭给你们吃,
给你们吃,
给你们吃。
我们是青椒炒饭帮,
我们青椒的好朋友,
当然也爱白米饭,
但是混在一起最好了。

哦,忘了还有肉丝,

忘了还有肉丝，
You jump,
You jump,
You jump.
肉丝肉丝，
啦啦啦啦。

她打开门，就看到黑眼镜背着苏万靠着门口，两个人满身是血，黑眼镜的墨镜的一片被炸碎了，他正在那儿唱歌。

梁湾看他们的样子，立即把他们让进房间里，让他们靠墙坐到地上。

"你们怎么找到我的？"梁湾疑惑道，"这儿发生了什么？"

"现在的孩子太叛逆了，国家应该想想办法。"黑眼镜说道，"我被起码两公斤在极端狭小的区域内爆炸的炸药冲飞了。找到你是因为光，你门没关紧，这点光在黑暗中对我来说太刺眼了。"

苏万的耳朵在流血，人还处于昏迷状态，黑眼镜把他拽到梁湾面前："看看这小家伙还能不能救得活。"

梁湾翻开苏万的眼皮，又看了看他身上的呕吐物，说道："没有颅内伤的话，很可能是脑震荡……你在这里唱歌是干什么？"

"我以后有机会告诉你。"黑眼镜说道。

梁湾要给他做检查，被他阻止了，黑眼镜对她说道："我们要败了，黎簇要死了。"

"何以见得？"梁湾只好用肉眼去察看黑眼镜身上的各种伤口，心说，是你们要败了，不是我。不过看到病人就检查伤口，这已经成为她的职业习惯了。

"他离爆炸中心太近了，在这种狭小的空间里，这么大威力的爆炸，会伤到内脏。"黑眼镜深深地吸了一口气，"你应该比我懂。即使现在没死，也撑不了多久，这种事情是没有奇迹的。"

梁湾叹了口气，黑眼镜碎了一片的墨镜后面，眯成一条缝的眼睛里看不出有什么内疚。

把一个高中生拉到这种事情当中来，理所当然会是这样的结果，即使不是这种爆炸，也有其他千千万万的可能性。就算现在的小孩和以前的孩子相比，心境上差别很大，但是孩子毕竟只是孩子。

"保护一个人比伤害一个人要难多了。"黑眼镜看了看苏万的手表，"黎簇这个孩子的行为，和其他人都不一样，吴邪这次总算运气不差，可惜了，怪我没处理好。"

梁湾叹了口气，她不想指责什么，自己不是行家，就不要乱说话。她也坐下来，问道："为什么这个孩子那么重要？"

黑眼镜看了看这个房间："考古学有一个最大的核心准则，就是谁也不会认为自己看到的就是100%的实际情况，一切的线索指向的都是99.999999%的真实，所有的努力都是让小数点后面的9的数量加大，但是没有人妄想能到100%。而在千年以前的考古体系里，人们更多的是在50%这个数量级来证明和反证明。"

梁湾看着他，不知道他想要说什么，但是没有打断。

"一直到后来，我们发现了那种蛇。我们在当年的丝绸之路上的一些遗迹里，第一次发现了这种蛇的痕迹。这些蛇在当时是名贵的商品，从它的很多骨骼特征来看，这种蛇应该是生活在雨林里的热带蛇类，适合潮湿闷热的环境，但是蛇骨大量出现在丝绸之路上的古城遗迹里，说明当时它们正在被流通。"黑眼镜继续道，"这很奇怪，丝绸之路是一条死亡和财富交替的路，死亡代表着这条路十分危险，大范围的活物贸易不适合这条路。后来果然，通过年代学，我们发现丝绸之路的这种蛇类贸易在这条路形成后的前十几年，就消失了。

"至少考古的人是这么理解的，但是我们不这么看。这是区域性贸易，因为贸易线路的两头都没有这种蛇，蛇忽然出现在这条贸易线路上，说明产地就在丝绸之路上的某处。当时正好有个机会，我跟着一大帮子人去了那边考察，结果一团糟，后来有个前辈帮了我很多，我才活着出来，幸运的是，我带了一条蛇出来。

"这种蛇有一对眼睛，额头上还有可以张开的鳞片，里面是一片红黑纹路的很像瞳孔的逆鳞，很像第三只眼睛，挖掉了，蛇立即就会死。"

黑眼镜从蛇沼中带出来的蛇，没有第三只眼睛，脑袋上只有一个鸡冠一样的突起，这是饲育的品种，可能是通过杂交或者自然选择存活下来的亚种。野生的蛇是黑色的，非常凶猛。这种蛇的社会体系很像蚂蚁，无数的幼蛇没有生殖能力，有生殖能力的雄蛇和蛇后基本在巢穴内蛰伏不动。

"我把这条蛇带给了一个朋友，因为之前的那个前辈，说这条蛇带着一个口信。但是我的朋友并不是很能理解，他做任何事情都有些迟钝。"

黑眼镜叹了口气，继续说道："他同时也是一个顽固的人，相信口信肯定在这条蛇的身上。他想把蛇抛开来，结果被咬了。送到医院之后，他醒过来就变成了另外一个人。他接收到了信息。

"蛇的费洛蒙可以传递很具象的信息，他从那个时候开始，逐渐理解了这个道理。很多之前他百思不得其解的事情，也得到了解释。

"这在整个迷局里，是一个卡死的线索点，意义非常大，但是他无法理解自己是怎么做到的。"

黑眼镜最后说道："黎簇也有这个能力。"

梁湾内心嘀咕，犁鼻器这个器官还有很多东西未研究清楚，这种说法有根据，但是作为自己专业范畴内的东西，梁湾听到别人这么滔滔不绝，觉得有些可笑。

"到这种地方来的人，永远不可能知道，这里之前发生过什么。我们总是在猜测，越是复杂的情况，可能性就越多，但是黎簇可以告诉我们，这里真实发生过的事情。"黑眼镜道，"他可以还原本来面目。"

"你们为什么要知道这里发生了什么？或者说，吴老板为什么不自己来这里和这些蛇玩过家家呢？"

黑眼镜小声道:"那是因为这种蛇的费洛蒙是有副作用的。副作用是不可逆的,吴老板他,已经走得太远了。"

"什么副作用?"

"性格会发生变化。"黑眼镜道,"吸取这些费洛蒙,可能只需要几秒钟时间,但是它在你大脑里形成的效果,持续时间是很长很长的。他等于是把一段记忆、一段经历,整段拷贝到你的大脑里,这几秒钟之后,你的感觉可能是十年时间,也可能是一百年。"黑眼镜看着梁湾,"一个三十岁的人,突然变成了一百岁,你觉得他会有什么样的变化?"

梁湾有些惊讶:"那么长,可能吗?"

黑眼镜道:"他想要做的事情,恐怕不是以百年为基数的。我们不知道他后来做了什么。我后来见到他,觉得他好像已经活了好几千年。总之,他现在不能再接触这些东西了,他已经到极限了。

"黎簇是现在唯一的希望。可惜他要死了。"

梁湾叹了口气,她被这个男人的状态感染了,觉得有些悲凉。她有些明白他们在抗争什么了,也知道了背负的东西,虽然和她的目的没有关系,但是,看到这种男人痛苦,还是让人动容的。

"我能为你们做点什么?"梁湾问。

黑眼镜忽然转头,笑了笑:"我等你说这句话等很久了。你能不能把黎簇找回来?尽量让他再坚持三天,我可以教你从这里出去的方法。"

"你自己动不了了?"

黑眼镜笑了笑,伸了伸自己的手,梁湾看到,黑眼镜的皮肤里有东西在动,这些东西和纽扣一样大,就在皮下很浅的地方,密密麻麻的。

她吓得后退了一步。

"有些人不在,就会很艰难。"他垂下手,把自己的背包甩给梁湾,"这个交易很公平,你接不接受?"

第四十四章 • 获救

黎簇醒了。疼痛让他没有睡沉，喉咙的干涩和嘴角的咸味让他觉得呼吸困难。他用手摸了一把，发现全是血。

在睡梦中他又吐血了，他不知道这算是好事还是坏事，是不是这些血吐出来，体内就不会淤堵了？

他活动了一下手脚，那种因为剧痛而一点力气都使不上的感觉消失了，疼痛依旧，但他似乎咬牙可以坚持。

膝盖没有了任何感觉，只有在移动的时候，每挪动一寸，都会钻心地剧痛。他撕开自己的裤子看了看，腿肿得像萝卜一样，膝盖的部分伤口已凝成了骇人的血痂。皮肤是青黑色的，当然是在绿光下的缘故，从伤口淤青到了整条腿，感觉直接切掉都不会觉得可惜。

"我完了。再也没法踢前锋了。残运会不知道有没有足球项目。"他心说，抬头看了看垂下的绳子和植物根须，感觉爬到植物根须部分应该不会有事。

贝爷在纪录片里教过如何使用简单的器械缓慢地攀爬绳索,他现在倒是可以试验一下了。于是,他从背包里拿出挂钩和固定器,扯着绳子,大吼一声,往上拉去,想站起来。

身体纹丝不动。他整个人绷在那儿绷了很长时间后,一下子放松下来。

除了浑身的疼痛之外,连一丝屁股坠下的感觉都没有,也就是说,他根本没有提升任何距离。

他沮丧地仰面躺倒,心说,难道行不通吗?没有腿部的力量,自己就没法爬高了吗?他又坐起来,继续抬头,琢磨该怎么办。想了十几分钟,无解,他再次躺倒,又睡着了。

这一次他睡的时间更长,醒过来之后,他觉得脑袋都重了好多。胡子长了出来,指甲也变长了,他的身体在进行剧烈的新陈代谢,想修补创伤。他再次撑着坐起来,感觉好多了。

腿部依然没有任何好转,胸口很多地方有奇怪的感觉,呼吸非常局促,但是比起之前,还是感觉好了一些。他深呼吸了几分钟,觉得自己的脑袋也灵光了一点。

断腿散发出了奇怪的味道,似乎是要坏死了。他用手指戳了戳肿胀的淤青,还是能感觉到剧痛的,稍微放心了一些。

他再次尝试,用力拉绳子,用来做支撑。这一次,几下之后,他的屁股离地有了半米,他用没有受伤的腿支撑着身体,终于站了起来。

浑身在冒冷汗,他用绳子死死缠住自己的胳膊才没有倒下。他喘了好长一会儿才缓过来,感觉到再往上爬肯定是没戏了。

他靠在绳子上,发呆休息,很快又睡了过去。睡过去之前他曾经抵抗过这股奇怪的困意,但是他的身体实在太需要休息了。挂着他手臂的绳子慢慢松掉,他靠着绳子滑回石滩上。

当再一次醒过来时,黎簇发现自己怎么都动不了。他的身体完全麻痹了,他感觉不到自己的手和脚,只能感觉到从胸口传来的剧痛。呼吸好像被什么东西黏住了，扯不开胸脯。他用力呼吸，一下感觉到呼吸通畅了，同时黏稠的血从鼻子里喷了出来。

他的脖子也动不了，只能抬头望天，看着微弱绿光下的洞顶。他意识到自己乱动造成了严重的后果，而自己的身体，也绝不仅仅是断腿的问题。

想过自己是这么窝囊的死法吗？真是窝囊啊！黎簇开始流眼泪，一股莫名的悲哀涌上心头。

之前觉得自己死了也无所谓，人生不过就是这样，但是事到临头，他忽然觉得，什么父母感情、什么自己的价值、什么对于这个世界的怨恨，都是扯淡。

他想活着。但是他意识到，自己肯定是要死了。

黎簇看过一篇小说，虽然他不喜欢看小说，但是这个故事却让他晃了一眼之后就莫名其妙地着迷。那篇小说讲的是一个人掉进一口井里，从最开始到死亡的所有过程，包括心路历程。他用这篇小说来推导自己的死亡过程，他不知道自己最终是因为内伤导致内脏衰竭而死，还是因为饥饿或者感染而死，抑或是大小便失禁，死在自己的排泄物里。

黎簇哭了一会儿，又想沉沉地睡去。他想自己也许不会醒过来了，想到这儿他有些不甘心，努力挣扎着不要睡过去。忽然，他发现不对，他感觉自己的身体开始飘了起来。

"咦？老子终于翘辫子了？"黎簇惊了一下，感觉自己在缓缓地离开地面。

真的有灵魂存在吗？难道自己要上天堂了？黎簇简直是又惊又喜，想不到人死了之后竟然真的有意识，那自己早应该死了，而且自己是往上飘，灵魂出窍了。那是要上天堂啊妈妈咪，早说啊，早说他干吗在那儿迷茫高考这种破事。

啊，上天啊，你终于可怜了我一回了吗？我一定做个乖天使。他越飘越高，很快就到了植物根须缠绕的区域，一直往植物根须里飘去。

我就要穿过这些植物根须，就像幽灵一样，一层一层地飘上去，穿

第四十四章 获救

过那些沙子，然后来到地面，然后飘上空中，飘进云彩，飘出大气层，飘向传说中的天堂。黎簇闭上眼睛，接受了这一切，人世间的所有都和他没有关系了。

他吸着气，并未发现任何异样，一直到一根植物根须插进了他鼻孔里。他发现自己不是幽灵，因为他感觉到植物根须还是非常坚硬的。他被强行拖进了植物根须里，然后整个人失去了平衡，头开始朝下。

他立即意识到自己不是死了，也不是要飘向天堂，只是被人拽了起来。

他的身体没有感觉，但是他知道自己的身体一定是以一个非常糟糕的角度扭曲着，被慢慢地扯进了植物根须堆里。

是这些垂挂的植物根须在拖拽自己吗？这些植物根须和那些蛇柏一样，也能够动？

随即他意识到不对，因为他看到在植物根须里面有一只手，接着看到了三个男人，分布在植物根须的周围，看着他。

这是三个完全陌生的人。黎簇莫名其妙，为什么会在这么隐秘的地方，看到了陌生人？

一个人把他提了上来，过到肩膀上，接着，他们像猴子一样在这些植物根须上爬着，一路往上迅速爬去。黎簇的头挂在下面，鼻子又开始流血，他在半梦半醒的状态下，看到这些人的手指比常人长很多。

"妖怪。"黎簇心说，"也好，比起死在这种地方谁也不知道，被妖怪吃掉也算是比较好的归宿。"

一路往上，瞬间他们就爬到了洞穴的顶部，三个人猫腰从顶部植物根须垂下来的缝隙间，爬了上去。其中一个人打破一盏风灯，用刀割破自己的手对着半空洒去。黎簇听到了大量的细小的虫子退开的声音。接着黎簇也进了顶部的洞穴，这似乎是一口井，已经被植物根须撑满了。

第四十五章 ● 黑衣人

几个人在井中顺着植物根须一路往上，在缝隙中艰难地攀爬，爬了三十米左右，爬出了井口。

周围有大量虫子爬动的声音，虫子数量巨大，四周的磷光比下面更亮，黎簇看到了梦幻般的场景。

他看到了一棵巨大的树。

这棵树大到什么程度？放眼看去，整个视野里，几乎全部都是这棵树的树干，树干粗大到就如一片墙壁，从这一头连绵到另一头。无法用几人合抱、几十人合抱或者几百人合抱这样的话语来形容。

从树皮和树干上的各种沟壑分析来看，这棵树很像是榕树，树干应该是由无数的气生根合在一起形成的。

树干所在的地方是一座宏大的大殿，完全是人工用石头垒砌而成的，巨大的柱子和石块撑起了六十多米高。在一边的巨石上，还有一座

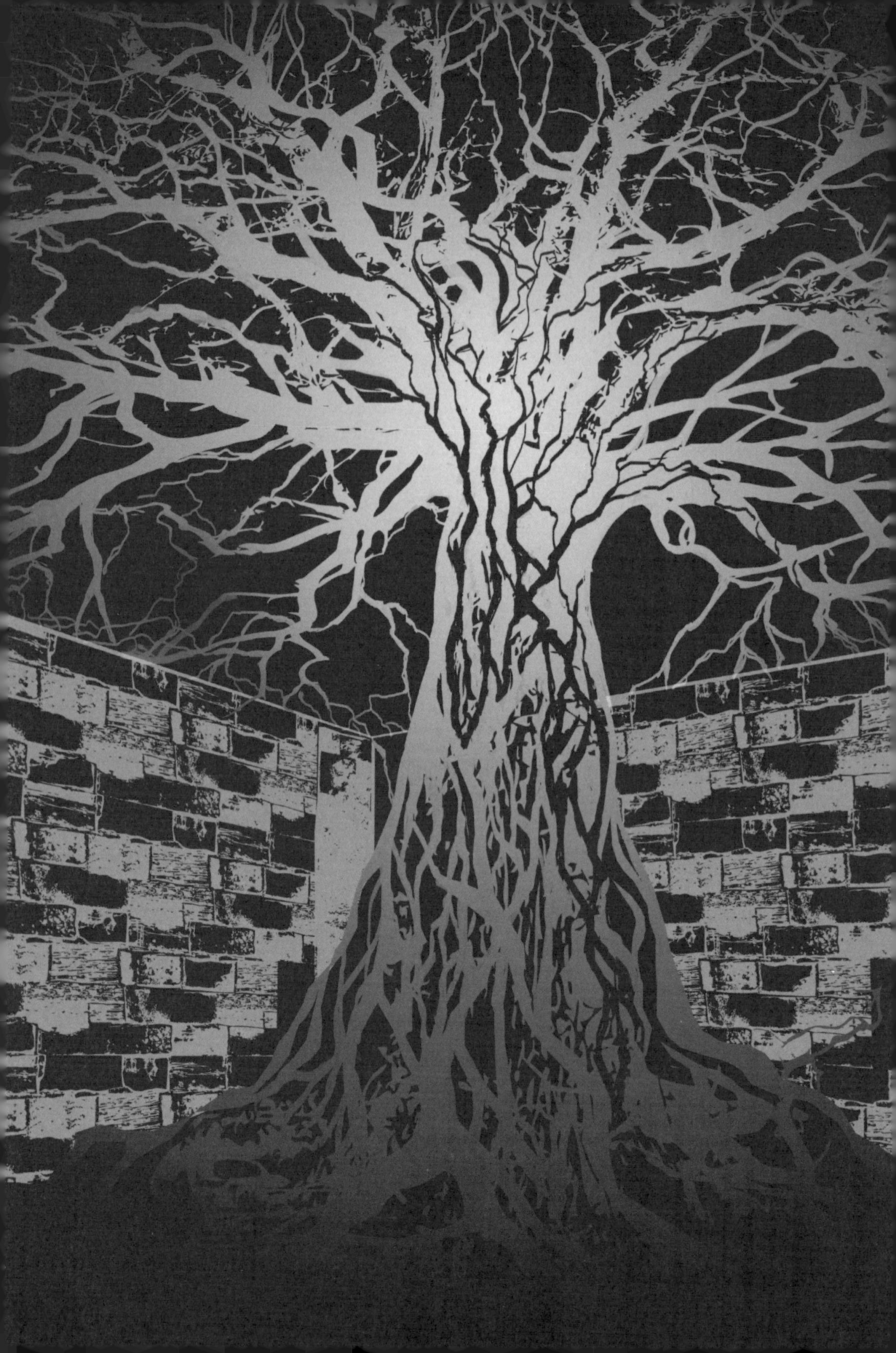

巨大的雕像，被无数的藤蔓缠绕。

无法形容这个空间的混乱，这里就像是热带雨林中最密集、植被最茂盛的一个小山谷，没有任何空隙，到处是大龙藤蔓和青苔，无数的树干和气生根塞满所有的空间，中间是犹如密网一样的藤蔓。

因为高度不够，这棵巨大的树在黏住了顶部之后，开始横向生长，三条巨大的分叉犹如巨型腐烂的手臂插入墙壁，看上去就好像一个躬身背着天顶的巨大怪物的残骸。

最离奇的是，黎簇看到了很多树叶，在这个黑暗的地方，这棵树的很多地方竟然还生长着浓密的树叶，但是树叶都是朝下张开。这里的磷光，也能让树进行光合作用吗？

黎簇在这个巨大的空间里，看到了更多的人。最起码有三十人，三三两两地分散在这棵树的枝丫上。

这些人都很年轻，穿着紧身的黑色冲锋衣，满身的装备。

这些黑衣人的身材几乎都是一样的，一样的身高，一样的身体线条比例，连发型都基本一样。没有人说话，这些人似乎都是哑巴。

黎簇被放倒在一根藤蔓上，有人检查他的身体，他们用非常轻微的、黎簇听不懂的语言交谈。

他浑身发麻，这让他多少有点欣喜，因为之前他感觉不到自己的身体。一个青年在他的脖子一边，小心地摸索、揉捏。他听到了自己颈部发出让人心惊胆战的骨头摩擦声。接着，一股酥麻的感觉在他身上乱窜。

他花了三个小时，逐渐重新感觉到了疼痛，他的意识模糊了很长一段时间，等他逐渐恢复过来时，他的膝盖已经被夹板固定住了。

"谢谢。"黎簇说道。这应该不是自己的幻觉，但是这个地方，怎么会有这么多人？

没有人理会他，这些人很安静地看着他，给他用一种液体擦拭被腐蚀的皮肤。他的感觉不是很敏锐，不是很痛，反而有一种皮肤紧绷的快感。

"你们是吴老板的敌人吗？"黎簇问道，心说吴老板想要干掉的就是这些人吗？这些人是大好人啊，简直就是默契干练的化身。

"如果你们是吴老板的敌人，我决定倒戈，你们带我回北京吧，我把一切都告诉你们。"黎簇道，"坚决打倒吴老板这个反动派。"

旁边有一个黑衣人提过来一个罐子，走到黎簇的身边，从罐子里提出一条红色的蛇。

"你知道我们想要干什么。"黑衣人说，"把你感觉到的东西告诉我们。"黑衣人不等黎簇说话，就把蛇按到他的脖子上。

黎簇觉得脖子一麻，蛇毒烧起伤口的感觉，立即从脖子的部分开始传遍全身。

"我感觉到……到痛。"黎簇呻吟道。心说果然坏人还是坏人，吴老板我错了。说完之后，他就觉得头昏脑涨，四周的一切模糊起来。

又要睡一会儿了。黎簇心说，睡吧睡吧，最好不要醒来了，让我直接去见上帝吧。

黎簇之前觉得自己有一种自我配合的能力，不管在多么让人焦虑的环境中，他都能抛开一切，进入深度睡眠，只要他想睡肯定睡得着。如今他意识到，并不是这样，自己只是单纯地嗜睡而已。但是他这辈子，从来没有困成像现在这样。

天旋地转的感觉袭来，脖子上伤口的疼痛蔓延到了全身。黎簇闭上眼睛，进行腹式呼吸，脑子逐渐放空，把一切和自己睡眠无关的东西全部都排挤出去，不要在眼前出现任何场景。

几分钟之后，他真的进入了深度睡眠。两边的黑衣人将他放下，看了看手表。

"四个小时之后如果他没死，把他救醒。"其中一个道。

"另外几个人呢？"

"在吴邪的真实目的还不明确之前，不宜轻举妄动。"

黎簇开始做梦。他睁开了眼睛。他看到了阳光，听到了溪水的声音。他坐了起来，看到自己在一个树林中的溪水塘边上，有很多人在这里休息。

　　他注意到一个中年人，闷声不响地坐在溪水的另一头，赤裸着上身。他似乎刚刚经历过激烈的运动，虽然没有喘气，但是浑身都是污垢。

　　中年人没有看到他，只是看着溪水，然后跳入溪水之中，开始擦洗全身。忽然天色暗了下来，中年人没有在意，依然站在溪水中，天空下起大雨。

　　雨越来越大，中年人静静地在雨里站着，没过五分钟，雨就停了下来。中年人甩了甩头发，就朝黎簇走来，他走到黎簇的面前，从地上拿起一个笼子。

　　笼子是空的，里面有诱饵。他把笼子重新丢进草丛里，又去看另外一个。

　　画面开始出现交叠，黎簇感觉到自己警惕起来，他在边上看到对方似乎看不见自己，但是他内心依然涌起了一阵警惕。

　　忽然他感觉自己所在的地方也被提了起来。他奇怪自己竟然也在笼子里。

　　中年人把装着他的笼子放到溪水边的一块石头上，他感觉自己的体积好像很小。

　　中年人往后退了几步，坐到了另一块石头上，抹了抹自己的脸，对黎簇说道："最后的留言，给吴邪。我只能通过这种方式将这个信息带出去。"

第四十六章 · 血清

　　黑眼镜在梁湾的平面图上，指出了一条路线。"我没有走到那么深过，但是按照我的经验，这条路线应该是比较安全的。"

　　"这种判断总要有一些根据的。"梁湾道。

　　"基于一些你在黑暗中不可能看到的痕迹。"黑眼镜道，"我看到的世界的细节，和你们看到的有很大不同。而且，这条路上，有四个像这样的房间，说明当时这条路线是人活动比较频繁的，也是唯一通往可以作休整的房间的路线，如果他们要采取一些封闭的保护性或者隔离性措施，也只会是在这条路上。"

　　梁湾点头默认，黑眼镜指了指核心区域："这个陵墓的外墙肯定已经被打开了，一路往下走应该会有各种绳索和楼梯，顺着楼梯走，不要另辟蹊径，也不要触碰任何东西。"

　　梁湾点头，黑眼镜继续道："跟着血迹走，他一定有严重的外伤。"说完，黑眼镜从自己的包里拿出一支喷雾剂，"这是石粉喷雾，这种植物非常讨厌这种石头。"

"你对这种奇怪的植物有多了解？"

"其实，我们遇到的不是植物，是一种复合体。"黑眼镜道，"不过不可能有机会将树干剖开看里面的东西，所以我不知道到底是什么。这东西自己无法消化猎物，只能和甲虫类昆虫共生，大部分时候，共生的甲虫都是致命的。"他从包里掏出一支试管，"这是一种血清，打开之后可以驱除甲虫，但是效果轻微，血清接触氧气之后，会很快氧化，要谨慎使用。"

梁湾看了看试管，里面的液体非常非常少。她看了看黑眼镜："你体内应该就有那种虫子吧。你自己不能使用血清吗？"

黑眼镜道："这只是血清，不够三个人的用量，我只能保证甲虫不会爬到我身上，无法保护其他人，甚至顾及不了我的全身。"

"但是你快死了。"梁湾道，"血清制剂，本身应该是内用的，可以用它来救你的命，这么重要的东西，你为什么只带了一支？"

"啊，原材料比较稀缺，采血的主体太少。"黑眼镜道，"我答应过别人要把这件事情做到，所以，这东西在你身上价值更大。"

梁湾叹了口气，一边整理背包，一边道："你不怕我拿了这些东西直接跑掉吗？"

"那也是人之常情。"黑眼镜靠到墙上，看了看自己的手，"你跑掉也是应该的。"

梁湾从苏万的背包里找到了一支空的注射器，从水壶里抽水，稍微清洗了一下，一下打开了那支试管，将水注射进去。

"已经是稀释状态了，注水只能使心理上好过一点，效果不会增加的。"黑眼镜道。

梁湾把里面的血清吸入注射器，压出空气，抓过黑眼镜的手，注射了进去。

第四十六章 血清

黑眼镜错愕了一下，血清已经注射完毕。梁湾的动作非常熟练，她把注射器收入背包里。"这东西苏万用过，你祈祷他不要有淋病梅毒艾滋病吧，不过就算是艾滋病发作也需要时间，总比你现在就死要好。"

黑眼镜看了看自己的手："这东西很珍贵的，没有这种血清，你很可能回不来。"

梁湾道："我首先是个医生，然后才是个迷茫自己命运和过去的女人。不像你们，从头到尾都是贼相。我知道自己最应该做的是什么。"说着，她背上背包，亮了亮手电，数了数荧光棒，就推门准备出去，"起效之后自己处理伤口吧，我去帮你们收拾残局。"

黑眼镜看着梁湾离开，无奈地笑了笑，自言自语道："没一个听话的。"

他站了起来，脱掉了自己的上衣，血清已经开始起作用了，皮下的虫子还没有钻入肌肉的，开始破皮而出。他拔出自己的黑刀，转动刀柄，一半的刀柄拔出，这是一把小刀，也是黑色的。然后他拿出打火机，给小刀消毒，但是体内四处传来的剧痛让他发起抖来。

他跌跌撞撞地走到苏万身边，把他提起来，想把他按进洗澡的池子里弄醒，却看到苏万正看着他，就骂道："兔崽子，醒了不说话。"

"你为什么骗那个女的？"苏万就道，"鸭梨明明不在那儿，我们看到他掉下去的，你把她骗得继续往里走，你不内疚吗？你们到底有什么目的？"

黑眼镜倒在地上，呵呵笑起来："你以为这儿，就我们这些人在折腾吗？"

苏万辛苦地爬起来："你什么意思？"

黑眼镜指了指他的手表："过了多长时间了？"

"一天多。"苏万道。

黑眼镜把小刀递给他："这里会越来越热闹的，现在还只是开始。过来，快帮我把那些虫子全部挖出来。"

苏万接过刀，看了看黑眼镜："怎么挖？"

"用手按住刀，摸到硬块就直接挖。"

"虫子这种东西，如果死在你体内，会被你的身体吸收的，不用管它，它们爬着爬着就死了。"苏万道。

"这种虫子绝对不会的，必须挖出来。"黑眼镜道，"给我点根烟，速度快点！"

第四十七章 • 神秘电话

梁湾在黑暗中按图上标示的路线前进，她觉得自己已经不是很害怕这个地方了，不知道为什么，也许是黑眼镜唱着歌忽然出现，让这个地方变成了一个荒诞的所在。

事到如今，很多无法理解的事情，她也不愿意去理解了，跟着知情人的想法走吧。如果自己能活下来，总能找到一个合理的解释。

背包很重，男人带的东西总是没有精细到这份儿上，她很快就觉得有些疲倦。

这里的管道非常干净，没有黑色的沥青，只有水泥，而水泥上什么都没有，没有标示、没有破损的坑洞，也没有裸露的电线。

以往这种地方，一定是阴森恐怖的，现在看来，这儿反而显得很有安全感。

此时，烧还没有退，梁湾头晕得更厉害了，只得找了一个角落蹲了

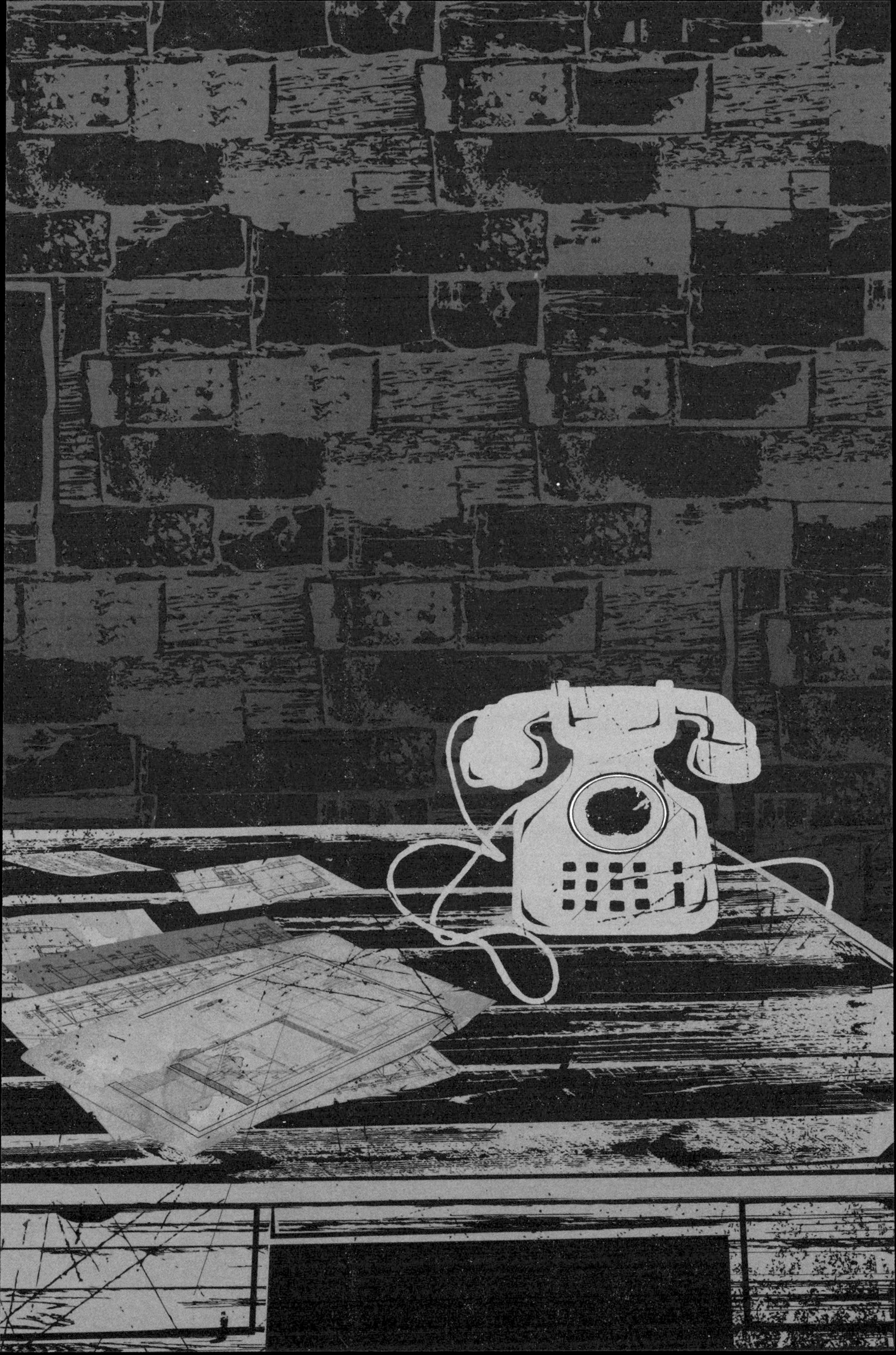

下来，深呼吸想让自己缓过来。

以前加班的时候，她有办法让自己在上班时间内感觉不到疲倦和发热，现在她已经做不到了，毕竟不是小姑娘了。

安静中，她忽然听到了一些奇怪的动静。她抬头，听到自己要去的方向，传来了一种熟悉的声音——竟然是电话铃声。

幻觉，她低下头，继续闭目养神。

电话铃声继续响着，在空洞的管道里，刺耳的电话铃声不停地反射，似乎是从四面八方炸响的。

梁湾的头很晕，有一度她处在能听到这个声音和不能听到这个声音的中间阶段，电话铃声有节奏地响着，但是似乎是在她大脑内部的某个角落，只要她关上门就可以不理会。

忽然一个瞬间，她惊醒了，就像开车晃神忽然回神一样。她忽然醒了过来，铃声一下变得无比真切。她呼了口气，努力站起来，往铃声的方向走去，发现铃声来自前方位于管道左壁的一道门内。

门和刚才自己洗澡的地方非常相似，应该是黑眼镜所说的，是相同用处的房间。铃声非常清晰地从里面传出来。

梁湾的手都有点发抖，不管这里发生什么，她都无法理解，但是她不在乎，唯独这种事情，她觉得实在是匪夷所思。

这里是沙漠下面的一个建筑群，这些建筑用途成谜，但是规模无比庞大，结构非常诡异。

所有的线索都指向，这个建筑群建于20世纪80年代，这里已经荒废了很长时间，虽然似乎很多人对这里有兴趣，但是不至于会在这里装一台电话这么离谱吧。

她推门之后，往后退了几步，用手电往里照去。里面漆黑一片，但是能看到有几张整齐排列的办公桌，上面堆着一些类似档案册的纸制品，覆盖着很厚的灰尘，地上散落着一些纸片和灰烬。

这个房间的底部也有一个水池，但水池里没有水，能看到有大量的木炭和纸灰——看来在这儿焚烧过大量的纸制品。

电话在第三张写字台上，仍旧有规律地响着。

所有的东西都覆盖着非常厚的灰尘，唯独这台电话上和电话四周的灰尘被擦掉，出现了一个干净的圆形。

有人来过这里，并布置了这些。梁湾的头疼了起来，她犹豫了几秒钟，上去就接起了电话。

第四十八章 • 命运

"最后的信息。"中年人对着黎簇，重复了一遍最后的话。中年人显得非常疲倦，强打精神坐在这里，眼神中，充斥着绝望和希望交织的光芒。

黎簇觉得在沙漠中的第一个晚上，大雨之前出现的吴邪，眼神也是这个样子的。

"首先，三叔希望你能原谅。"中年人沉默了一会儿，说道，"你所经历的一切，都是我的错。但我没法后悔。因为那是为了避免让你进入另外一种更加难过的境地。"中年人顿了顿，"你也无法苛责我，你如果能阅读到这些消息，证明我已经不在人世。

"我不能说，你出生在这个家庭，是不幸还是幸运的。如果你生在两千年之前，你所需要担心的问题只是食物和温暖的避居地，如果天下太平，那一切都是好的，你会相信神灵的存在，从而不恐惧死亡。你知道这是愚昧的，但是愚昧本身对于人类来说，未必是一件坏事，比起你现在对于自己身边的一切，都想寻找到答案的这种痛苦，当年让你浑浑噩噩地过一辈子，也是我们想过的选择。

"当然，如果是那样的选择，你的父亲也许最初就不会选择生下你。我们在最绝望的时候，想过如果在我们这一代，一起在盛年的时候死亡，那么那种如影随形的恐惧，至少不会再在我们的生命中出现了。当然，最终我们没有那么做，因为我们仍旧有着人最基本的弱点。

"在我给你的这段最后的消息里，我不会告诉你，你之前所经历的一切的真相，因为你终究会知道，不仅会知道自己所经历的一切的意义，也会经历我们所经历的一切。这是姓吴的宿命，也是我们家族三代人挣脱不了梦魇的原因。也是因为如此，无论如何洗白，能洗掉的只有世俗的压迫，我们洗不掉最终的结局。

"首先我要告诉你，我们所对抗的那种如影随形的恐怖是什么，那不是你之前所见到的任何一种可怕的怪物。那种东西很温和，但是无法抗拒，令人恐惧的是，同时它又无法改变。一般人，称这种力量为——命运。

"你能看到命运吗？你不能，但是你能感觉到它的存在吗？它无时无刻不在你的身边，命运是不可抗拒的，如无数偶然所聚成的巨大洪流，它几乎在你任何的决定中都会出现。

"之前，我们无所适从的时候，只是觉得我们的敌人非常隐蔽，但是他们的进攻还是进攻，防守还是防守。谁也没有思考过，也许这些本身并不重要，重要的是，我们所有基于对方进攻还是防守的应对因素，都在被另一种更加可怕的力量所控制。"

中年人说到这里，脸上露出了难以言明的表情，他抬头道："大侄子，我只问你一个问题，你曾经，有没有觉得，这一切的痛苦和失败，是因为上天不想帮你？在经历了那么多的事情之后，那种老天在和你作对的感觉，是不是尤为明显？"

黎簇皱起眉头，有点跟不上对方的节奏，他想让对方解释一下，但是对方并不理会他，继续说道："你没有理解错误，我的意思就是，我们的命运，是被人操纵的。"

黎簇心里骂了一句，这老头比吴邪还疯。

中年人继续道："很多非常非常细微的事情，我们甚至都不会察觉，但是对于我们决策的影响是致命的。"说着中年人从口袋里掏出一样东西，那是一瓶药，看上去是一种西药，"这是水沉淀消毒药片，放在水里可以将有一定毒性的水消毒变得可以饮用，我们马上就要进入到一个溶洞，这个溶洞里的水，必须经过这种药片的消毒，才可以饮用。也就是说，这一瓶药片的数量，决定了我们可以往这个溶洞里走多久，但是，我们购买这瓶药片的时候，有没有可能每瓶都去数，里面药片的数量是多少？

"普通人不会，我也不会，但是当我去数这瓶药片的时候，我发现，药片的数量要比瓶子上标示的多了四十片。按照一般的消耗量，我可以往这个洞穴内部多深入一个月的时间。而这个洞穴底部，按照记载，也确实需要那么长的时间才可能到达。你知道这意味着什么吗？这意味着，有人希望我可以到达这个洞穴的底部。从我买这瓶药开始，那个药店里就有人知道进入山洞需要多长时间。

"如果我走到这个山洞的中段就折返，我不会得到我想要的结果，但是也许我会活下来。如果我到达了洞穴的底部，我也许就会死在里面。我们往往觉得一切的选择在于自己。我从来没有想过，控制一切的竟是一瓶普通的药物的数量。换句比较晦涩的话说：也许上天并不想我到达底部，让我走到这个洞最深处的，是多给了我四十片药的人，这个人希望我毫无察觉而且认命地死亡。"

黎簇若有所思，中年人继续道："这还不是最可怕的，命运是在你不经意之间起作用的，这些细微的操控，都出现在常人难以察觉的细节上。

"这只是我的一个例子，证明为什么我们的家族一直走不出那个谜团。事实上，他们真实的手段，更加隐蔽，我们几乎是必败的，但是，长期的失败，终有一天会让你感觉到这种异样。这也是他们唯一疏忽的一点。"

黎簇心说，这老头确实疯了。

中年人顿了顿，又说道："放弃你的经验、你的知识、你的逻辑，我不会告诉你我的计划，因为当你顺应着这个计划走下去的时候，一切已经陷入对方的控制之中了，三叔做的一切，只有在你无法理解的前提下才有价值。"说完之后，中年人把手中的药瓶向黎簇甩过来，黎簇看到从自己待的笼子后面，竟然有一只手伸出来，一把接住了。

黎簇回头一看，是黑眼镜站在他身后。黑眼镜对中年人说道："没有这种药片，你们无法进入到洞穴里去，只能被困在这里，太危险了，你们会逐渐被消耗干净的。"

中年人道："这瓶药片不够我们所有人用，药品留在这里会引起人和人之间的猜忌，这是比那些蛇更加危险的因素，人永远比环境的危险更加可怕。这里我们还能坚持一段时间，也许在绝望的环境中，还能想出办法。你出去的路上，也许会用到这些药片，我和吴邪说的这些话，比所有人的性命更重要。"

"三爷，这里最可怕的人心，是你的吧。"黑眼镜道，"你和吴邪说的这些话，本身也没有多少价值。"

"我相信这个孩子，而且他这几年交了一些好朋友。"中年人道，"拜托了。"

黎簇应该是被提了起来，放进了一个封闭的容器里，他感觉到自己浑身潮湿，似乎是被灌入了水。到这一刹那，他才明白，他在用一种奇怪的，似乎是动物的视角看东西。

在容器中看不到任何东西，一片漆黑，他只能听到一些穿戴装备的声音:"这把刀我也带着吧。"

"你和这把刀还算是有缘分,你从土里带出来,卖给了我,最终却还是被你自己拿回去了。"

"我会还给他,客户服务很重要。"黑眼镜道。

这是最后的一句话,然后一切陷入了安静,不是寂静,因为黎簇还能听到四周的动静,那是黑眼镜身上的装备撞击的声音、水流声、鸟叫声。显然他迅速地离开了这个中年人,走入了丛林里。

第四十九章 • 真正的计划

黎簇浑浑噩噩,无法涌起好奇的念头,只觉得一切都是理所当然的,仔细地听着外面的一切动静。

他的注意力也无法分散到自己的处境上去,他能隐隐知道自己是在什么状况之下,但是任何担忧之类的情绪,都无法涌现,他只能把注意力投向四周。慢慢地,他开始理解吴邪的痛苦和折磨,能感觉到一种奇怪的时间感,一种外在的瞬间和内在的煎熬。

黑暗中,他感觉一切都在转瞬之间发生,但是时时刻刻,他又感觉自己在一天一天地经历。

黑眼镜在沙漠中行走的每一天,毫无变化的黑暗,偶尔倒入竹筒的水,他就好像一个因犯被禁闭在一个黑暗的牢笼里。没有任何人去理会他。他无法知道在黑暗中,自己被困了多长时间,再次见到光明的时候,他看到的是吴邪的面孔。

吴邪显然是在一种极度的悲痛之中，他似乎是不愿意面对。忽然吴邪抓起了竹筒，就往墙上甩去。

一团漆黑，一片混乱。

又隔了很长一段时间，这段时间，不仅没有任何声音，连周围环境里的一丝震动都没有。接着，四周亮了起来。

黎簇看到了一个房间，这个房间非常局促，有一种说不出的感觉。他还能听到流水的声音，似乎非常潮湿。

吴邪坐在一张床上，床上是已经发霉的被子，他就坐在吴邪的对面。吴邪的眼神已经变了，和之前那一瞬间看到的他，已经是两个人。蓬乱的头发，没有刮过的胡子。黎簇不知道刚才的黑暗实际持续了多久，但是这段时间，对于他来说应该有一番天翻地覆的变化。

四周有一些包装方便面和零食的袋子，很多酒瓶堆在地上，当然还有成堆的烟头。

"我已经不怕你了哦。"吴邪似乎在逗弄那只动物，"你一定已经开始害怕我了吧。"

黎簇想了想才确定吴邪确实不是在和自己说话。

"真的很神奇。"吴邪说道，"小哥的血的那种效果，原来来自你们。"说着他叼上一支烟，点上，靠到了后面的水泥上。

"老实点，别动了。我有重要的事情要你传达。"说着他的眼神的聚焦点发生了变化。聚焦点往上，他盯住了黎簇的眼睛。

"嗨，陌生人。"吴邪对着黎簇说道，"我还不知道你是谁，你现在一定非常憎恨我。但是我想说的是，你已经被我拉上了贼船，为了你自己，你只有耐心地听我说下去。"

黎簇看着吴邪，忽然有点意识到事情接下来会如何发展了。

"首先，你能够在这里看到这段信息，说明我处心积虑想引出来的那些人，已经出现了，你应该已经见过那些人了，不要小看他们在你面前出现，你可能是近半个世纪以来第一个见到这批人的普通人。"吴邪道，"你之所以能够看到我在这里和你说这些事情，还有一个原因是有人非常好奇这些信息，但是他们没有你我这样的天赋，所以只能依靠你我的力量。"

吴邪吐了口烟，看得出已经筋疲力尽，但是他的眼神是冰冷的："有你我这样天赋的人，其实不难找，但是，能够了解这条蛇的人，少之又少。他们会非常珍惜你的天赋。因为你将帮助他们，解析出很多已经断代遗失的信息，这本来是我的工作。可惜的是，这将是你噩梦的开始。

"你将成为他们中的一员，几个世纪以来，能够真正介入他们核心的外来人是不存在的。唯一有机会的人，是我。可惜，我家族里的人，都被假象迷惑了，导致我从出生开始就不被信任，失去了靠近的机会。等待我的命运非常可悲，只要有人能够替代我的存在，我便会被无情地抹杀掉。"

吴邪咳嗽了几声，显然烟已经伤害了他的呼吸系统，他缓了缓，继续道："但是，你将成为他们中的一员，你将会在不见天日的牢笼中度过你的下半生，终日和蛇类为伍。没有任何转机，没有人会知道你被关在哪里。没有任何人会知道你的结局是怎样。在你来这里看到我之前，你是完全清白的，没有沾染我的任何阴谋计划，他们会绝对信任你的干净。

"现在，你还有半个小时就会醒来，在你醒来之前，你有两个选择。第一个选择是，醒来之后，把你在这里获取的所有信息，全部告诉你身边的那些人，选择和他们合作，在黑牢中过一辈子；第二个选择是，耐心地听我讲一个计划，唯有这个计划，才能让你摆脱你身边的那些人，重新获取你下半生的自由。"

吴邪缓缓地、清晰地把一个计划，在黎簇的面前叙述出来。所有的语言和逻辑都非常清晰，他讲得很有耐心，和之前的叙述不同，显然对于这个计划，吴邪推演过无数次，也思考过如何叙述才会最有效率且最清晰。

黎簇耐心地听着，他什么都做不了，只能被动地听取这些信息。按照他的性格，他可能已经心生强烈的厌烦，扭头而去了。但是在如今的处境里，他只能被迫去理解和消化。

他一点一点地，知道了吴邪想要做什么。

即使是用最简单的语言、最有效率的叙述，当吴邪说到每一步的表面和真实的目的之间的关系时，黎簇还是会惊讶。当最后，所有看似毫无逻辑的事情，在吴邪的叙述下连成一条线之后，黎簇开始起鸡皮疙瘩。

他开始恐惧，恐惧这个把这一切都轻描淡写说出来的男人。在这个男人的嘴里，这一切好比一个游戏。

牵扯了那么多人，那么多毫无意义的牺牲，不计任何成本，这简直是疯子才会做出的计划。可所有的毫无意义的举动，竟然可以在最后时刻同时发挥作用。

他想到了命运，想到了那个中年人和自己说的命运。吴邪也在创造一种命运。他知晓了对方的方法，并且学会了如何使用。

他和吴邪对视，最后在沉默中缓缓归于一片黑暗。黎簇四周的压迫感缓缓地消失，他开始重新感觉到寒冷，感觉到膝盖的疼痛和身上的皮肤腐烂的撕裂感。

大脑中强迫性的思维惯性也在缓缓地消失，他开始能够思考一些问题，能够判断和感觉到疑惑。

他开始意识到，自己就要苏醒过来了。

吴邪的那个选择，清晰地出现在他的脑海里，他知道没有多少时间了，在眼前的黑暗退去之前，他必须作出选择——是帮助吴邪，还是向身边这些奇怪的人妥协。

黎簇没有过多犹豫，几乎是瞬间就作出了选择。

一路过来，吴邪没有做过任何伤害他的事情，这个嘴贱、阴郁又有点神经质的男人，他初期非常厌恶，但是，仔细想想，吴邪真的从来没有做过任何伤害他的事。而身边的这些人，见面第一件事情就是拿蛇咬他，连口水都没让他喝。

一方是有压迫感的、似乎训练有素的陌生人，另一方是一个疯子、怪胎。

不知道为什么，黎簇非常不喜欢前者，他的内心更加喜欢邋遢、陷入困境的吴邪。他觉得这个人和自己的人生是贴近的，能够感同身受那种绝望。

黎簇对自己的人生并不珍惜，不懂得什么叫作美好的人生，在他不多的童年记忆里，不知道从何时起，即使是阳光明媚的天气，对于他来说也是压抑和痛苦的。

他一直在思考自己的出路在哪里，什么使自己快乐，或者教会自己去快乐。

他在足球场上飞奔，在禁区外一记远射，这和苏万喜欢戏弄守门员不同，他的内心痛苦，没有出路，没有希望，不知道自己活着是为了什么，在生活中没有任何闲情雅致，也没有一丝优雅，只有达到目的的瞬间，才会有一丝愉悦。

普通的孩子还可以为了自己父母的期望骗自己去上学、考试，他连这基本的动力都没有。所以他对自己存在的意义绝望，犹如一个老年人。

说得直白一点，他痛恨自己的命运，但是从来不知道自己还可以反抗。

他喜欢吴邪的状态，那个计划让他毛骨悚然，但是他竟然期望可以成功。

当然也有理智。理智告诉他，吴邪这个人是可控的，不管他做任何出格的事情，吴邪都能看到他内心的单纯和煎熬。他是一个弱者，即使他的手腕强到让人匪夷所思，但是归根结底，他是一个弱者。而从他身边这些黑衣人的眼睛里，他看到的是漠然。

吴邪的计划里，他是一个重要的关键因素，而在这些黑衣人的眼里，他什么都不是。

最终让他作出选择的是自己的思维方式，他讨厌有序的东西，好比学校的课程，好比自己以往面对的一切指责。

选择作得非常快，他睁开了眼睛。疼痛迅速聚拢，大脑却越来越清醒。他没有意识到，这个选择其实不含有偶然的因素，在他和吴邪对话的同时，吴邪内心很多很多的东西，已经影响到他的内心。

他没有意识到自己的眼神有些奇怪，如果可以照镜子的话，他一定会觉得自己现在的状态是那么熟悉。

"告诉我，你知道了什么。"黑衣人的首领低头看向黎簇。

黎簇坐了起来，看向那个黑衣人，最后犹豫了一下，忽然笑了笑，说出了吴邪教他说的第一句话。

"有人给你们带了一个口信，"黎簇说道，"你们的时间不多了。"

第五十章 • 闪回一

火车晃动着通过了铁路桥，解雨臣看了看手机，把最后一条短信也发了出去，然后把手机丢出窗外，披上皮衣就靠到了桌子上。

隔壁出现了动静，显然对方在一瞬间就知道他做了什么。不过那动静不是惊慌，他的敌人一向处变不惊，现在肯定在冷静地安排变通的方案。

这也证明了他的推测，他的手机已经被控制和侵入了，所以那部手机已经没有用了。

双方的暗中博弈已经到了这种地步，他只能苦笑，看来双方都已经承认了对方的存在，只是不愿意正面冲突而已。

不过到此为止了，在所有的计划都华丽展开的时候，他这边的小小计谋，也是时候全盘启动了。

他想起了那天晚上，吴邪和他说的整个计划，整个反击的计划。

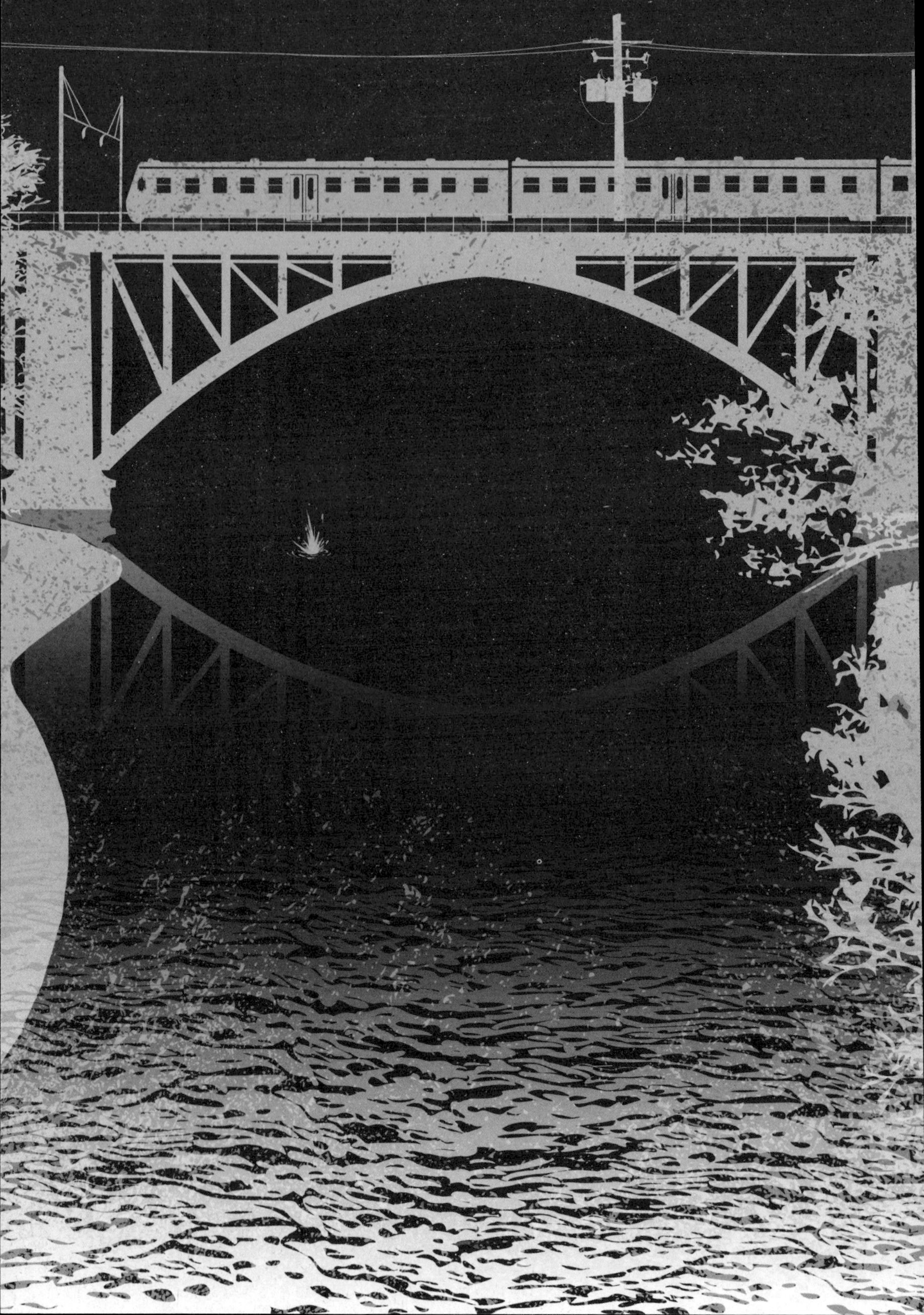

从墨脱回来之后的四个月里，吴邪就像消失了一样，解雨臣知道那是吴邪终于看到了敌人的身影。

一张巨大隐形的网，牵动着阴谋中的所有细节，但是无从追踪、无从分析，甚至无从证明它是否存在，直到真切地看到了敌人的影子。虽然只是一个影子，但对于陷于旋涡中的几代人来说，从0到1，从无到有，已经是巨大的进步。

解雨臣不知道吴邪会有何样的举动，四个月了，没有人能找到他。四个月后吴邪出现，骨瘦如柴，留着满脸的胡子，浑身发出油脂的臭味，但是眼睛如入魔一样泛着一种神经质的光芒。

他在解雨臣家里刮了胡子洗了澡，然后摊牌了自己的计划。

这是一个反击的计划，是一个报复的计划，解雨臣惊讶于吴邪的决心和勇气，或者说心中的怨念。

吴邪看到了敌人的影子之后，立即想到的，竟然是全面的反击。没有谈判，没有任何试探，吴邪告诉解雨臣的，是一个毫无余地的全面反击的计划。

最让解雨臣无法理解的是，这个计划无比决绝与狠毒。他都可以想象，吴邪是如何不吃不喝，一个人在黑暗的房间中不停地推演，不停地模拟，不停地思考，把这个计划设计得决绝、狠毒……

以前的吴邪内心慈悲、软弱，任何事情都害怕别人受伤害。然而，这个计划让他看到了吴邪的另一面。

多年来各种情绪的压迫和积累，对于吴家整个家族，对于他在乎的人，对于老九门的历史，所有沉重的东西在吴邪的心里凝聚成一个巨大浓烈的仇的斑点。如今这一面完全爆发了出来，吴邪要为包括自己在内的这三代人所受的所有控制和折磨复仇。

这是一个可怕的计划，代价太大了。

不过他没有阻止吴邪，因为吴邪没有选择的余地，他自己也没有选择的余地，他心中的斑点是否存在，他自己心里清楚。

从童年开始就有阴影——他保护了多少人，牺牲了多少人应该得到

第五十章 闪回一

235

的东西,做了多少半夜让自己心痛惊醒的噩梦。

他会支持这个计划,即使自己即将要做的事情,让他自己都害怕。

走道里开始出现人的脚步声,他知道开始了。

他刚才的短信,等于正面宣战。双方不会再遮遮掩掩了。这也标志着,解家正式站到了这些人的对立面。

在吴邪的计划中,解雨臣所有的力量,是否能牵制对方的精力,至关重要。

之前的遮遮掩掩,让对方觉得解家并没有清晰了解情况,解雨臣也许发现自己的家族被渗透、控制和监视,但是他和吴邪一样,只能在这张看不到的网里不停地摸索,连网的线索都无法触碰到。

解雨臣也许会不停地使用各种小伎俩,但是绝对不会发现,所有的根源在哪里。然而他们错了,解雨臣的袖子里滑出蝴蝶刀,刚才最后一条短信,发到了所有解家的"盘口"。

那是他死亡的假消息。四天内,解家"盘口"必定大乱。那些人在权力面前的劣根性会暴露无遗。

当年吴三省用过的招式,他毫无保留地再用了一次,但是这一次更致命。

不仅是解家,巨大的网络牵涉到这个利益链中的所有人,只要是吃这口饭的人,都会陷入旋涡中。

维持基本秩序的人,如果一个一个消失了,那么背后隐藏的力量,就算再不愿现身,也无法坐得那么稳了。

这只是第一步,慢慢来吧。

解雨臣走出包间,两个大学生模样的小伙子在走道里朝他走来,他转身朝另外一个方向快步离开。那两个小伙子也立即加快了速度。

进入了硬卧车厢,他看到走道里站着三个人,用同样的眼神看着他。

小伙子没有减速,解雨臣径直走向他们,蝴蝶刀在手里打了一个圈儿。

打得过吗？

他不知道，这是他从来没有遇到过的敌人，不是普通人，是真正凌驾于他们之上的，无论是智力还是身手。他盯着那些人的手指——奇长的手指。

他跳了起来，踩着一边空的硬座翻身想从硬座上沿的空间跃过封堵。但是对方的速度更快，他迎面看到了对方猫腰绕过他的蝴蝶刀，同时手指卡向他的锁骨。

车厢里惊叫起来，解雨臣瞬间被卡住了关节，反身被锁住。几乎是同时，他抖脱了自己的肩关节，以一个无法理解的角度反身肘击回去。

对方不得不脱手，解雨臣抽回脱臼的手，蝴蝶刀在手中打转变成反手刺了出去。果真如他所料，他的刀刺到之前，那个人已经移动了位置。

反应速度太快，不过解雨臣还是明显感觉到，这个人和张起灵并不在一个水平上。他和张起灵交过手，对方没有让他预测到动作。

即使如此，这个人最起码也有二十年的基础功底，他的反应速度让他可以根据形势来判断出招的方式，刚才从刀缝里插手进来是一种非常危险的动作，对方使用这种动作，显然是因为他的速度让对方觉得完全有机会中途变招。

而且对方还不止一个人。

他不能跑，如果他要跑，就不会选择火车车厢这样的密闭空间。他必须为之后的计划争取更多的东西，这种争取对他自己来说是残忍的。

解雨臣一招落空之后，退回到车厢的中间，两边的人也没有贸然逼近。火车的速度很快，两边的窗户都关着，显然他们很有信心，解雨臣已经无路可逃。

解雨臣争取的第一件事情是，把注意力完全引到自己的身上，给吴邪足够的设局时间。

没有人想过幕后的总操盘手是吴邪，熟悉他们的人都会觉得，在这

第五十章 闪回一

237

个时代，有能力暗布迷局的人，只有解家少爷一个了。

既然你们是这么理解的，那必须让你们重视起来，让你们知道，你们不提起十二分的精神，拿出所有的力量来防范我，即使是你们这样的势力，也是完全不够看的。解雨臣把自己脱臼的关节接回去，看着两边逼近的人，忽然笑了笑。

他笑得有些绝望，至少其中一个人是这么理解的，苦涩或者绝望，不可能有其他的意义了。

就在这个时候，轰隆一声呼啸，火车冲入一个山洞，四周一下一片漆黑。三秒后火车从另一头冲了出来，车厢中间的解雨臣已经不见了踪迹。

几个人脸上都露出了少许惊讶，他们往四周看了看，有几个人低头去看座位底下，有几个人去看窗户有没有被打开过。

座位上的人能逃散的都已经逃散了，剩下没办法逃散的也被他们从桌子底下揪出来检查了一遍。

几个人这才真正露出意外的表情。

其中一个拿起了手机开始拨打，这些人迅速散开往两边车厢转移。就好像刚才的打斗从来没有发生过一样。

车厢里的其他人面面相觑，所有人都看到了这一幕，他们也开始自己在车厢里寻找起来。

这个人去哪里了？他们也没有发现，解雨臣以一种无法理解的方式，从这个世界上消失了。

解雨臣自己出马，这么突兀地出现在车厢里，只身一人来做这些事情。所有的一切，都是有理由的。因为想要在这车厢之中消失，只有解雨臣一个人做得到。

他故意没有逃走，故意在火车上和这些人正面冲突，故意让自己陷入前后夹击的困境，就是为了这三秒的黑暗。

挑衅，不知道是否能激怒对方，但是至少这种意味已经传达出去了。

三天后。

解雨臣睁开眼睛，坐了起来。

车厢在晃动，这是一辆运煤的车，煤堆堆在边上，他睡在两堆煤渣之间的车厢底部，浑身是污煤的颜色。好在有先见之明，他穿了皮衣，比较好打理。

车厢的晃动正在缓缓减弱，火车应该是进站了。

到哪里了呢？他选择的火车有十六趟，目的地全都不一样，停靠站加上换乘站，加起来一共有四千多个，如果他多次换乘，几乎全国的火车站他都有可能出现。

对方可以知道他离开那条铁轨的唯一方式就是上了另外一趟火车，那条铁轨附近的乡村在24个小时内会越来越危险，进入有人的地方也容易留下蛛丝马迹。

对方一定会预判换乘的，这是基本的思路，但是他没有换乘。他相信自己即使被发现也有办法逃脱。

火车停了下来，他拉开车厢的门，一股冷冽的空气涌了进来，很冷。他裹紧皮衣，跳下火车，看到了两边的针叶林，心说都已经到东北一带了。

四顾无人，这是一个小货运站，有人在前面卸煤。他从月台一路出去，吐着白气来到站台的小卖部，买了一包烟，然后坐着三轮车去了镇上，找了一个手机经销点，买了部手机。

在买羽绒服的同时，他设定了一个定时发送短信的App，把手机放到了厕所的气窗上。

回到车站，他买了一张火车票，又开始了另一段旅程。

七个小时之后，发送定时短信的App启动，一条短信自动发出。

第五十章 闪回一

第五十一章 · 闪回二

北京的霍秀秀已经在凳子上坐了两天一夜,她一动不动,看不出任何情绪。

巨大的四合院,冷冷清清,外带着外面喧嚣的北京城,喧嚣之中也透着寒意,透着血的味道。所有的脉动似乎都接着地气汇聚到了这个院子里、这个房间内、这个女人面前的那部手机上。

当年她走进这个院子的时候,解雨臣正在踢毽子,新买的四合院还没有整修完毕。之前总听奶奶说,这个哥哥不容易,很不容易。这个哥哥在阳光下踢着毽子,长头发比她的还飘逸,看上去很开心、很专注。是如何不容易法呢?

那个小小的哥哥,当时面对的不容易,是这个院子,还是外面的北京城?抑或是北京城外的整个大地?

霍秀秀在长大的过程中,一点一点地理解,一点一点地看到,然而，直到三天前的那一刻，她才真正理解，这个哥哥的不容易在哪里。

那条短信在天空中反射、传播，在中国所有城市的某个人手机上炸响之后，她所处的这个四合院，几乎是在一夜之间，变成了一个怪物。这个怪物不停地延伸，吞噬着周围的一切，最后笼罩了整个大地。

在这个怪物面前的，就只有她自己了。

原来你之前面对的，是这样一个东西。霍秀秀的手在发抖，她能真正感觉到，解雨臣单薄的身体，在这个院子里和永远离开之后，这个世界分量的差别。

这么多年了，他一个人，背靠着时刻会吞噬掉他们的庞然大物，谈笑风生地在这里喝茶、插花、练戏、画画。她可以挽着他的胳膊，做各种任性的事情，那么多年。

"谢谢。"秀秀之前哭的时候，说了好久好久，不知道是因为心疼，还是因为恐惧。

桌子上的手机闪了一下，一条短信发了过来，秀秀没有看那部手机，心里松了口气，同时也紧张了起来。

她站起来，走了出去，院子里的花坛上蹲着一个胖子、一个穿着蓝色藏袍的人，看到她走出来，站了起来。

"就只有我们几个了？"秀秀苦涩地笑笑。

胖子掂量了一下背包："怎么，看不起胖爷我？"秀秀看了看蓝袍人，那人行了一个藏族礼。

"走吧。"秀秀推开了四合院的门，门外熙熙攘攘，站着各色人等，就像当年吴邪见识到的长沙。

看到秀秀出来，那些人都停止了闲聊，看着他们。秀秀往前走了几步，这些人把秀秀要离开的道路挡住了。人群中，有一个人说道："这个女的是我的妹妹，不要伤她，其他人可以随便处置。"

胖子甩下背包，从里面扯出两大根雷管，像鞭炮一样往自己身上一披，"啪"地点上一支烟。"不好意思，狗血桥段，我港台片看多了，所以小朋友不应该多看港台片。"

"不用怕，他不敢引爆的。"人群里的人说。

没有一个人有动作，人群里的人又喊了一声，就有人回喊道："这个人是王胖子，王胖子什么事情都做得出来。"

"过誉过誉。"胖子乐呵道，"来来来，你这么说了，我都不好意思不引爆了。给你个面子。"说着便点上一根雷管就往人群里一扔。

所有人立即扑倒，雷管爆炸，扑倒了一片。

人爬起来，就看到烟雾中胖子和蓝袍人挡在了秀秀面前，身上已经全是炸伤，但是他们在爆炸的时候硬是没有任何的躲避动作，就像墙一样挡在秀秀面前。

"真给力，装酷装傻了。"胖子吐出一口血，似乎有点恶心，对蓝袍人说道，"经验不足，不好意思。"

蓝袍人比胖子好些，抹掉脸上的血，说了一句藏语。显然不是什么好话，四周的人站起来，胖子再次点起一根雷管，抛了过去，这一次他抛得远了一些。

够了，爆炸过后，再次站起来的人四散而逃。

三个人没有任何动作，胖子和秀秀只是在人群中盯着那些四散而逃的人的手。

"那儿呢！"胖子眼尖，立即就看到了一个年轻人，动作比其他人都稳，虽然他也似乎在跑，但是节奏和其他人完全不同。

瞬间蓝袍人就如离弦之箭一样朝那个年轻人冲了过去，一把藏刀从袖子里飞了出来。

年轻人猝不及防，但是反应极其快，藏刀压过来的瞬间，横飞了出去，年轻人单手撑地翻了起来。但是蓝袍人的速度比他还快，年轻人刚站稳，蓝袍人已经到了他的身后，闪电一样的藏刀砸在他的后脑勺。

年轻人闷哼一声，竟然没有任何事情，而是转头后甩，用后脑勺去撞蓝袍人的头。

蓝袍人大喝一声，额头迎上，"啪"一声巨响，胖子从来没有听过两个人撞头可以撞得那么响，普通人的脑浆都得从鼻孔里撞出来。

两个人都弹开，蓝袍人退后了两步站住，年轻人直接摔倒在地。

蓝袍人走过去，看了看他奇长的手指，反手一刀，毫不犹豫地把两根手指切了下来，然后抖干净，放进自己腰间的皮囊里。

胖子过去，也有点不忍看，但是蓝袍人动作太快，他也阻止不了。他蹲下来，看了看这个昏迷的年轻人，对蓝袍人竖了竖大拇指。

真是一物降一物。

这个汉子是世界上唯一可以和小哥打成平手的人，也是吴邪的整个局里，最强的发力点。

就好像牧羊人开始被羊猎杀一样，就算是再小的方面，也足够让牧羊人疑惑的了。

当然这不是最终目的，胖子扛起那个年轻人，三个人匆匆隐入夜色之中。

围在这个四合院外的所有人的目的，是解家的那枚印章，有了这枚唯一的印章，就可以从世界各地的银行中，提出解家储备的古董。

解雨臣的经营理念和经营翡翠的理念很像，现金是不重要的，在古玩拍卖日益火爆的今天，控制源头的数量和控制拍卖行，囤积精品才是经营的核心。

和那些土包子不一样，解雨臣是藏宝于民这个概念的开创者，他把这些国宝散布于民间。北京第一个藏宝俱乐部使用基金形式管理，也是解雨臣创立的。

当年的一个小孩子，能够撬动巨大的商业帝国，控制这些穷凶极恶的人，是因为他用信仰几乎垄断了所有的巨额交易。

霍秀秀明白这一套理论，这个特制的印章，和那些银行的数据库体系对应，无法复制，全世界只有这一枚。现在就挂在霍秀秀的脖子上。

在他们走向胖子的POLO车的路上，霍秀秀把这枚印章扯了下来，丢进了路边的下水道。

随着水流的冲刷，印章被冲入下水道的深处，三个月后，印章被冲入大海。估值天文数字的财富会变成死账，永远封死在银行里。

但是所有人都不知道，他们仍将把这三个人当成握有这些财富的钥匙。

不久之前，解雨臣坐在她面前，和她说道："要把水搅浑，需要把最大的价值，交给一个绝对的弱者，然后再把他丢进豺狼虎豹的丛林里。那个时候，你必然会看到所有人的真面目。"

当年如来佛祖就是这么教导唐僧的，当然，齐天大圣总是要有的。

胖子发动了车子，POLO车内空间太小了，几个人挤得很局促："知道我们要绑票，不能开辆宽敞点的车来吗？"

"胖爷我最近经济不景气。"胖子说道，发动了汽车，有点生疏地踩了油门，"只剩2分了，帮我看着点红灯。"

第一个来投靠的是猪八戒。霍秀秀叹了口气。

小车开出胡同，上了大街，直奔顺义而去。刚开到第一个岔路口，一辆公共汽车呼啸而来，胖子狂打方向盘，擦着边把公共汽车让了过去，然后猛踩油门，小POLO瞬间加速，再连闯三个红灯，在闪光灯的欢送下开始在逆向车道狂奔。

霍秀秀被甩来甩去，撞了三次头，大叫："你干什么？"

胖子道："这一招他们用过，老子早有防备。这车的发动机改装过。"

从逆向车道找了一个口子又转回到正向车道，后面已经有车追了上来。

"北京拍不了飞车戏。"胖子朝窗口大骂，前面是红灯，他猛踩刹车，追的车直接冲了上来，停到了他车的边上，胖子拿起一根雷管，点上就丢进对方车窗里。

瞬间，车的四扇门打开，车里的人全跑了出来。

胖子油门一踩，挤压前面两辆车就冲了红灯而去。霍秀秀大叫："你会伤到其他人的。"

"放心，就之前丢的两个是真的，剩下的全是假的了，我哪儿去搞那么多雷管，这儿是北京城。"胖子急转，在北京一个红灯的差距可能就是看得见和看不见的差别了。POLO直上了机场高速，飙过三环由四环又直上京承。由后沙峪下到火沙路之后，他们开进了一条小路，来到了一处别墅区，在一幢别墅门前停了下来。

把那个年轻人扛下车，胖子踹门进别墅，秀秀就问："这是你家？"

"我哥们儿家。"

"你就是这么对待你哥们儿家门的？"

"他们去旅游了。没事，这家伙有钱。"胖子踹开客厅的门，把年轻人甩在一张椅子上，转身打开茶几上的酒，自己灌了两口，喷到那年轻人脸上。

"别装了，这是伏特加。"胖子点上烟，把剩下的酒在茶几上画了一条线，用火柴一点，烧了起来，"不睁眼我就点你身上了，我做得出来。"

年轻人睁开了眼睛，胖子问道："名字叫什么？"

"陈亥声。"年轻人冷冷道。

"我的意思是族名。"胖子道。

年轻人看着他，沉默了一会儿："汪灿。"北京口音，听着挺轻松的。

胖子点头："按照族规，你什么都不能说，也不会有人来救你。如果有可能，他们希望你最快死掉，对不对？"

年轻人笑了笑，似乎不以为意。

"但是族规里还有一条，那就是遇到某种人，你必须无条件服从，对不对？"胖子说道。

年轻人的笑容凝固了，说道："你到底是什么人？"

胖子退下，蓝袍人走到年轻人面前，脱掉了裹在手上的绷带。他的手背上文着一只凤凰，尾翼上扬，一直文入了袖子里。

胖子在身后道："我们需要你去做件事情，你必须照办，否则你知道后果。"

别墅的地下室里，藏族男人洗完澡，胖子从游泳池上来，和他一起在更衣室刮胡子。

藏族男人刮完胡子，用一种特制的紫色膏药，揉着自己手上文身四周的皮肤。能看到他手上文身的皮肤，和他手上其他地方的皮肤，是截然不同的颜色，一圈伤疤在文身的四周，显然这个男人想把伤疤磨掉。

胖子说了几句蹩脚的藏语，藏族男人用口音有些怪的汉语说道："勉强不用讲，讲也听不懂。"

胖子自嘲地笑笑："怎么能长得那么好，虽然不是你的皮。"

"祖先的智慧。"藏族男人一边说，一边翻开他的口袋，把里面的两根手指拿出来，和自己的手指对比了一下，露出了失望的神情，开始在水中清洗手指，洗完之后，拿出一个盒子，把两根手指放进去。可以看到盒子里面已经像摆雪茄一样摆着十几根这样的手指，手指都已经缩水变干了。新放进去的两根，他撒上了点棕色的粉末，然后合上盒子。

胖子看着也有点慌："你只对长手指有兴趣，对粗手指没兴趣吧。"

藏族男人握住胖子的手看了看："切了它，我的刀会哭泣。"

"想不到你的刀也有柔情的一面。"胖子道。

"不，我的刀爱干净。"藏族男人穿上衣服，把长发扎了个辫子，就离开了。

胖子耸耸肩，回到楼上，秀秀已经把房间收拾好了，看上去从来没有人来过一样，胖子说道："哎，你不用这么讲究。"

"基本的礼貌。"秀秀说道。

胖子一脚踹掉秀秀刚整理好的沙发，秀秀怒道："你干什么？"

胖子用刀割掉沙发坐垫下的皮，从里面掏出了几把长枪，拉出枪栓开始往里面装填子弹，"咱们要在这儿打一场硬仗，我觉得整理是没什么用的，重新装修才行。"

他说着把枪甩给秀秀："来，胖叔叔教你打枪枪。"

第五十二章

闪回三

"你真的愿意承受吗?"

"我没有选择。"

"你有选择,你只是看不到而已。"

"那即是没有选择。"

长叹一声。

"那你会告诉他这一切吗?"

"不会。"

"那你会告诉他什么呢?"

"我会告诉他,他只是一个病人,从现在开始,他可以休息了。"

"他们不会让你说出这些话的。"

"我不允许他们不让。"

吴邪睁开眼睛,汽车还在高速公路上开着,他摇了摇头,刚才睡得太浅了，头有一些痛。

脑子里的张海客还在不停地说话，烦死了。

你不就在害怕吗？害怕规律被打破之后无穷无尽的变化，关我什么事。这个世界上最初没有你们，你们不是必须存在的东西，对于我来说，还不如我的头发让我自己心疼。

他摸了摸头。老子的秀发啊，这个年纪，剃了还不知道能不能长出来。他想起了楚哥，叹了口气，自己绝对不能变成那样。

他闭上眼睛，慢慢地，又开始沉睡。他听到了胖子的声音。"没有人希望你变成这样，很多事情又不是回不去了，你怕什么？"

"然后呢？"

"然后？"

"我就这样待在这里，王盟看着天花板，我看着门口？四周的一切都在变化，而我对着这些变化傻笑。不知道什么时候，命运再给我来一次突袭。"吴邪在胖子面前把烟掐掉，"而那个时候，你们早就一个一个离开我了，留我自己傻呵呵地面对那些拳头。"

胖子叹了口气："你这样想也对。"

他又一次被惊醒，发现是电话响了。揉了揉眉心，他看了看屏幕。

是罚款通知，扣了18分，胖子是怎么开车的？

不过这也证明那边状况已经很激烈了，胖子套牌车的车牌信息关联这部手机，车牌主人的名字和手机都和他完全没有关系。当时约定，如果成功进行了第一步，胖子会闯个红灯来告知。

看来胖子是非常成功了，连闯了三个红灯。

到现在为止，一切还顺利，那是因为自己的迷雾弹和突袭的速度非常快，令对方猝不及防。

对方的反击很快会到来的，决绝的，瞬间抹掉一切，是会让一切恢复正轨的反击。

拜托了，他想着黎簇的样子，老天总要站在自己这边一次吧。

第五十三章 • 闪回四

川藏线，汽车刚刚开进休息站加水。

吴邪已经脱掉了外衣，沐浴在藏区高穿透率的阳光之下。

他还需要再黑一些。

王盟在边上不停地打着电话，脸色有点变化。他转过头，对吴邪说："那女人不理我。"

"你以为自己是这个局面的掌控者，在你的语气里，你不自觉地透露出了优越感。"吴邪说道，"漂亮的女人，对这种优越感是很敏感的，因为在她们的成长过程中，很熟悉这种感觉。"

"老板，你说这种话，说服力不够啊，你都没有女朋友。"王盟道，"现在怎么办？"

吴邪没说话，只是看着山下壮丽的景色，一路爬坡，不知不觉已经到了这么高的山脊。人也是一样，不知不觉，已经到了连自己都害怕的处境里。

从当时蓝庭递给他那一叠照片，他翻动照片的过程中，将几张关键的照片混在其中开始，一路走到现在，一张荒诞的罗网，一个看似幼稚，每一步都被人轻视的计划，每一百步愚蠢的手法中隐藏的一步正途，已经积累到让对手终于开始恐惧了吧。

可惜，很多事情就如同人的血液一样，一根血管的堵塞，对于复杂到任何途径都有曲折连通的系统，却是微不足道的。

"还有二十四小时收网。"吴邪看了看手表道，"我们到达墨脱的时候，第一阶段就结束了。"

在很多漫漫如刀割一样的长夜里，吴邪绝望地望着窗外，孤冷的房间里不管是窗外的月光还是雨声，都不能给他任何希望。

他觉得他的人生就是环形的城墙，自己被困在城墙之内，愤怒地敲击着城墙的内壁。自己的愤怒在于，他要看到城墙之外的一切，却被它拦在了真相之外。而城墙之外，就是清晰的事实真相。

于是他努力地爬了出去，当他仇恨着爬上城墙、探出头，一刹那，他终于看到了这个世界的真实面目。最可怕的不是自己看到的任何东西，不是外沿一圈又一圈的城墙，不是继续的封闭，也不是地狱一样的熔炉，而是什么都没有，没有自己渴求的真相，而是毫无意义的一片灰雾，带着无穷而无法推导的可能性。

或许人不应该去问自己不想知道的事情。

他绝望地恐惧着，自己正在对抗的一切，无法探究，庞大而无形。就如前沿科学里的物理学家所看到的宇宙，了解到"了解本身的不可能"。这犹如在大海中寻找一个特定的水分子。

人只有一辈子的时间。

他需要神明，在绝望冲击之后，他往往会需要神明。他需要一个救世主，需要独立于整个世界之外的神力来告诉他一个答案，一个坚实有力的确定的答案。

所有的一切，都源于这个想法，他在冥想中期望这个神明出现，而理智又让他绝望地醒悟，明白这一切是不可能的。

这团迷雾，就是这个巨大的神明，它既然隐藏在这片迷雾之中无处不在，自然不会将其消除，只为了一个小老板的好奇心。

但是想到这一点的时候，吴邪忽然意识到了一种可怕的方法，这种方法，也许是唯一一种可以让迷雾散去的方法。

对于自己的奴役者，这团迷雾永远是无所不在的，他们攫取供品，平衡一切，这个世界是这种关系存在的基础。在经济学上，他们希望一切都是平衡和缺少变化的。

只有当世界趋于不可控的情况下，隐藏的控制力才会真正干预到这个世界之中。

所以，神话故事中，所有的恶魔从来不会直接攻击神的国度，它们会首先毁灭人间，利用战争、瘟疫、屠杀、洪水。

他现在面临的就是同样的局面，这片控制着一切的迷雾，干预着太多太多的东西。

对于这团迷雾来说，他们已经许久没有对手了，对手，也找不到他们的所在。

如果找不到牧羊人，就只好攻击他们的羊。谁是他们的羊？

我们就是他们的羊。吴邪忽然冷笑起来，不由自主地哼起了《喜羊羊与灰太狼》的主题歌。

吴邪计划的第一步是，他要自己创造出一个恶魔，让它来攻击自己。

他们知道自己的弱点，所以这个恶魔，一定会大获全胜。没有任何一个人会比自己毁掉自己更有效率。

恶魔会布下致命的陷阱，这些羊会抵抗，用尽一切办法和这个恶魔抵抗，但是终将陷入万劫不复的地步，被引入这个陷阱。

可惜，恶魔的陷阱对于迷雾中的注视者来说，还是幼稚而可笑的。他们可以轻而易举地摧毁这个陷阱。

他们会摧毁吗？不会，他们的目的是那个恶魔，这一切的毁灭，都没有关系。他们要毁掉的，是那个恶魔。

重建一个世界太容易，这些羊的生命对于他们来说只是一些利益的重新分配而已。

让恶魔夺去这个世界，只要恶魔在这个世界上现身，有关恶魔的一切会瞬间被调查清楚，恶魔会瞬间被抹掉。

迷雾中的杀手会潜伏在陷阱之内，等待羊群走入恶魔的圈套，等待恶魔来收获战利品。

可是恶魔同样不会出现。因为恶魔根本不存在。

在对方的眼皮底下，一些荒诞而毫无效率的计谋、更多的细枝末节、更多的突发事件是第一层，足够让对方迷惑、让对方思考和应对。

当然，这不是吴邪的目的。

整个计划在缓缓地蔓延和完善，一环扣一环，吴邪忽然意识到，自己看到敌人的身影时，看似毫无反击能力，事实上，让很多事情已经发生了变化。

之前他的祖先和长辈作过很多次的努力，他们的传奇性、残忍和做事的魄力远超自己，但他们所有的战果，却只是看到了对方的真实状态。

两代人只看到了一个影子，自己无论从任何方面，都无法企及，可是，这一代人有自己的优点。

这一代人没有那么多的牵挂和禁忌。

那么，如何才能创造一个足以迷惑所有人的恶魔呢？

真正的布局者，永远不可能有同谋。

那一晚，他开始了整个布局的第一步，彻夜未眠。夜西湖冷清、寒气逼人，他看着堤对面的宝石山，冷静下来。

他时而否定自己，时而又希望逼迫自己做下去，如今他已经站在藏区某条盘山公路的山脊上。否定和退缩已经完全不可能，而他的计划，也早已复杂得就算自己也需要用十分钟来思考整理。

短短的时间，为何自己心里已经变得连一丝波动都没有了？果然，如果内心的东西太多，这个世界就逐渐变得和自己没有关系了。

王盟还在担心梁湾的事情。

吴邪朝向他行礼的藏族人点头，然后招呼王盟上车。

世界上最稳妥的方法，是一个人不管选择A还是选择B，结果都是对自己有利的。

不定项选择题是最难的。

"你还是决定自己一个人进去吗？"王盟发动汽车之后问道。

吴邪点头。

"可是路不是断了吗？"王盟道，"我们出来的时候，那个地方已经不成样子了。"

"我面前只是一段不好走的路而已，你知道其他人面临的都是什么样的局面吗？"吴邪道，"这种困难，提出来都是轻视解决这种困难的决心。"

吴邪心中沉寂下来的恨意忽然又涌了起来，脑子里有大量情景闪过，他不得不深吸了一口气，把目光投向窗外的高原。

这些恨意是来自哪里？

吴邪长长地叹了口气，如果他事先知道，那些蛇看到的东西，会连同这种仇恨一起传承给自己，他也许就不会那么激进地想去获得那些信息。等他意识到这一点的时候，已经来不及了。

这些甚至不是自己的仇恨，没有缘由，其他人的仇恨侵入了自己体内，找不到根源，只是浓烈到自己无法控制地双眼血红。

他有些时候甚至不知道，这种仇恨指向的复仇对象是否是错误的。

他不知道自己是否真的那么恨那些藏在迷雾中的人，还是说，这几代人所经历的痛苦，是否全部凝聚在他一个人身上了。

他深呼吸，把那种躁动和内心恶魔般的想象压制下去，想起了之前黑眼镜和他的对话。

"蛇的头部红黑色鳞片下，就是储存费洛蒙的器官，亚种则是头部的鸡冠部分。切下这些部分，提取之后，注射到你鼻子的中间部分，可以让信息传递得更加清晰。"黑眼镜说道，"非常疼，而且有大量的费洛蒙是没有意义的。你在意识中断之后，可能有几年时间都感觉自己是一条蛇。"

"我看到青蛙会流口水吗？"吴邪问他。

黑眼镜穿着白大褂，对吴邪的鼻子进行消毒："不会，不过，为了能让你感受得更加清晰，我会对你的鼻子做一个小手术。你会丧失嗅觉，我不知道能不能恢复。"

"失去嗅觉会有什么后果吗？"

"我没有类似的经验，不过在公厕打架会比别人更加冷静吧。"黑眼镜道，"我最后问你一遍，你真的要这么做吗？"

"你觉得，为什么我可以接收这些信息，难道我的祖先是蛇吗？"吴邪反问了一句。

"炎黄的神话里，所有人的祖先都是蛇。"黑眼镜道，"女娲不是蛇吗？我们都是蛇生出来的，盘古是从一个蛋里出生的，人在最初的神话里，很多是卵生的。所以，你的祖先真的有可能是蛇，人类在生物进化史上，也经历了由爬行动物到哺乳动物的过程。也就是说，如果文明是衔接的，也许在我们之前的世界上还存在着爬行动物的文明，它们的历史很可能和我们的神话相接，而它们的很多历史，会变成我们的神话。"

"很惊悚的理论。"吴邪道，"那从其他方面，你是否有眉目，我为什么能接收到这种信息？"

"我觉得你接收费洛蒙之后，自然会知道，到时候你可以告诉我。"

"那我没有其他选择了。"吴邪闭上了眼睛。

黑眼镜取出手术刀，这是个地下的临时诊所，平时是用来割双眼皮的，这次的手术，恐怕是这里进行的最大的手术了。

"我会翻起你的上嘴唇，从牙龈的根部下刀，然后翻起你的面皮，暴露你的鼻腔。然后把费洛蒙……"

"拜托，我不想知道这些。"吴邪道。

"老板！"王盟的叫声打破了吴邪的沉思。

他坐直了身体，看到王盟有些紧张，不停地盯着后视镜。

吴邪点起一支烟，摇下窗户，看到了后面跟着四五辆大切诺基。他又看了看前面，发现自己被困在一支大切诺基车队的中段了。

"怎么开的车？"他皱起眉头骂王盟。

"突然就上来包抄了我们。"

"在这种山路上包抄一辆车是很困难的，你现在才叫我，说明你开车时走神走到哪儿都不知道了。"吴邪几口把烟抽完，看了看GPS，"下一个急转弯是什么时候？"

"一公里多一点。"

"180码，背上降落伞，打开天窗。"

"真的有必要这么做吗？"王盟道。

"要让其他人看到我们是在用何种态度和他们PK的。"吴邪道。

当他把别人的性命放到天平上，放弃自己绝对不牵涉到任何人的信念之后，他自己的行为，也出格起来。

他能理解潘子的自我毁灭倾向，他想惩罚自己，惩罚那个之前希望所有人都可以好，现在却可以在手上掂量别人生命分量的人。

他成为自己最厌恶的那种人，而且更令人厌恶的是，这必须持续很长一段时间。

——尤其是在切割那些尸体，将那些东西寄给一个无辜的中学生时。

第五十三章 闪回四

第五十四章 · 这一天

　　黎簇读取了蛇沼中吴三省带出的信息。

　　没有人知道，吴邪下一步计划的所有细节，同样也在那条蛇的气味中，缓慢地传达给了黎簇。

　　等黎簇再次睁开眼睛，第一步的所有计划，将会立即归零。

　　所有牺牲的价值，将在这个零之后体现。

　　车队慢慢地一辆一辆超过王盟开的车，离他们而去。

　　看来是虚惊一场。

　　即使吴邪已经想到了各种可能性，也无法避免自己与他们来一次正面交锋。但是当车队缓缓开走之后，他还是松了口气。

　　有些事能预见到，但是自己根本不愿意经历。

　　王盟把车开得飞快，吴邪又点起一支烟，让他慢下来。

　　王盟缓缓降下速度，已经是满头冷汗："我想辞职行吗？"

"送我到地方再说。"吴邪吐了口烟，脱掉了自己的背包，关上了天窗，然后翻开一部手机，屏幕上一片空白，没有任何短信。他合上了手机，压抑了一下内心的焦虑。

他刚才忽然想到，如果自己这边一路都顺利，就证明另一边的苦战已经到了不可形容的程度。

北京北京。最毫无意义，但是必需的牺牲，压在自己最不愿意看到的几个人身上。

你们还活着吗？

手上的疤痕又开始疼痛起来，即使已经完全是疤痕了，他还是可以感觉到当时割下的那种痛苦。

这一天，吴邪正在赶往墨脱的路上，他思绪飘浮不定，之前过多的思绪让他的精神不停地涣散，作为一个"迷宫"的设计者，他所有的对手和朋友，已经都在迷宫之内，他不再干预任何命运，只剩最后一件事情等着他去做。

这一天，北京一片沉寂，霍秀秀他们生死未卜，承受了最大压力的他们，面临的不仅仅是未知的敌人，还有自己以往建立起来的帝国。他们孤立无援，似乎面临着注定的悲惨结局。

这一天，解雨臣已经消失在茫茫人海三天了，他身上的迷雾，还远未展开，独立于吴邪计划之外的他，作为最大的不稳定因素，将会在未来起到什么样的作用？

这一天，梁湾继续往沙漠废墟的核心走去，她不知道等待自己的将是什么命运，也不知道她作为解雨臣的棋子，结局会被安排在哪里。

这一天，黑眼镜痛苦于体内的疾患，杨好不知所终，苏万面临崩溃。

这一天，黎簇睁开了眼睛，吴邪所有计划的一角，成功清零。

而这一天，在地球某个黑暗的地底，一个沉默的年轻人似乎感觉到了外界发生的翻天覆地的变化，他少有地感觉到了一丝异样。

后记

1

几个月之前,我因为一念之差,坐在马路上,靠着身后的绿化带。

我花了一个小时才意识到我无法重新站起来,我的手机就在不远处,变成了一个奇怪的弧度。

我不曾想过我的人生会因此发生什么样的改变,只是又意外了一次而已。我就这么坐着,一直坐到黄昏。

每当车子开过,我就把腿缩起来。

这是很奇妙的感觉,你坐在一个很少有人坐过的地方,从一个奇怪的角度看这个世界,看这个世界上的人。你会去思考你认识的那些人,无论如何形容,他们也不会理解你现在看到的东西。

不管你是谁,你以这样的一个状态坐在这里,这个世界都是不会理会你的。

这是可悲的，然而不知道为什么，我却很喜欢这种感觉。

有个朋友把我的这种无头无尾的感悟称为肉身的懦弱和内心的疯狂。这终将改变我的人生，思想总是行得很远，似乎是抓住了好几个海枯石烂，但是肉体却在起行之前就腐朽了，变得毫无用处。

我很喜欢这种感觉，却没有想到它以后可能会一直伴随着我。

在这件事情之前，我曾经有一段时间觉得自己拥有了一切机会，而我已经聪明地学会了如何去选取，我不再为大量的诱惑所焦虑，轻而易举地选择，一旦确定便全力以赴，一直轰到把错误的事情也轰成对的为止。

这肯定是一个进步，以前总是徘徊，终于变成了我站在山顶，看世事变迁。

然后在一瞬间，上天把我踹了下去，从我甘心选择，到不配拥有。我不仅跌到了山下，而且比正常人跌得更狠。

2

在很久之前，我曾经以经历离奇搞笑的事件为乐事，甚至以此为谈资，逢人就讲故事。一件正常的事情被说得一波三折，学生时代大家有笑话听很喜欢。长大了，朋友们听了大笑之余，却纷纷躲开。

"徐磊这个人，做事情总能遇到一些怪事、不靠谱的人。"这句话大约就是从这个时候传开的。

说笑话可以，合作就免了。

于是我成了别人谈资里的永恒话题。

我乐意这样，看到你们笑，我很开心。我仍旧希望说一些故事，每天似乎都在"囧"事和乐事之中翻腾，遇到奇怪的人，说奇怪的话，并且渴望遇到不顺利的事情：迷路，爆胎，雨雪天气，在大雾中的山中行车，看卡车从悬崖上掉下来……人生只有充满变数才好玩嘛。

写作者真是无聊到爆了。

可惜我发现我弄错了一件事情，我所经历并且渴望经历的，不叫变数。在人生的这锅汤里，它们只是最后点的一些胡椒，连花椒都算不上。

真正的变数，人是不愿意告诉别人的，不愿意成为别人的谈资。

我把我在那个时候的经历，在网络连载的时候补进了《沙海.2》的最后，我们可以看到黎簇一个人躺在陵墓的底端，在一个没有任何人知道的地方，想着一些他已经不可能做到的事情，并且不停地想要离开，想要继续往前却无能为力。

这么一个遍体鳞伤的人，被不可言说的人所救，再一次被命运困住了。而他最绝望的是，他知道没有人会来救他，不管是吴邪还是将他抬出那个密室的人。

3

其实，我写小说的目的，很单一。

写《盗墓笔记》前期是为了写个大家都喜欢的故事；后期，是为了做一个大家都喜欢的作家。写《大漠苍狼》是为了证明不用笔名靠内容我照样会被人喜欢。《沙海》呢？

我为了给《盗墓笔记》这个世界提供更多的素材，以及更多的可能性。

当然，故事同样也要好看。

写《沙海.1》的时候，所有的记忆都不是很清晰，当时在各种压力之下，包括最开始的连载，拿《刺陵》的稿子来充数。

那时，对于《盗墓笔记》叙事体系的排斥，想开拓新的风格和写出新的人物，与当时合作方的各种恩怨，形成了很多的矛盾。以至于写完了之后我都不知道自己是怎么写出来的。而自我阅读的时候，也感觉不到之前写作的那种控制感——不是说控制人物，而是说控制文字。

写完《藏海花.1》之后，这种感觉一直存在，我感觉自己不会写小说了。忽然一下子，我不会写了，以前一夜之间能够想出六七个故事的能力消失了。

一个朋友看完《沙海》，形容这个系列，就说道："痛苦，真痛苦。出版是一匹马，你之前牵着马跑，后来和马并驾齐驱，最后被撂倒被马拖着，写到《沙海.1》，你已经一路拖过来，两个肘子都快磨没了。"

我当时没有意识到这一点，因为我失去了语感，我在阅读《沙海.1》的时候，不会进入情节，也很难跳出来。我只是恐慌于面对白纸不知道干什么的感觉。

这个感觉一直延续到后面的过程，包括网上连载的大部分，我发现我开始不愿意去讲一个故事，而只是在拼凑一个事件。在修改《沙海.2》之前，我甚至只能感觉到什么地方有问题，但是说不出来，一直到《沙海.2》改到第三遍，我才意识到病灶在哪里。

然后我重新来了一遍。

这就是你们现在看到的这个版本。

从来没有一本小说是我自己满意的，这本当然也不例外，但是至少它不会让我在半夜胆寒。

4

以前看"金田一"系列推理小说，我认认真真地欣赏金田一和人类战斗，直到看到其中一本有人脑猩猩身的怪物（名字叫怪物男爵）出现，我一下就跳了出来，之后"金田一"毕业。

我觉得体系被破坏了。我一直不明白，横沟正史为什么要突然写这本破坏世界观的小说，后来我创作《沙海》，定位少年篇的时候，第一次理解横沟正史的想法。

现实小说真的好难写，稍微有一点幻想的，镣铐就会松很多。而且，还有一个在读者年龄层的副作用。

这可以打通新读者和老读者之间的断代。

当年，《鹰巢海角惨案》在日本上市之后，非常畅销，在青少年中形成了很强的流行效应。

《沙海.1》卖得很好，甚至比《盗墓笔记》还好。我带着焦虑，努力修改了《沙海.2》，编辑看了之后，发出了叹息，她更爱《沙海.1》的风格。

于是我觉得我的精神问题又严重了一些。

2013年7月

———• 《沙海.3》精彩继续…… •———

　　黎簇背后的伤疤帮他逃脱了致残的惩罚，黑衣人带他深入地底，发现了蛇矿。此时，地面上已被老九门的人包围。被抓住的黎簇遇到了逃出的杨好，杨好因他行动不便被霍道夫带入地底。没过多久，黎簇被霍道夫交给其他人审问，而端着枪对着他脑袋的人正是杨好。

　　黎簇不满霍道夫违背约定，拒绝与他合作，差点送了命。混乱中，黑衣人将他抢回，并带他回到汪家本部。在接受治疗的过程中，他被安排学习非一般的知识。汪家果然如吴邪预料的那样，想将他吸纳为自己人，而他也默默地等待着吴邪的下一步指示。

　　与此同时，被困在地底的苏万凭借着自己的主意让他和黑眼镜相继脱离了危险。吴邪所铺下的各种看似无关的局面，都慢慢地汇聚到一处……